読本研究新集

第二集

読本研究の会［編］

翰林書房

読本研究新集

第二集◎目次

絵本太閤記と太閤真顕記

浜田　啓介

絵本太閤記初編は寛政九年刊、七編は享和二年刊。各編十二冊全八四冊。当時空前の大編で、絶大の人気を博したことが知られている。すなわち読本史上の重要な作品である。本作は文化元年に絶版せられ、安政六年に再び免許された。本作に関する従前からの話題は、この筆禍事件に限られているかの感がある。

本作の研究の重要性を強く説かれたのは、中村幸彦博士であつた。氏の文章は、本作についての最つとも重要な発言であるとしてよい。また、博士は同じ文章で、本作の原作である太閤真顕記について述べておられるが、これは日本古典文学大辞典の記述とともに、該作についての殆どかけがえのない記述である。

真顕記の作者について、中村博士は、大坂上町二丁目の白栄堂長衛という者かとの貴重な知見を得ておられる。一方その成立年代に関して、近来藤沢毅氏によつて、立耳軒の軍談類と真顕記との相互参照の状況から、その成立時期が（安永期と）考えられるという注目すべき知見が得られた。

さて中村博士は、絵本太閤記・太閤真顕記の初版・諸本の追及という基礎研究の重要性を説いておられる。本稿はその基礎研究を果さざる段階において成つたものであり、論者自ら遺憾とするものである。しかし論者は現在、その多大の労力を要する仕事を、一層若い研究者に譲らざるを得ない。何卒了とせられたい。

太閤真顕記のテキストの引用本文は、流布本系として、文字の用法が尋常である点を考え、大阪府立中之島図書館本の一本（大阪室3245）にしたがつた。現在大多数を占める流布本系に対して、異本として九州大学国史学研究室本が存する（後述）。

絵本太閤記の勝尾屋六兵衛出願当時の書名が「羽柴真顕記」であることが知られている。[*3]が、その又前があつた。「覚　一羽柴真顕記　全部十三冊　右之書和州諸将軍伝外題替御聞届被成下忝奉存候然る上は自然何方より差構之儀申出候ハハ御差図次第違背仕間敷候已上　寛政八辰年四月　海部屋勘兵衛　御行司衆中」（新板願出印形帳・第八）。すなわち「和州諸将軍伝」がその原構想であつた。このように書名が「羽柴真顕記」と変じてその後間もなく開板人も、海部屋勘兵衛から勝尾屋六兵衛に移り、書名は「絵本太閤記」へと再び変つた。「和州諸将軍伝」全部十三冊と「絵本太閤記」とでは、単に書名の改変というに止まらず作品の構思そのものが全く異なるものに変つてしまつたと考えられる。これは武内確斎があずかつての変更であろう。確斎は真顕記を利用しようとは思つたが、その丸うつしをしようとは思わなかつた。取捨選択は勿論、他書をも用い、別途の著述を十分に施して「羽柴真顕記」ではなおあきたらず、「絵本太閤記」を著したものである。

太閤真顕記と絵本太閤記との大よその対比は、絵本太閤記の初編はほぼ真顕記の第一編初より第三編十四巻（真三・一四）と表わす）まで、二編は、真顕記の（真三・一五）より、（真五・二五）まで、三編は（真五・二六）より（真六・三〇）まで、四編は（真六・三〇）より（真八・一一）まで、五編は（真八・二〇）より（真一二・一二）までにほぼ対応する。絵本太閤記が真顕記に順次対応されるのは、絵本太閤記五編までであり、第六編第七編の絵本太閤記は、太閤真顕記を離れている。太閤真顕記は第十二編を以て完尾するのであり、（真一二・一二）とは小田原開城氏政氏照切腹乃事にほかならない。真顕記の主力はここに尽きると言つてよく、朝鮮出兵に及んでいない。絵本太閤記の六・七編は朝鮮出兵の話題が過半を占め、その他石川五右衛門、関白秀次一件などである。ここにおいて真顕記を離れるのは当然である。

二書とも要するに太閤の天下取りの物語である。両者の間に大よその対応を認めたことを前提として、両者の方法を眺望するに、両者はそれぞれの方法を持つた二つであり、一方が他方の敷衍とか要約とかいうものではない。しかし、両者に共通の叙述方針というか、方向づけがある。それは、言つてみれば平凡な事であるが、太閤秀吉の天下取りの物語であるということである。それはあまりに当然な史実、秀吉が天下を取つたという史実が厳然として聳え立つているからである。軍談者史談家である白栄堂や確斎にとつて、秀吉は出世を遂げて天下人となつたその人にほかならない。首尾一貫した著述を貫くものは、この天下取りである。

真顕記は、終局近くに、「殿下松下に御対面乃事并松下が子に恩禄を給はる事」(真一二・一四)、また「殿下旧妻菊女困窮救ひ乃事并松下嘉兵衛旧臣を招く事」(真一二・一五)「秀吉公尾州中村に入給ふ事并尾州の国民え御下行乃事」(真一二・一五)を置いて、初編の「日吉丸松下に奉公之事」(真一・四)に首尾照応させて、その人の人生についての一つの団円となしている。これが真顕記の基本的構造である。すなわち秀吉の成功出世譚である。一方絵本太閤記の、すくなくとも第五編までの出来事は、脈絡が有るとしたら、秀吉の天下取りとしての脈絡であらねばならない。そうでなければ年代記になつて、読本にならないのである。絵本太閤記の構造性は、太閤真顕記に既に由来する部分もあり、絵本太閤記段階に至つてより明確に主張される部分もあることに留意すべきである。以下はこの記述的読本たる絵本太閤記の構造を明らかにすることを試みた。太閤真顕記を対照援用しつつ述べてゆこう。

1中村幸彦著述集第六巻　「絵本太閤記について」

2藤沢毅「近世中期成立通俗軍書写本群の相互関係」〈鯉城往来2号　H11・10〉

3山本卓「大坂本屋仲間と読本の開版」〈籍苑三九号　H6・9〉

秀吉が天下を取るということは既成の事実である。この事実の上に立つて、絵本太閤記の最初には秀吉（日吉丸、藤吉郎）が天下人になる予言者が登場する。先ず日吉丸の父弥助昌吉があつた。絵本太閤記初編巻一（絵一・一）と表わす）に「日吉丸が長松の商家を出奔して既に一年に及べとも風の便りも聞へざれば母は昼夜あんじ暮し兎やあらん角やあらんと昌吉に計れ共弥助昌吉思ふ子細あれば更に日吉丸が行衛も尋ねず案じ煩ふ気色もなし」と。「思ふ子細あれば」はその命運を暗に了解している事をにおわせている。「汝が相貌尋常ならず後果して出身すべし」（絵一・一）と言い、また「之綱元来藤吉が大志あるをよく知れば、去て他家に仕へん事を恐れ」（絵一・二）とある松下嘉兵衛之綱も或程度の予見者であるが小器の予見者で、天下取りは予見できなかつた。絵本太閤記に「修行者考相藤吉郎」の条がある。藤吉が矢剥橋の茶店に休息していた時、「修行者壱人藤吉をつくづくと打守り傍へ招き其相貌を熟察し大きに驚き申けるは足下の相奇也妙也必天下に主たるべし然りといへども目前視る所賎しき匹夫下郎なり…我年来和漢の相書に眼を晒し修し得たりし相法も今日はしめて疑を起せり」（絵一・二）と。此修行者は後の安国寺恵慶であるとする。それに「漢の高祖…若き時色を好み業にすさみ人おしなへて是を疎む中に単父の呂文一人肺公を相して甚だ尊み」と漢高祖の事を文上に表明して、安国寺の藤吉郎観相の話と対比させている。漢高祖を呂公が相した事は史記高祖本紀に見える。隋祖文帝は多くの異相があり、相者に「公当為天子」と予見されている。その他後漢の班超、陳の章昭達らの栄達も相人に予見されるところである。これは中国における説話の方法で、既成の結果にもとづいて未然の逸話を加上したものである。英雄の少年期にあつては放埒であり、それはありきたりの枠の中に捕らえられない大魚であることを象徴するという事、その人は英雄たるべき星の下に生れたもので、天与の運命を知る相人はその人の始終を予見するところであつたとは、中国での説話の枠組みであり、絵本太閤記がこの構造を取ることが明らかである。

　秀吉将来の予見者には、他にお八重と七太夫がある。お八重は犬千代に懇望されたがそれに従わず、藤吉郎の醜面を嫌わずに是に嫁した。「八重が藤吉郎を敬ふ事臣の君に仕るごとし理なるかな藤吉天下掌握の時北の政所と称し後に高台院と号したてまつるは此御方の事なりけり。」（絵一・三）と。相人としての予見者ではなく、人の真価を見抜く予見者である。七太夫は明の潁州の人で日本に来航し軍学を教えた。「或時七太夫助作（片桐助作）に語りけるは汝が主人木下藤吉郎眼中重瞳ありて其光り人を射る今小身卑賤なりといへども終には天下を掌にすべし汝忠を尽して後栄を俟べしといふ」（絵二・一）と。助作はそれを加藤虎之助に語る。虎之助はすぐに七太夫方へ行きこれを斬殺する。七太夫が秀吉の天下を知る相のある事を口外し信長の耳に入ることを恐れたためである。さてこれらの藤吉郎天下取りの予言が真顕記ではどうであるかを検討する。

　弥助の態度は真顕記に早く見える。「父弥助は思ふ子細有て少しもかなしまずあんずる体も叨りしかば、近隣の者猿之助が如き不孝にて親爺の見限りしも尤也と唖きける」（真一・三）「或時弥助女房に向ひ…彼が事は抑出生たるより成人の今に至迄万事に付世の常の子供にあらず我儘なれども悪事をなさず人に物を貰へ共さのみ歓びとせず我が手に有物を惜む事なく他人にあたへ惣じて其行ひ実なるにより先祖の遺言に符合する倅ならんと思ひ…天然と成長し家を発し名を顕はすは必定也…然れども源右衛門五郎助を初親類も我いひし事決して物語すべからずなんじが心にひして時節を待よと心底をあかし申ければ」（真一・四）とある。かくて弥助の予見は軍談者の真顕記由来であることが分かる。

　松下嘉兵衛の場合はどうか。松下が始め藤吉郎を見た時に、「日吉丸をつくぐと見るに甚異相にして凡人ならず見へければ物を尋けるに答ふる言語分明にして声甚美音也」（真一・四）とある。すなわち、真顕記段階ですでに太閤異相凡人ならずという予見的記述を持ち、それは後（真一二・一四）の、天下人秀吉が嘉兵衛と対面した時「彼幼年の比より其顔色異相にして凡人ならずと思ひしに果して…」というのに対応した構造性を持っている。しかし二書を比べると、松下門下随一と自負する川島宇市という男が藤吉郎に試合を挑み、藤吉郎が彼を打ち負かす一件がある。絵本太閤記では、松下はこの事を聞いて喜び、且つ藤吉郎の日頃の工夫を知つて感じ入つて、「汝が相貌尋常ならず後果して出身すべし」と思い合わせ「武術兵書の奥儀を以て悉く汝に教へ我腹心と成すべし」（絵一・二）と言ったとする。話柄を秀吉の将来出世への方向、天下取りの構造性（それは松下の器量を超えたものであったが）に収約させている。一方、真顕記では、宇市が藤吉郎に疵を受けたと聞いた松下はその事をただし、藤吉郎に日頃の心掛けを聞いて感心するが、自ら相手になつてなお感心し、門下一同に向つて、藤吉郎の如くに心を先とし勘弁を以て専らにせざれば上達成難しと説諭し、且つ宇市の慢心を批判する。真顕記においてのこの一件のおさまりはこのようである。ある話柄にかかわつては軍談上の評を加えて次へ進めるというのが軍談講釈的方法であつた。真顕記はこの方向へ収約させているのである。

次に矢剥橋の観相者の件は、絵本太閤記で、藤吉郎が松下に胴丸鎧を調えて来いと命ぜられて、尾張へ向う途中のできごととある。ところが真顕記には、その該当個所にその話は全く存在しない。観相者の一件をここへ挿入したのは絵本太閤記の段階においてである。しかし、真顕記に恵慶観相の一件が全く無いのではない。それは（真六・二八）で、秀吉が高松城水攻めの最中に本能寺の変を知るのであるが、毛利方ではそれとは知らず、安国寺をして秀吉の陣を訪問させ様子を探らせるという筋において、安国寺の紹介とともに語られる。「羽柴殿いまだ藤吉とて浪浪の身仕官立身の志有て八幡へ参籠登山より初て京都に出給ひ三条はしを渡りて彼の囲に立寄手の筋を見せ人相を尋けるに恵瓊坊手の筋を見れば天下筋有人相を見れば猿のごとくなれ共黄眼にして瞳二つ有正敷四海を掌握すべき事顕れたり依て手を打て驚き貴所にては立身限りなかるべしと称しける故秀吉悦斜ならず行すへの吉兆いか様の礼をもすべきなれ共一銭の貯ひなければ追て謝礼をすべしと言すて立されり跡にて法印算木書物を川へ投入しを見付又立帰り其子細を尋給ふに」易書のあてにならない事を知り故郷へ帰り出家するのだと言う。藤吉郎は、いや出世するかもしれないぞと言う。では御立身の時は御見忘れなくと、後日の証拠にと輪袈裟を秀吉にわたしたという。藤吉郎の男山参籠から三条の橋へというのは、いかにも全くとつてつけた筋である事は明らかである。この話が真顕記でいかなる機能を果たしているかというと、安国寺は秀吉と対面して秀吉がかつて観相した少年である事を確認し、秀吉もまた当時の記憶があつてよろこび、かくて秀吉は和睦の意を安んじて安国寺に伝えるを得たというにある。絵本太閤記にも安国寺は嘗て観相した藤吉が今や織田家の柱石の将として毛利家と対陣している事を知り、その人が大業を成す時が来たのだと思い、秀吉に旧好あれば訪い度き旨を早川隆景に告げて来陣したとする。その時の対面の様子には、「互にいにしへを語り頗る旧情を催しけり」(絵三・一二)というように記す。一方真顕記では、劇的な対面の光景を描写する事であつて、秀吉は法印の予言が鏡に掛けたる如くなのでこれを信仰し、何方へも輪袈裟を鎧櫃に入れて出陣しているのだという事まで安国寺に説き明すのである。対面の場面は舌講講釈のハイライトというべき一場であろう。しかしひるがえつて思うに、この安国寺の旧年観相一件の存在理由は、そのハイライトのためというのではない。それは緊張とスリルを極める秀吉毛利交渉の一段に資するためのものである。その用い方はまさに軍談講釈系の特質というべきものである。すなわち、必要に応じてその所以の話を付け足すという方法なのである。それは軍談者の筋の通し方なのだ。由来譚というのは、大よそ裏面譚である。講釈師だけが知つている話を披露する事によつて、いかにももつともという筋を通すのである。そうなるについては嘗てこういう事があつた。それでこうなつたのだという構造である。遡源的由来譚とでもいうことができよう。真顕記の段階にあつては、安国寺観相一件はかかる遡源的由来譚として、秀吉毛利交渉の段を述べるのに際して加入されたものであつた。絵本太閤記ではそれに眼を付け太閤の天下取りという作品構造にかかわる予見譚として前方に置いたのである。その時秀吉伝に整合させて時と場所とを工夫したのである。構成的に、またいかにも教養人的に整備されたが、軍談講釈の大衆芸能的なおもしろみは減退したというべきである。

加藤虎之助片桐助作と七太夫の話は真顕記には見られない。論者はいまだ調べが行き届かず、その原拠を示すことができない。自分の側の者であつても、大事の漏れるのを恐れて容赦なく殺してしまうという藤戸型の話である。絵本太閤記は何かの先行書からとくに択んで、七太夫の太閤天下取りの予言を示したのである。お八重の話は、真顕記では、藤吉郎への縁組み承諾の時の言い方は、「（のつぴきならぬ羽目になつたから）此上は藤吉郎とのへ成共何方へ成とも父の仰に随ひ申さん」とある。藤吉郎を見込んでというのでは毛頭ない。その後犬千代が様子を探らせると、「随分睦しく真実に二世の語らひありけると見へ候」ということだつたというに止まる。この奇縁について、先見、人を見る明として述べたのは絵本太閤記段階に於てである。真顕記は、意外な事の成行きで仕方なく秀吉と結婚したお八重が、後の北政所になつたという明るい奇譚であるのに対し、絵本太閤記はその大衆芸能的な面白みを失つている。之を要するに、絵本太閤記は観念的な歴史把握があつて、太閤真顕記に比して、遥かに強固に構造を作ろうとする叙述意志が貫通している。

　秀吉は天下を取るべく登場する。それに対して、明智光秀は、其の当初から反逆者の運命をもつて登場する。光秀は、太閤真顕記絵本太閤記ともに、越前朝倉義景の許にいた足利義昭が、光秀のすすめによつて、織田をたよつて美濃へ動座した事に関して初登場し、明智氏家系及び武者修行時代の光秀の紹介がある。かつて光秀は毛利元就に吹挙された。元就は聡明で人の心を見る事は掌を指すが如くであつた。「光秀が相貌狼の眠るに似たり喜怒の骨高く起り其心神常に静ならず所謂外寛にして内急なるを以て元就後患を恐れて金銀を多く与へ光秀を国に留めず」（絵一・九）と。すなわち眠つている豺狼の心といつか憤激激発する事を指摘している。これは将来の正しい予言であつた。真顕記にも「元就は能人相を見る事妙を得しかば光秀が頭上に謀反の骨有事を見届主人にたたるべき相有事を案に察し抱えられず」（真二・二七）とあつて、元就が光秀の謀反の相を看取する事が明記されており、この一事は真顕記段階に由来する。

　光秀は藤吉郎に依り織田信長への出仕を望む。（絵一・九）に「藤吉対面して光秀を考るに度量衆に秀し英雄なれども殺気面に顕はれ反逆の相貌あれば後患を恐れ」とある。しかし義昭公の吹挙により信長が光秀を見ることを欲したので仕方なく取次ぎに及んだとする。これに対する真顕記の記述は、「藤吉郎対面して光秀が人相骨柄言語応対を伺ひ見るに己を慢ずる意味有に依藤吉郎心中に此者かかへ用ゆべき士に非ずと思ひしかば」（真二・三〇）である。一方の殺気反逆後患に対し、これは自己慢心を言うだけである。両者の逕庭を思うべきである。真顕記のいう自己慢心の男とは軍談における人物評論上の個性としての提示である。敵を作り破滅を伴うキャラクターであってロールではない。なお明智軍記段階では、光秀は猪子兵助に就いて信長へ御目見えをしたという事で、ここに秀吉が登場するのは真顕記段階においてである。かくて、光秀を登場の当初より反逆者というロールとして構造的に扱うことは、絵本太閤記において極めて明確になっているというべきである。そして、それを看破した毛利元就と木下藤吉郎は、達見具眼の人なのである。このことは、秀吉が天下を取ったのと同様に光秀が反逆を起したという既成事実の上にたって、遡源的にあるいは加上的に置かれたということなのである。遡源的に話を作り重ねるという講釈者流の方法が先ず有って、読本作家によってそれがより構造的にすすめられた事を示すものである。

諫言者

予言者に準じるものとして諫言者がある。これはやはり達見具眼の人であって規模の小さいものといえる。すなわち自分の主君の運命の先見者である。留意すべきは、諫言者も先の予見者と同じく、事実結果（主君が敗戦する、破滅する）が先に存在して、その上に立って諫言自身が作られたのだという事である。

絵本太閤記に見られる主な諫言者を列記し、太閤真顕記の記事とを対比してみよう。

遠藤喜右衛門は浅井の功臣で、「智慮人に越へ勇武衆に秀たる剛士」（絵一・九）と紹介される。長政の父久政に信長を謀る事を勧めるが入れられず、単身信長に近づかんとして果さず、姉川の合戦に討死する。「嗚呼遠藤忠勇才略兼備へし武士也しに数度の諫言用ひられず空しく姉川の露と消たりしは痛ましかりし次第也」（絵二・四）とある。言うまでもなく浅井家は信長の手に滅ぶ。三淵大和守は将軍義昭の功臣である。義昭は信長誅伐を試みる。三淵はしばしばこれを諫めるが用いられない。義昭は宇治郡真木島へ動座して三淵に二条城を守らせる。「大和守此事を深く諌め奉るといへども将軍更に用い給はず」（絵二・六）ということで、三淵は城を守って死ぬ。将軍義昭は真木島に敗れ僅かに一命をなだめられたが、将軍家は断絶する。後藤将監基国（絵二・一〇）は三木城中の士であった。別所長治の秀吉への敵対を自ら滅亡を招く端であると諌言するが長治は承引しなかった。基国は八才の一子を小寺官兵衛に託して籠城した。三木城は兵糧攻めに逢い遂に別所の一族は滅亡した。真田昌幸は武田勝頼に、上州吾妻の城へ籠る事を勧めて一旦の同意を得るが、勝頼は反臣小山田信茂の舌口にのせられこの決定を覆す。「真田が約に背て郡内へ趣きける運の末こそ浅ましけれ」（絵三・四）とある。津田与三郎は織田信澄の前に出てその大坂行きを様様に留めたが聞かれず、果して信澄は三七信孝らに謀殺されてしまう（絵三・一一）。斉藤内蔵介は明智光秀が第一と頼んだ督将である。山崎合戦の際洞が峠の筒井の裏切りを察し「早く此場を退き京都をも捨給ひ丹波へ引入…亀山に籠城有べし」（絵四・二）との諌言を伝言させたが、光秀は嘲笑って聞入れなかった。再応諌めたところ、「此上強ひて諌言せば兄弟共に勘当たるべし」と以ての外に憤った。内蔵介は涙を流し、惟任氏の運命も今日に極りたり」と討死を覚悟した。もっとも、絵本太閤記は評論として、光秀が内蔵介の諌言を退け一戦に賭した決断を、豪傑の覚悟として賞揚する。

一体、史実として確かなものは、武将がどう戦ったか、どう勝敗したかという結果としての事実そのものであって、誰がどのように物を言い、どういう議論があったなどの委細をどうして知る事ができようか。戦滅し屍となり果てた一城一族の、誰が生き返ってその証言をするであろうか。当然これらは、結果から遡及して作られ挿入されたものである。多くは主君を不明と措定し、その君に仕えながら忠誠を尽くした臣下へのはなむけというべき一こまである。

これらを真顕記について対照する。

遠藤喜右衛門（真三・三〇）は始め信長の毒殺を企てて久政に勧めるが、久政これに従わず、次に単身信長を刺殺せんとして短刀を懐中にして宴席に近づかんとした。以下鴻門の会の如くである。さらに柏原にての信長の寝込みを襲撃しようと提案するなどの事があり、すべて秀吉の智計によつてよく防がれる。これらは軍談講釈に相応しい長大な物語をなしている。以上を絵本太閤記は、宴席の部分についてのみ最小限の要約をして示している。しかし、太閤真顕記三篇巻三十「遠藤喜右衛門諫言愁悔の事」とはこの一件ではなかつた。真顕記を特徴づけるのは、遠藤喜右衛門が姉川合戦に際して主君久政に説いた軍略である。彼は軍略を諫言したのである。その全文はあまりに長文なので掲載をひかえざるを得ないが、ともかく要約しよう。信長は明日必ず当所（小谷表）を引払つて横山を攻めよう。これこそ絶好の機会であり、今宵味方の兵を用意し、明日信長が陣替えする所を追討すれば勝利は疑いないと。しかし老臣等は、朝倉義景軍の到来を待つて戦うべきであると主張し彼の軍略は容れられない。「遠藤喜右衛門眼になみだをうかめ此方より軍を仕かけば信長大軍也とも長途を来りし労兵也味方は本城の要害に依て地利を斗り責打守兵也要害の違ひこそ一万の加勢にも増るべし。…明日信長当表を引払横山の城へ責かかりぬるをひしぐ時は横山の城責信長の方に強からず是則彼表へ後詰を遣候に等しく候」（真三・三〇）と。明日手出しもせず信長が無事に陣替した後には、三千五千の後詰を遣しても横山の落城は必至である。朝倉義景は勇なき弱将頼むに足らず、「いかに朝倉と存亡を共にするとの御了簡也共利有軍をせず無下に甲斐なき死に付ん事口おしき次第に候はずや」と、「或は歎き或はいかり肝胆を吐て諫めけれ共久政不興の体にて一言も発せず」という。遠藤は不本意のあまり、先手の物頭丁野若狭守に追撃の一戦をそそのかす。丁野はこれに応じ織田軍を追つて殿軍の佐々中条らと戦い奮戦した。結局織田方の鉄砲隊と柴田勝家の新手にはばまれて、これ迄と兵を引く。浅井久政は主命を用いざる罪許しがたしと怒り、若狭守の功を賞するどころか罪を糾そうという。そこで喜右衛門は愁涙を押えながらなお諫言するのである。「若我輩加りて大勢追討するに於ては信長をも討取べしさなく共織田勢悉く敗軍に及申さん然らば後悔有て若狭守を称美せらるべきの所却て罪有とは情なき仰にて候へ…尤此方より御下知なき中にかけ出しは麁忽に似たれ共討べき図を見ては何ぞ主人に訴べきや是軍法のならひにて候…此時主人の本意を申さば加勢を被遣敵を追崩し味方をまとめ退かせらるべきに情なく其さたに及ばず見捨殺しにし給へ共若狭守忠勇の名士故死を致さず剰数多の敵を討取しは抜群の働とやいわん比類なき大功也其功有を賞せず猥りに罪を言立誅せんとならば先某御前にて首を刎自殺仕るべし此以後何の頼み有てか粉骨を尽し申さんやと嘆き諫めけるにぞ久政黙して答なく長政は遠藤が申所尤也と思ひなから父を押のけ丁野若狭守に恩賞も与えがたきが故罪も功も其侭にて何の沙汰もなく捨置けるこそ浅井家滅亡のはしとなるべし」とある。再び絵本太閤記に照らすに、該当部分は、「（信長が）虎御前山を引払ひ横山の城を攻んと惣軍陣替しける所に浅井方の勇将丁野播磨守六百余騎にて追討小田の剛士佐々内蔵介中条将監簗田左衛門尉等後殿して防ぎ戦ひ双方死傷の者数百人終に浅井勢戦ひ屈して退散しければ」（絵二・三）というのに当る。この一戦闘の蔭の事情として真顕記が筆を費した、遠藤喜右衛門の軍略とその大諫言は形影をとどめない。本件は、諫言というものの真顕記における機能と、絵本太閤記における位置との差異を、端的に表す事例である。

真顕記三百六十巻の長講には、本来軍略を講談評論すべきあの軍談の本性が、そのまま保存されていたのである。諫言は講談者の思い描く軍略を示す方法である。諫言は、それが正論であったという扱いである。それが正論であった所以は、他の軍略選択によって負の結果が存在したという条件下に成立している。そこに展開する軍略は軍学上に照しての評価を訴えるものとして持ち出されている。軍学者軍談家は本来舌頭において随所に自説を主張し、敗者の軍略を批判し、自れの軍学的能力を誇示してきたものであろう。それを軍記的著述の中に入れ込むとすれば、遡上的に、事前に発言された諫言という形をとる事になるであろう。しかしそれは、軍談ならぬ史伝である絵本太閤記の著述の性格とは、必ずしも一致しないところであった。絵本太閤記が、史伝として真顕記の諫言者を包摂するとき、不明の君主の下の不幸なる先見者正論者として処遇し、せめても鎮魂の意を表す方向へ要約されたのである。ともあれ真顕記は、そのような軍略評論を随所に含んで進行する。

真顕記で三淵大和守が将軍義昭に諫言した趣（真四・二二）は堂々の議論である。将軍の職責を説き、京都を離るべからざることを論じ、現今における公方家と信長の形勢を比べ、勝敗の理の明らかなることを述べ、

「所詮必死の御覚悟に候ハヽ、責ては当御所に於て敵を引受思ふほとに戦ひ弓折れ兵も尽て候ハヽ、尋常に御自害有てこそ御代〻の尊霊へも面を合し給ふへきに」と言い、信長の無礼を憎まるるもその由来は却つて君の今までのなさり方にあり、君は信長に山海の恩義がある。彼に無礼有りともゆるすべし。君又行跡を正し給へ。「願くは御企を止めさせ給ひ暫く信長が有様を御見合あらまほしく候返す〻も当御所を退去し給ん事公方家めつぼうの基にて候半」と詞を正し理を尽して諫言したが、却つて公方は三淵を不忠とし、槇島動座は決行されたと。絵本太閤記では此事につき「大和守此事を深く諫め奉るといへども将軍更に用ひ給はず」（絵二・六）とあるのみである。絵本太閤記は軍談家の議論の一切を捨て、大和守が席を追つて諫言したというそのことのみを採用して、義昭迷妄の総括とし、さぞや無念であつたろう忠臣を鎮魂したのである。

後藤基国については、絵本太閤記に「今後長治一家謀反の事自滅亡を招く端也と様々諫言すすむれども」（絵二・一〇）とあるが、その織田毛利の形勢を論じ、それに対する別所の立場を明かにする論は、絵本太閤記には無く真顕記に就かねばならない。また真田幸昌の論旨は絵本太閤記に示す（甫庵信長記・一五に淵源がある）が、真顕記（真五・三〇）にはその五倍長の大議論が記述されている。はたまた真顕記が「津田与三郎諫言の事」（真六・二五）という一条を設けた所以は、軍略の論、すなわち上策は尼崎を捨てすみやかに上洛して明智と一手になる事、もし然らざれば、明智と示し合わせて大坂を挟撃する事だという軍略の論を掲げる事にあつたのである。諫言の挿入が、なぜそれがそうなつたのかという遡上的解説であることは、真顕記において然りであり、絵本太閤記においても然りであるが、絵本太閤記が軍談家の軍略論には関心を持たず、ただ彼等先見の士の諫言が不幸にして顧みられなかつたという描き方をしたのは、本作が真顕記に比して、一貫した史伝を描こうという、より構造性の強い作品であることを示している。

斎藤内蔵介が洞が峠から使者をもつて、明日の合戦を延引して坂本へ入城せられよとの諫言を言上したとは、甫庵の太閤記に出るところ、真顕記はこれにより長文の軍略論となし、絵本太閤記は真顕記を承けてほぼ全要を摘んで掲出する。真顕記のこの条の結語「誠に明智此人の諫言を用ひ左馬介等と一手に成て近江丹波の内へ引取なば急には絶滅に及まじきに是を用ひざるは極運の至る所ならん」（真七・六）もほぼその通り採られている。ほぼその通りに採つた上で、却つて、絵本太閤記には評言が加入されている。この条は、むしろ、絵本太閤記に真顕記の軍談的記載の保存された部分として見るべきところである。すなわち、真顕記における内蔵介の諫言はかくも軍略の上であつた。しかるに絵本太閤記がその後に加えた評言は、はからずも、絵本太閤記が真顕記レベルの軍略論議を拒む立場を表わしている。この場合、軍略段階の是非は問題外であり、事は天下掌握に対する姿勢の問題だという。光秀に天下の武将として四海を掌にせんと欲する大志あり、それならば運を天に任せ秀吉と雌雄を争うのが当然だというのである。すなわちこれは、覇者の対立交替という構造のうえに立つ遡源的議論というべく、天下取りを主題とした絵本太閤記の性格の然らしめるところである。

真顕記が始終軍略に関心を持つ作風であるならば、木下藤吉郎秀吉その人は正に最高の軍略家として存在する者であり、随所に藤吉郎の軍略論が展開されている事を知るであろう。真顕記は、太平記の講釈が楠木の軍学を説く如く、太閤の軍略を表わす書であると把える事も許されよう。然して絵本太閤記は、その性質から離れて成立しているのである。

異本太閤真顕記の問題―明智光秀に関して

太閤真顕記諸本の中、九州大学国史学教室蔵本は、他の諸本とは異なる特徴を持つ異本である。表現の辞句も随所に異つているが、注目すべきは、波多野兄弟滅亡の話が二度でているという事である。九大本太閤真顕記五篇巻二十一（（真イ五・二一）のように示す）は「光秀丹州の守護に補せらる、事（イ二一a）并小西弥九郎秀吉と問答の事（イ二一b）附竹中重治病死遺書の事（イ二一c）」である。それに先立つ（真イ五・二〇）には、光秀による丹波平定は激しい抵抗に遭う。播州へ出兵している秀吉は信長に申請して、羽柴秀長を光秀の救援として赴かせ、秀長は西丹波一帯を攻略する。特に両波多野の一方氷上の波多野宗長宗貞父子を滅ぼして、西丹波一帯は平定せられる。明智光秀は多年丹波の押えに任じ、両波多野氏は光秀の受取る敵であったが、その一は羽柴の手により征せられた。かくては何の面目あらんと痛憤し、かつ信長が自分の手へ加勢させるのでなく、秀吉へ別に命ぜられたのは遺憾なりと、「憤怒の勇気をあらはし進発す之日向守主君を恨むるの一つなり」（p）とある。羽柴の諸勢は引き上げて去つた。光秀は東丹波の諸城を攻落し、波多野秀治の八上の城の攻囲にかかる。光秀が秀吉の丹波経略に危機を感じ信長の不快を恐れたということは、総見記を継承したところである。それを恨みの一つなりとするところは、真顕記の講釈である。（真イ五・二一a）の大筋も総見記を承けている。すなわち、波多野秀治秀尚はよく防戦して屈服の色がなかつた。光秀は我が身の不面目かつは信長の機嫌を恐れ、遂に詭道の謀略を採用する。使者を敵城に遣し、「信長公当国御征伐の事壱人の私にあらず天下の為にして四海一統静謐なさんとの事也此故に従ふ者は則安堵なさしめらる…速やかに旗を巻て降参あらば某宜く吹挙して元の如く当国の守護に命ぜらるゝ様斗らひ申べし…天下の諸侯皆以て織田家に帰伏すれば各も随順せらるゝこそ天道に叶ふ処なるべし此詞少しも相違有べからず」と誓紙を認め送り遣した。秀治らはなお疑つて承知しなかつたので、「光秀再度思慮を廻らし某偽なき証拠に老母を人質に参らすべし」との書簡を言入れた。光秀の母を城中に迎え、かくて秀治秀尚兄弟は心を安んじ和睦を承知した。「六月二日秀治秀尚等光秀に対面の為八上の城を出て本目の城中（光秀の本陣）へ来るの処を光秀伏兵を以て兄弟を生捕り此時福井因幡守兄弟籾井越中守討死従兵尽く切尽し早速波多野兄弟を京都へ送り遣しける是に依て此輩を安土に遣し誅せらる」という。八上の城ではこの事を知り光秀の母を殺す。光秀は八上城を攻取る。周辺でなお抵抗する者を討ち、八月九日岡城を取り、「爰に於て光秀多年の本望既に達し国中に敵壱人も平均しけるゆへ此趣安土へ申上ければ信長公御喜悦有て丹波は前ゝより光秀へ与ふべきの約束なればとて丹州一円光秀に賜りけるにぞ莫大の恩録光秀抜群の立身一国の守護と成りて悦ぶ事限りなし」（イ五・二一Q）とある。

この丹州平均、特に両波多野滅亡という事態は、秀吉の攻撃を受ける中国路の諸将に動揺を与えた。浮田直家は織田勢に敵対すれば我家も滅亡すべきかと恐れ、秀吉への接触を考え、堺の町人出身の小西弥太郎を使者に仕立てて、羽柴の陣中に遣したというのである。以下標題（イ二一ｂ）になる。以上のストーリーの始終は矛盾なく進行している。この通りに読み進んで全く不審ではない。それは、実はこのストーリー全体が総見記をほぼその通りに承けていて、新工夫を加えていないのだから当然である。

ところが九大本五篇巻二十九は「波多野兄弟生捕らるゝ事（イ二九ａ）并光秀主君信長を恨る事（イ二九ｂ）丹州赤井家由来の事（イ二九ｃ）并刑部景忠雌雄猛獏を討事（イ二九ｄ）」である。このイ二九ａは先のイ二一ａと同一の話題である。しかしその内容は大いに異っている。イ二九ａの内容を略述する。

惟任光秀は丹波諸城を落したが、波多野秀治秀尚兄弟は未だ伏せず、容易く落城の態なし。かくて詭道につき、和平の儀を城中に申入れる事、光秀の母を城中に送る事、兄弟が本目の城へ来たのを生捕りにし安土へ送つた事までは、イ五・二一ａと同じである。ところで、光秀は母をとり返そうと心肝を砕くが、城中では秀治兄弟が捕えられたのを知り光秀のやり方を憎んで、主人兄弟が無事に帰つて来れば母を渡そうと言う。光秀は城を攻めんとすれば母の生命を害するとの板ばさみに遭つて苦しみ、安土へ使者を発し、波多野兄弟の死刑をしばらく猶予下さるべしと願う。信長よりは未だ吟味すまざれば処刑せず、吟味終了せば即時に刑するであろうとの返事である。光秀は母を返却さすべき手段なく絶対絶命の境地に苦しむ中に、安土城においての兄弟処刑の知らせがくる。光秀はこの事を陣中に極秘としたが、いかにしてか城中ではこれを知る。城兵は光秀らを櫓近くに招き寄せ「汝方より送りし人質此方にとゞめて益なし只今返しあたふる成り」と呼ばはる。「光秀悦び神妙のふるまひはや、、老母を出すべしと申ければ城兵ども五六人にて櫓の上に引立生て帰すいわれなし死骸を受取退け」と言つて、母の死骸を逆吊りにして切下して、一同にどつと笑つた。光秀ははげしく下知して城へ攻め込み、城兵は勿論犬猫まで生有る者はことごとく切殺したと。

波多野兄弟八上城の始末は、信長記巻十二によれば、「去程ニ丹波国波多野カ居タル八上ノ城去年三月ヨリ惟任日向守取囲堀塀幾重トモナク付マハシ責寄ル程ニ。城中粮尽テ初ハ草木ノ葉ヲ食シタルカ究テハ牛馬ヲサシ殺シ食シケリ。中々コラフヘキニ了簡モツキ果ケレハ。余ノ事ニヤ塀柵ヲ無体ニノリコシ出テ切捨ラル、者モ多カリケリ。斯リケレハ城中ノ者トモ為方ニヤツキケン波多野兄弟三人ヲ召捕ツテ出シケル程ニ。六月四日安土ヘ惟任方ヨリ引セ進上申ケレハ。度々表裏シテ待ノ本意ヲ不知者也トテ。則慈恩寺ニシテ害シ給ヒケリ。」と。但し信長公記[*1]には「波多野兄弟三人の者調略を以て召捕り」とある。

また同じ一件は明智軍記巻八によれば、日向守の家来明智治右衛門四王天信孝らが八上城を攻め、兵糧攻めにした。城は糧尽きて餓え、矢文によつて降参を申出、老若の命を助けるため大将波多野中務丞舎弟次左衛門同弟五郎左衛門ら七人が覚悟して出城した。彼等は安土へ差遣わされたが、「今度降参様ハサル事ナレトモ数年ニ及ビ我儘ノ至リ不届ニ思召ニ付キ切腹仰付ケラレケリ此輩ハ如何様ノ所存有テヤ国主光秀ニ従ハズシテ雅意ニ任セケル故終ニカヽル目ニ逢ヌル儀ハ勿論ナガラ哀也事共也」と。信長公記に「調略を以て召捕り」とあるところ、明智軍記には光秀の不名誉を避けて、城中より降参を申出たとするが、いずれにせよこの段階では、老母人質の事などは全く無かつたのである。老母人質の件は、総見記の段階に於て創作されている。総見記は信長公記の「調略を以て」の部分を詳解すべく、誓紙とか人質とかを創り出したものと認められる。

さて九大本真顕記イ二九aにもどると、光秀が八上城を殺戮し鬱憤を晴らしたという次に、以下の文が入る。「元此老母は光秀が実母にあらず叔父明智兵庫助入道宗宿が妻也光秀幼少の時養育に預りし大恩あれば此年月実母と敬ひ孝行を尽しけるが左馬之助光治は此老母の実子なるがゆへ此度敵対にて老母の死せられしと光秀自分の不孝より左馬之助が心底を量りかね歎息やむ時なかりける」(イ)、その次に「かなしみ余りて光秀主君信長をふかくうらみ今一両日せば是非々々母を奪ひかへさんものと情なき主人のはからひ波多野兄弟誅戮の事御延引下さるべきむね願ひ出置つるに一応の御告にも及ばずして誅せられけるゆへ老母終に帰る事あたわず…聊も仁義なく我を不孝の罪人なりとなし給ふ事恨みなれと恨憤る事骨髄に通り甚だ不快の色を顕はせり是後日に謀反を企し憤怒の一つなり」(ロ)と。そしてそのつぎに、「扨又安土には信長光秀が所行を嘲哢有秀治秀尚を捕へんには謀計いか程も有べきに母を質とし敵の手に送りしは何事ぞ最初より偽りの和睦ならば波多野を捕へ置ては其の家人等争か其質人を無事に差置べきや殺害せらる、は知れたる事夫を知りながら送りしは光秀が不孝不義とい、つべし若又知らずして斗ひしならば愚至ならずや波多野兄弟を生捕とも功とするに足らずと宣ひしとかや」（八）が置かれている。

イ五・二一ｂからイ五・二八までの間は、秀吉の三木城攻囲と別所長治自害、鳥取城攻囲とその落城など、中国攻戦の条々が有り、それが一段落してイ五・二八は織田対武田勝頼の物語になる。イ六・一で勝頼は滅び、次のイ六・二よりは光秀の信長への遺恨の物語となる。なお（六・二）以下は流布本も同じである。

先述のとおりイ五・二一ａのストーリーは矛盾なく進行している。そして光秀が丹波を平均し、丹波太守に任ぜられめでたく一段落がついている。であるからその後、イ五・二一ｂｃが浮田直家小西弥九郎の件を媒介とし、且つ竹中半兵衛の遺言があつて、イ五・二二は浮田直家の降参、以下三木城攻囲物語が続いて何の差支えも無く、まことに当然の進行である。然るに又イ五・二九ａｂが有るのは何故か。そうしてこれより九大本は、進行に、奇妙な矛盾を来たすのである。波多野の残敵赤井景遠の話となり、景遠が最後の覚悟を示す事（イ五・三〇ｄ）までは有るが、景遠討死の部分は之を欠いているのである。では流布本の進行はどうかというと、これはもう完璧である。五篇のの二一巻から三十巻までの始終を通してその進行に矛盾するところはない。波多野兄弟の滅亡、残敵である赤井景遠が脇坂安治によつて討取られた事、これで丹波平定、よつて光秀は丹波の太守となる。それより小西竹中浮田武田の話題となり、第六篇の武田滅亡に続いている。流布本は完成型である。

ここで流布本を見るに、その第五篇二十一すなわち（真五・二一）は、「波多野兄弟被生捕（流二一ａ）并光秀主君信長を恨る事（流二一ｂ）丹州赤井家由来（流二一ｃ）并刑部景忠雌雄猛貂を討事（流二一ｄ）」である。これらがそれぞれ、イ二九ａ、イ二九ｂ、イ二九ｃ、イ二九ｄである事が明らかである。すなわちイ五・二九＝流五・二一である。同様にイ五・三〇＝流五・二二。同様にして、イ五・二二〜イ五・二八がその順序に流五・二四〜流五・三〇に対応する。イ五・二一b、イ五・二一cはそれぞれ流五・二三c、流五・二三dに対応する。イ五・二一aは流布本上に対応する部分が無い。また、流五・二三a、流五・二三bは九大本上に対応する部分を持たない。まとめて表示すると、

九大本	流布本
イ二一a	ナシ
イ二一b	流二三c
イ二一c	流二三d
イ二二	流二四
イ二三	流二五
イ二四	流二六
イ二五	流二七
イ二六	流二八
イ二七	流二九
イ二八	流三〇
イ二九（a〜d）	流二一（a〜d）
イ三〇（a〜d）	流二二
ナシ	流二三a
ナシ	流二三b

では、これら両本の関係は、流布本が成立した後に改訂本として異本（九大本）が成立したのか、異本が先

行して、後に流布本の形に訂されたのかいずれであるか。これは大局的に言つて、異本の方が前で、流布本が後であるという外はなかろう。波多野滅亡はイ二一aが原型であり、後に訂されてイ二九abとなり、流布本はイ二九abをそのまま採用して流二一abとしたものと考えるべきである。流布本の形として既にさきに有つたものを、異本がイ二一で一旦破棄改稿した後、またイ二九で重複的に復活させるという事はあり得ないであろう。異本において、イ二八までを執筆した後、後来波多野滅亡部分の改訂稿を作つたが、前稿が残存して矛盾的状況を呈しているとした方がまだしもありそうである。しかし、それならば、異本ではイ三〇の後に赤井景遠の討死の条が何故欠落しているのであろうか。ただし、赤井景遠の滅亡という事実のみはイ二一に記載されているのであるが、折角イ二九c以来語り上げてきた、赤井家の家宝貂の皮の事や、脇坂安治との約束の事が中絶してしまつているのである。

この矛盾点は、真顕記の作者が執筆改稿の過程において、資料として用意した諸書諸説話を包摂しようとして、二度書きをしなければならなくなつた結果であろうか。あるいはこれを、写本の製作者が、原本を著作者の手元から持出して書写した過程に生じた混乱かと考えたい。著作者の手元の原本は全備三百六十冊であつた。その上改稿前の冊子もともに累積していたのであろうか。書写者はこれを数冊ずつ順次持出して、二冊ずつをまとめて一冊とし、全百八十冊として書写を行つた。その際このところで、初稿本改稿本が混じて持出され、配列の判断があやふやになつたなどの結果ではないだろうか。

ともあれ、イ五・二一が真顕記の初案であり、イ五・二九＝流五・二一がその後案であることは認められよう。何故初案は改訂されたのであろうか。西丹波へ羽柴秀長が侵攻し、成果をあげた事実によつて、光秀対羽柴の対立の構図が見えたであろうし、この辺から光秀の遺恨譚の伏線を置くことにもなろう。イ五・二〇Pは、そのような配慮の結果であつたろう。このPは真顕記におて、光秀が信長を恨む心の、最も早くに出された一文となつた。しかしPはイ二一ではなく、イ二〇の中に投込まれた一文であることを留意しなければならない。イ二一の波多野滅亡の大筋は総見記によるものであり、その中に信長を恨む意味は一言も記されていない。いなそれどころか、「丹州一円光秀に賜りけるにぞ莫大の恩禄光秀抜群の立身一国の守護と成りて悦ぶ事限りなし」（前出Q）というのが光秀の心事の総括であつた。イ五・二一aの総見記と異なるところは、光秀が波多野を説得した文言が、委細を尽した長文の演説に作り成されているということである。講釈者がいかなる方面を得意として述作をすすめるかを示すものである。

改訂稿のイ五・二九が光秀の怨恨の来由を盛込むべく改稿された事はいうまでもない。Pの思考をイ五・二一の上でもつと肉付けしたのである。これは、初案再案両方が遺存したために露呈されたところの、講釈者の手になる軍談の成長拡大の状貌を、伺うことのできる事例である。講釈者は、光秀の抜き差しならぬ情況を創り—描きではなく、創りである—光秀の心情に絶大な苦痛を与え、しかもそれに対するに信長の侮辱嘲哢を以てしたのである。事柄が増加され、目的である光秀謀反の理由づけ、もつともらしさを作ろうとするのである。往々にして遡上的な内容が割込んでくる。この事例の場合、光秀の母実は義母という事は、イ五・二一では言つていない。イ五・二九の段階において、そう言う必要を認めて添加された。（真初・二七）に叔父光安が家督を継ぎ光秀はその下に養育されたという事に相応させて矛盾を繕つたのであろう。そうしてQに該当するところ、赤井滅亡後光秀が丹波太守になつた部分を、同じ内容であるべき流布本（流五・二三）の本文を引くと、「信長公御悦有丹州は先々約束なればとて則光秀に一円に賜りけるにぞ莫大の恩禄光秀一国の主と成て抜群の立身なれば君恩を忝く思ふべきに心中にはさのみ悦ばず信長の情なきを恨み思ふにや其心止まざりしと也」と。イ五・二一のQに従いその後部を改稿して、このように反対の心意に変更したのである。

だが光秀と波多野滅亡の物語の改稿は、イ五・二九＝流五・二一の改訂のみにとどまらず、更に再度の改訂がなされたのである。それは（真六・三）においてである（六篇以下は篇立てや内容に九大本と流布本の差異が無いから真六・三のように表記し、流布本の本文を用いる）。それは単なる改訂という程度の問題ではない。事実が記述の部分に逆上つて大きく変更されてしまうのである。

「光秀仁心を以信長の御前を取成降参せらる、に於ては助命所領の事迄を慥に約束しける故波多野右衛門大夫福井因幡守を始十三人承知にて慈恩寺へ出降参しける尤信長より右の趣御得心の自筆の書状到来しける故明智も是を見せて斯請合しもの也然るに信長旧悪を憎むの心深き生質にて最初度々仰を背きしを憤り此度明智に付て随ひしを忌いかり忽別使を被遣約を変じ波多野一統十三人の輩え切腹申付べし少々にてもいたはらば明智も御咎め多有べきの段厳重に被仰遣しかば明智も気のどくに思ひ再応御免を乞願ふと云共信長の片意地一度出て入なく詮方尽て泪ながらに此由を申聞せ最期の用意ていねいに取まかなひける」と。波多野一族は大いに怒り、「此十三人必死と成て切抜け何れ成共存命して後日に鬱憤を報ずる事も有べけれ共左する時は情有光秀に迷惑をかけ恩を仇にて報ずるの道理只潔く死せん物と覚悟を極め光秀に一礼を述妻子一族へも暇乞を成し」て、家族にどこへでも落行くべしと言い、検使に向つて信長をののしり死んだという。「十三人の首を梟木にさらすべしと被仰付けるを光秀様々申宥め死骸は慈恩寺へ葬りける」と。慈恩寺の名は前引の信長公記に見えるもので、波多野兄弟が張付けられた安土の寺名町名であつた。波多野兄弟が安土で処刑された事は信長公記に始まつて、信長記総見記さらに真顕記イ五・二一、イ五・二九＝流五・二一の段階までその通りであつた。それが此の（真六・三）に於ては全く異なつている。

「慈恩寺に出て降参しける」とあるのははるばる安土へ出かけて行つて降参したのではない。次の巻（真六・四）に「丹州慈恩寺」と明記されているのである。読めば分る通り、波多野兄弟は全く安土へ送られていない。信長とのやりとり信長の指示は、すべて書状でもつて丹州へ届けられた事になつているのである。兄弟等の切腹は、妻子一同へ暇乞をして遺言をして死についたという。丹波の地での現前の死は、無念骨髄に徹した福井主水の話へと都合よくつながるのである。もう一つ大きな変更は、城兵は奮戦したが遂に力尽き落城に及んだとある、その際に「明智仁心を以て」降参をすすめ、助命を引受けたというのである。詭道を用い甘言を以てすすめたなどという事は毛頭みられない。この筋書きでは、当然老母人質の一件も消滅した。明智光秀を仁慈信義の人とし、信長の不慈を強める方向へと、遡上つて事態を訂正してしまつたのである。

真顕記における波多野家滅亡物語三訂を概括しよう。光秀が始めて信長に憤りを抱くことをいうQは、人情の上ではあまり同情される必要の無い、いわば勝手な憤りである。イ五・二一の、八上城を略取した光秀のやり方は、全くの詭道偽道であつて、後味の極めて悪いものである。俗にいうだまし討である。読者を光秀の立場に共鳴させるどころか、光秀のやり方のひどさが印象的である。軍談者は本能時襲撃にもつともな理由づけをしてもつて行くためには、受手をして光秀の憤慨に共鳴させなければならない。イ五・二九＝流五・二一に至つて、この点は幾分改善された。光秀は波多野兄弟をおびき出したのであるが、一応、処刑を猶予してくれるように信長へ申し出ている。但し波多野に対して信義のため身に代えてもというようなものではなく、人質になつた義理の母を取戻すための切羽つまつた時間かせぎであつた。「城兵叶わぬ所と覚悟して老母を殺害すまじきにもあらずと彼を思ひ是を案じ中々強気も出されず難儀困窮に及びけるが何とぞ秀治秀尚の間謀計を廻らすべしと安土へ使者を差登せ波多野兄弟死けいしばらく御猶予下さるべきのよし願ひける」（イ五・二九）と。波多野に対する謀計を廻らすためであり、信義などには微塵も及ばない立場なのである。作者が読者へ共鳴を求めた道筋は、信義を全うし難くなり進退に窮したという筋ではなく、孝道がさまたげられたという筋で読者を得心させようとしたのであつた。しかしこれでも、詭道のため自分の方から老母を質に入れたという根本の愚行が有る以上、光秀の孝道に対する共鳴は得られない。光秀の苦慮は得手勝手である。講釈者自身信長の口を借りて光秀批判を行い、読者はそれの方に理を認めないわけにはいかない。この場合信長は非道ではない。三訂稿（真六・三）に至つて、光秀を武士道にかんがみて、情義を尽した武将に作り替え、波多野一族の処刑という残忍の措置は、一切これを信長の非徳不仁に帰せしめた。かくて読者の同情は光秀に傾斜し、この一話は光秀謀反への経路の一部となつたのである。

　講釈者が、いくらでも事実を改変して行くその現場をここに見る事ができる。それはむしろあざとさ―見え透いたやり方である。構造的長期的な仕込みや伏線ではなく、そのことの必要さが考慮された時時に、改訂され増加され補入されてゆくものであり、往往にして遡上的である。この説話全体がそうであるが、この中の一部分のきわめて単純なケースを一つ指摘すれば、前記（真六・三）の引用文中に「尤信長より右の趣御得心の自筆の書状到来しける故」云々という。これは「尤」で始まる補足遡上の文体である。このところまで文を書きすすめて来て、こうでもしなければ理が通らないと思い至つて、この補足表現が出てきたのであろう。

これらによつて真顕記における波多野一件の、初案を見、再案を見、三案を見るに至つた。軍談のストーリーが改築される講釈者流のやり方はかゝるものと言わぬばかりである。

絵本太閤記と明智光秀

上述波多野滅亡の一件は、絵本太閤記ではどうなつたのか。

絵本太閤記では、（真五・二二）を下敷きにしてその通りに進行し、光秀の本陣に出て来た波多野兄弟をから め捕る。（真五・二二）と大いに異なるのは、兄弟等を安土に送るのに際し、「光秀波多野兄弟に向ひて申ける は今日の計ひ約に違ひ不信のふるまひに似たりといへども是光秀が心に非ず君命はいかんとも成がたし況や 老母を以質と成し城中へ入置たれば光秀に於て逆意を抱き謀計を以搦捕べき謂なし汝兄弟主従の命は光秀が 功に申かへ是非々々助名の御沙汰申賜ふべきの間心を安んじ一度安土へ趣かるべし就ては波多野家相続の儀 も光秀あしくは計ふまじ早とく〳〵と勇めけれど」（絵三・二）兄弟は無言であつたとある。光秀としては、 情と理を尽した言い方をしている。途中で秀治は手傷が悪化して死ぬ（総見記でそうなつている）。八上の城中 では光秀が謀計を構え、秀治を安土へ送つて誅殺したと誤聞し、人質の老母を大手の門にて磔刑にする。「光 秀是を見て大に歎き我波多野兄弟を殺したらんには敵又我母を殺すべきは理りなれど我いかにもして兄弟が 命を乞うけ波多野の家相続せしめんと心を尽し居る前に先達て我老母を殺したるはいかなる所行ぞや己城中 の奴原今に思ひ知らすべきぞと踊上つて怒りける」と。光秀は波多野秀尚主従を安土から申受け、丹波の陣所に連行し、八上城の前に磔柱を立て、城中に秀尚の存命を見せた後磔殺したという。絵本太閤記は（真流五・二二）に（真六・三）を接合して話を作つている。しかしそのいずれとも異なる。絵本太閤記の説話の主意は、光秀を理を弁えた誠意の人とした事。八上側が誤聞によつて老母を殺したことにより、光秀の誠意を踏みにじつたという結果を生じた事。波多野秀尚の磔刑は全く光秀の復讐行為であり、その依つてきたる責任は波多野側に帰せしめられる事。右の始終において、信長には何の責任も不慈も無く、光秀が信長を恨む事態は全く構成されていない事、以上である。そうして最も留意すべきは、絵本太閤記にあつては、この一件を光秀謀反の要因に位置づけなかつたという事である。それは絵本太閤記の設計図に関する問題である。この段において、確斎もまた講釈者と同様の手法による歴史改築をやつてのけている。講釈者は都度ごとに都合を合わせようとすることだが、読本作者確斎は、一層構成的な展望においてそうしているのである。

絵本太閤記において、明智光秀は構造の柱の一つである。光秀が反逆者である事が前提であるが、それは光秀のロールであり、光秀が悪のキャラクターを示しているのではない。光秀が何故信長を襲つたかは、絵本太閤記が力を尽してその理由づけを行つたところである。光秀は暴戻奸智の悪人、天下を狙う大賊では無く、まことに止むを得ずしてこの挙に至つたのだと。光秀に臨んでの信長は暴君としての側面が強調されており、惟任は一たび二たび三たびあるいは四たび信長公を恨んだ。これらの諸章は光秀に感情移入がなされるべく執筆されている。これは、その目的において、現代文学のような人物像の描出というのとは異り、歴史事態のわけの分からなさを除き、いかにもさもあらんという様に描いて、史伝を完遂させているわけである。

太閤真顕記も光秀謀反の理由付けをする事は、最も重要な課題であつた。しかし絵本太閤記は、真顕記のように、その時の思い付きで或いは執筆中の工夫によつてそうしたのではなく、かねての設計図にもとづいて執筆したものと思われる。絵本太閤記は惟任謀反の理由づけとして、（絵三・五）に恵林寺焼却の諫言を置き（光秀強諫信長公）、以後（絵三・七）の三章にまとめて記述した（惟任光秀恨信長公（イ）、惟任光秀再恨信長公（ロ）、惟任光秀三恨信長公（ハ））。絵三・七の総体は太閤真顕記に依らずして、明智軍記に依拠して惟任謀反の筋書きとしたのである。これが絵本太閤記の設計図であった。ただし絵三・五恵林寺の諫言は真顕記に由来している。正確にはこれが惟任一恨信長公であるべきで、全部で四恨としてよさそうだが、総体を明智軍記に依るという設計のために、数の上から省かれて、本体に対する序章の扱いとなったのである。さか上って、波多野滅亡一件は、絵本太閤記が設計図によって用意した謀反理由づけの諸説話の中には、含まれていなかったのである。

明智軍記における光秀謀反の経過は、明確な順序で述べられている。第一に斎藤内蔵助の一件。稲葉一哲斎家来の斎藤内蔵助は、主君の不興を蒙って稲葉家を駆落ちし明智光秀を頼んだ。光秀は彼を庇って抱え置いた。一哲斎は信長に訴え、信長は光秀を譴責して、「御自身握拳ヲ以テ三ツ四ツ日向守ガ頬ヲ喫ハセラレケリ」（明智軍記巻九）とある。標題「光秀失面目事」によって、その意図が示されている。これが絵本太閤記（イ）に当る。この話題は真顕記には見られない。次に光秀は徳川家康饗応の奉行を承るが、信長は彼の設営を過分過差であると大いに叱り、小姓蘭丸等に打擲させた事。（ロ）に当たる。この一件は真顕記（真六・一二）にも出るが、絵本太閤記はその内容行文すべて明智軍記に依る。

特に、光秀を打擲した森蘭丸は森可成の一子であって、可成の旧領―それは今光秀の領地である―相続の希望を信長に申立てているという一事を、光秀に告げる者があり、光秀が無念の涙を拭って帰ったという事は、明智軍記と（ロ）のみに共通する。さて信長は光秀ら諸将に西国出陣を命ずる。その回状に、光秀の名前は連名の中位にあり、かつ秀吉の指図に任すべしとあった。明智の面面はこれを恥辱と感じて激怒した。ところへ信長は上使青山与三を明智の許に特派して、惟任日向守に出雲石見二国を賜る、しかし、現在の領地近江丹波はこれを召上ぐるものなりと伝えた。この恨みが（ハ）である。まだ入手していない二ケ国と引替えに現在の領国を没収されては、妻子眷属暫くも身を保んずべき所なしと痛憤し、遂に重大な覚悟を決めたとする。絵本太閤記は、これらの内容行文をすべて、真顕記ではなく明智軍記を承けている。明智軍記は、その部分の構造が明確であり、構造的な読本絵本太閤記は、その構造に依つているのである。

　対照的な真顕記の方法について言及しよう。真顕記は（真五・二一）「波多野兄弟被生捕并光秀主君信長を恨事」（真六・二）「明智光秀信長を強諫并信長明智を打擲乃事」「明智日向守饗応司を蒙る并信長光秀が過言を御怒乃事」（真六・一五）「青山与三上使并明智光秀坂本え帰る事」に加うるに（真六・四）の後半「明智光秀祈祷を頼并妙国寺上人迷惑乃事」を持つ。（真六・四）は時間を逆行遡上させた事例である。光秀が旦那として頂妙寺の日証上人に武運の祈祷を依頼したのを信長が咎めた。頂妙寺は法華寺で、先年安槌宗論の節、弟子共狼藉無礼の振舞故上人を逼塞させて置いたのに、我に対して遠慮なき振舞と咎めたという。それから話は時間的に大きく遡行する。「抑信長公我宗門の日蓮宗を憎み給ふ起りは」という事で、妙国寺の什物や蘇鉄の一件が有つて、塩屋伝内や貞安和尚の登場と、安土宗論へ話が進むのである。以上は典型的な遡上性を示すものであるが、のみならず、真顕記は光秀の日証上人に祈祷依頼のところで、大変な記述を挿入している。「元来光秀大望の志有て信長公を敵と躵ふ織田七兵衛尉信澄を聟に取荒木山城守をかくまひ厚く饗応し是に限らず法華宗十六本寺などへ懇意の仕方信長憎ませ給ふ者を撫育しまさかの時の用に立んとの志こそたくましけれ」（真六・四）と。これは実に唐突である。この様であるならば、すでに着々とその記述がなされていなければなるまい。作者はこの時ここで、この一文を加える気になつたらしい。「元来」という接続詞が、この記述の遡上性を見事に表わしている。一般の小説論であるならば、真顕記六・四は後人の増補部分だと論じられそうなものである。行き当りばつたりと言ってはいけないのであろう。その様に講釈者の頭の中は進んで行くのであろう。しかしそれは、その時に当つて考えついて、一層付加したり、議論したり、理由付けをして遡源したりして、記述を進めて行つた結果であるから、やはり行き当りばつたりに近いと言えるのである。これに対して絵本太閤記は（絵三・五）をきつちりと、光秀謀反の原因記述に宛てて、愛宕山連歌へと直結させたのである。

　歴史学の上からは、明智光秀の謀反の事情については、欲望とも、怨恨とも、保身とも諸説が有り、その真相は未だ謎とされている。太閤記（甫庵）には、饗応役を承つている最中に出陣を命ぜられた事について、「出陣之事なれば御理申に及ばれざる事にこそあれと、云いなみ奉る顔さがふかゝりしなり」として、評に「いはゞ心にかくべき事にてもなし」（巻三）と言つている。通俗軍談形成以前に見られる謀反の理由付けとして、これが唯一の事実らしいものであつた。軍談家はこの一件に依つて光秀謀反の筋を通そうとする。

総見記は「一説ニ曰ク于時光秀此事ヲ深ク鬱憤セシメ。徳川殿饗応ノ器物。皆以テ湖水ニ投入レ悉ク捨之ト云々」（巻二三）と書加え、かつ反逆を家臣に伝えた条に、「予ガ身ノ上ニ於テ。大臣家ノ勘気ヲ蒙リ。誅伐ニ及ブベキ事数多有之。所詮此方ヨリ謀反ヲ起シ」と言わせた。諸軍談家は次第に、明智の謀反に必然性を備える事柄を、増加して行つたのであろう。必然性を備え筋を通すという事は、明智謀反を極悪の行為とする事ではなく、理と情の上で、聴衆の同意を得るように作つて行く事であるから、つまり、明智の権勢欲がつのつたという方向ではなく、情理の上でまことにやむを得ない方向、首謀者の恨みの情を納得せしめる方向に作られて行つた。明智軍記段階の斎藤内蔵介の件、森蘭丸の件、触状の件と領地召上の件、真顕記における恵林寺諫言の件、波多野兄弟の件、更には頂妙寺祈祷の件と、これ等はすべてそのために積上げられて来たエピソードであつた。講釈者の理由付けはこの方法、すなわちエピソードの加入という方法による。こういう話も有る、こういう話も伝えられているというやり方で、もつともらしさが塗り重ねられて行く。かくて少しの史実に多くの後作の挿話が加つたものが通俗軍談であろう。そうして絵本太閤記は、正にそれら先行軍談の総決算というべき地位に立つものであつた。講釈者の当座性、あざとさを見せる事なく、構成的にしつかりとしたものに仕上げる事が絵本太閤記の立場であつた。

絵本太閤記もまた、明智謀反の筋を通そうとした。ただし当座的に挿話を加入させるというのではなく、当初より太閤一代を見渡した全体の中に、構成的に用意して布置した。それは、それまでの挿話群を組み上げて行なわれた。前駆が有り、怨恨の一層が有り、二層が有り、三層に及んで遂に破れたという構成的記述が取られた。その前駆恵林寺の諫言は、全ての読者が光秀の言い分を支持する出来事であつた。そこから一連の怨恨物語のスタートがきられたのである。ただ確斎といえども、半ばは軍談の方法を捨てたわけではない。既成のエピソードは、それぞれその間において、より都合よく改訂されているのである。それと小説的作文描写の筆力とが複合して、以て構成的長編小説として成立しているのである。

　ここに絵本太閤記の、資材を取入れてもっともらしさを構築する一例を示し、一方で真顕記のあざとさの事例を示すこととする。

　明智軍記によると、家康に対する馳走の過美を怒った信長は、それでは主君を饗応する時には如何なすべきや以来の為に打擲せよと仰せると、御前の小姓四五人が立って扇で光秀の頭を打つ。「其中ニ森蘭丸モ座席ヲ立テ扇ヲ取直シ銕ノ要ヲ以テ健ニ打ケレバ頂上破レテ血流レ落ケルヲ信長公御覧ジテ罷立候ヘト御意ニヨリ則チ退出申ニケリ」(巻九)と。絵本太閤記では、法外の奔走は僻事である。惟住五郎左衛門を汝に代らしめて饗応司とする。汝は坂本に帰り休息せよと仰渡される。「光秀是を承り本意なき事に思ひ頃日幾度か罪なきに恥しめを蒙り我を悪み給ふ事何によつてかくのごとく甚しきやと更に怨恨已前に勝り怒気顔色に顕はれけるを気早き大将はやく見咎め給ひ己身の誤りを看ず面色を違へ憤怒の色を露すは主を何とも思はぬにや以来の為ぞ彼が頭を打つべしと下知し給ふ」(絵三・七)と。これは明智軍記に無い描写で、甫庵太閤記の「顔さがふか丶りしなり」を具体化し、更にそれに対する信長の対応を具象的に描写し小説化したものである。「近士小姓の面々顔見合せて立兼たるに森蘭丸つと立て光秀が側に立寄御上意なるぞと声をかけ鉄要打たる扇にて健に打ければ烏帽子破れて髪乱れ項裂て血流る丶光秀数度の打擲其恨少からずといへども是を忍で退出す」と。明智軍記の文と比較する事は容易であろう。恨みに言及する事が加わったのと、森蘭丸が一層特化されて甚しくなったのが主な変化である。この後、明智軍記では、長岡藤孝が在合い、光秀に言うことには、只今の森蘭丸の態度につき思い合すことが有る。彼は森可成の子である。「内々承リシハ彼者ノ亡父森三左衛門尉ハ西近江宇佐山ニテ討死ス今貴方其地ヲ領シ給ヘバ光秀無之ナラバ父ガ落命ノ地ノ旨申立テ西近江ヲ官領セバヤト心中ニ深ク思ケル由聞及候トゾ被申ケル」と。光秀はこれを聞いて、涙を拭って帰ったという。その後この話は陰徳太平記六七に、信長が今三年が程を待て、汝が所望は叶ふべしと言い、それを明智が障子の外で聞いたと作られる。絵本太閤記はこの蘭丸の件を、聞書きの形、一字下げで記す。話を陰徳太平記に承け、耳で聞いたのを紹巴とする。明智軍記段階は、蘭丸の心の内であるからまだしものこと、陰徳太平記段階になると、信長が蘭丸を寵愛の余り甚だ依怙の約束をする事とされる。絵本太閤記は慎重に、いかにも有りそうな一説として提示した。読者は光秀に感情移入して、謀反の心理を尤も至極とすることであろう。そうさせる事が歴史の筋をよく分るように通したという事なのである。考えれば、真顕記の講釈者もそうであり、陰徳太平記をこの形にした者も、確斎先生もそうなのである。この点については同一方向である。しかしそのやり方が、一方は、当座に談話を面白くしてゆく事により挿話が形成される過程にあり、絵本太閤記に至つて、すでに成立した挿話を摂取して史伝としての合理性の中に収め、もつともらしさを一層強くしているのである。

真顕記のあざとさ―成行き型というか非熟慮性というか―を示そう。饗応使光秀が咎められるところ、絵本太閤記に信長の叱責の言辞が有るが、真顕記（真六・二）には信長に対する光秀の反論、更に信長の再度の怒りの言辞が有つて、それらの全分量は、絵本太閤記の六倍か七倍に達する。これにも例の講釈評論の広舌が展開するが、その中に「但徳川は当時海道一の名将と呼る、故懇意を通じ置て後日の便にせんと欲しての事なるや」とは、騎虎の勢の赴くところ、まことに容易ならぬ方へ論が行く（この論の淵源は陰徳太平記六七にある。前掲の件と併せて、陰徳太平記が真顕記に近い段階にある通俗的軍記である事を示す）。光秀の反論に「…結局徳川へ懇意を通じ異心有様に御疑ひの段憚ながら御嫉妬に似たるべきか」と、これまた容易ならぬ口答えとなる。これでは収めようがなく、例の蘭丸の頭打ち、「額破れて血は肩衣を伝ひ衣服朱に染みけるに」で、「光秀無念さ限りなく切死せんと思へ共」とまである。こうなれば講談という演芸であるが、歴史物の著述としては、あまりなるていたらくであろう。この後蘭丸が信長に向かつて言う。「蘭丸御前に向ひ明智が躰相必謀反すべき者と相見へ候某に被命なば討すて可申」と言上したが、信長は「…縦逆心する共渠のごときに組する者有べからず一身の計義恐る、に足らず」と言い、蘭丸が再三諌めたが用いなかつたとする。

例の予言的諌言をここに入れたのであるが、信長がとり合わなかつたというのが、信長の大度を表わしているのかというと、そうではなかつた。「我別に計ふの手段有彼者自然と討死させしむべし」と言うのだから大変である。先述（八）の説話を引出す伏線なのだが、それにしてもひどい話である。講談演芸としての面白さは十分だが、もはや歴史としての尤もらしい事、いかにも有りそうな事では無くなつている。講釈者としては、（八）に繋げて、光秀反逆の筋を微塵もゆるがない程に通してしまおうと尽力しているその結果なのである。さて光秀の家臣等は、羽柴筑前守の下知を受けよとの触状を見て痛憤するのであるが、光秀は否む気色なく、畏り奉ると御受けした。これについて、蘭丸は信長に「此度西国加勢の義何分にも辞退可致の所心よく御請せし事内心計難し二葉にして伐らずんば斧を用るに至る…」と諌言したが、信長はよもや本心にて背く程の事は有るまじと言い、汝の諌めも尤もであるから、「我よき思ひ付こそ有れ」と、青山与三を召して、出雲石見を与えるから丹州亀山江州坂本を召上ると伝えよと仰付けたという（真六・一五）。仰せを謹しんで請けたのは反心のしるしだとは、これは又甚しい言がかりである。それについて信長が「よき思付き有り」ということでこうなつたとすれば、論外と言う程ひどい話である。蘭丸と信長がこれでもかこれでもかと光秀をいじめぬいたという構図なのだ。講釈者は、いよいよ光秀の糸を切らせる段になつて、かかる構図を用いるに至つたのである。講釈者の口舌に羽が生じ、奔騰してしまつたのだ。使者を承つた青山は、亀山城上座に到り、明智に出雲石見二ケ国の賜与を告げ、それより馬に上り、見送る明智が門に入らんとするその時に馬上から、上意有りと声を上げて、手綱を持ちながら、「出雲石見を新に被下置其代りに旧領丹州亀山江州坂本を被召上趣急度被仰度たり此段承知有べしと言捨直に乗出し御殿をさして帰りける」とある。面白くてはあつても、醒めて思えば、これがまことだと信じられる筈はあるまい。

講釈者の話作りはかくの如くであつた。当座当座に作られ引伸ばされ、当座当座に面白く、従つて受手を魅了することができるのであろう。それはそれで、その当座限りの尤もらしさを持つ。しかしそれは歴史を実際に動かした道筋とは言えない。どころか、数十巻の著述始終のあちらこちらに矛盾が生じ、見せかけの尤もらしさをも、損うことが多くなつている。しかし、このような真顕記も、それ以前の明智軍記も、始終を見渡して構成的に歴史をそれらしく作つた絵本太閤記も、結局は、明智反逆に至る経過を尤もらしく作る方向へと、同じ方向へ向かつて行進をしたのであつた。それらの流れの中において、明智の反逆像が形成されて行き、決定版として国民の同意を得たのが、絵本太閤記が組み上げたもつともらしさであつたといことができる。

絵本太閤記と柴田勝家

柴田勝家は絵本太閤記の構造の一つの柱である。絵本太閤記は秀吉の天下取りの物語であるとして、その一つの極点は、明智光秀を亡す山崎合戦である。しかし秀吉が名実ともに天下を取つたのは、最大のライバル柴田勝家を倒した賎ケ岳合戦の勝利においてである。賎ヶ岳は太閤一代記の最大の山場である。絵本太閤記は対柴田戦に、(絵五・二)～(絵五・五)を宛てている。絵本太閤記の五編までは、構造的に、秀吉がライバル柴田と対立しそれを倒す物語という構造をもつ。柴田佐久間が木下藤吉郎にライバルとして、あるいは阻害者として対置されるという構図は、真顕記において成立しており、絵本太閤記はそれを承ける。しかし真顕記と絵本太閤記とでは、記述の方法に変化が生じている。軍談者と読本作家の差異であり、諌言者の項で述べたところと類似した問題である。

真顕記ではこの様な構図を作つている。木下藤吉郎が織田幕下において頭角を現わす所以は、彼の軍術家としての有能さにある。信長が軍評定をする。柴田佐久間らの論は信長に満足を与えない。木下の発言が求められ、信長に容れられる。柴田らは口惜しくてもつと反対する。しかし結局失敗に終る。柴田佐久間は木下が頭角を現すのを偏執する。偏執によつて事有るごとに木下をやりこめようとして、その都度失敗を繰返す。藤吉郎の軍術の弁論は軍談講釈者の弁論と一体化しているし、柴田佐久間らの失敗は、講談演芸の半道仇である。絵本太閤記では、実質的な戦術論は捨象される。それは不要なのだ。また講談演芸の半道的記述も捨象される。要するに、木下が優、柴田の方が劣ということが次第に定まるのである。そうして、恥辱や恨みが重なって行く。当座的な面が捨象され、構造的な面に生かされるのである。

絵本太閤記において柴田勝家は、藤吉郎と始めて対面したその時から、やがては藤吉郎と戦い、滅亡すべく運命づけられており、その様な仕方で登場する。勝家が賤ヶ岳で滅ばなければならなかったその遠因は、実に永禄元年九月一日、藤吉郎が織田信長に見参したその時にあった。

藤吉郎の信長見参が狩猟の場に設定されたのは、論者はどの書に始まるかを明らかにしないが、文王渭浜の枠を用いたものである。その年織田上総介信長は小牧山に狩した。藤吉郎は「御狩場に推参し大将の見参に入べしと申ければ小田家の功臣柴田権六郎勝家怒て曰我君に直訴せんとはすいさん也察する所敵国の間者成るべしからめ捕て拷問せよと士卒に下知して取巻たり藤吉少しも恐れず某曽て左様なる怪しき者にあらずたとへ敵国の間者たりとも小兵の某只一人大勢出合からめ給ふに及ばず敵の間者と見定め給はゞ夫に付て中に行ふ謀も有べし思慮なき一言笑ふに絶たりといふ信長遥に此由を聞給ひ藤吉を近く召れ其の来由を尋給ふに」(絵一・二)とある。要約するに、勝家は藤吉郎をとがめ、藤吉郎は勝家を「思慮なき一言笑ふに堪たり」とやりこめ、信長は藤吉郎をとり用いた。つまり勝家は恥をかいたのである。これが二人の始めての出会いであった。

真顕記における藤吉郎の信長見参は次の様である。(真一・一〇)信長は推参者を勝家に見届けさせる。柴田はおまえは何者だと言う。御願いの筋ありて参ったので取次いでくれと言う。御願いの筋ならばその筋を通して申出づべきに直に御前へ出ようとはくせ者に極まった。誅すべき奴だが御遊びのさまたげなので助けてやる。早々退出せよと言う。御奉公の御願いなので大将御自身の否か応かの御言葉を伺いたいと言う。奉公の願い直訴とは不敵な奴、必定敵国の間者なるべし。搦め捕れと下知していましめさせ、信長の面前に引く。信長は柴田に糾問さす。ここで藤吉郎は、「追帰し給ふは名玉を得て打砕くにひとしからん」などと弁舌を用いる。信長は一部始終を聞いて縄を解かす。勝家が縄を解く。勝家が藤吉郎を咎める役割は同じであるが、勝家が恥をかいたというのではない。勝家は一応も二応も当然の対応をしており、絵本太閤記のように、すぐさま「搦め捕て拷問せよ」などとは言わない。読んで憎みたくなる様には描かれていない。絵本太閤記が初対面のそもそもから運命的な敵対者であったとするのに比して、そのような構造性を持っていない。

翌永禄二年四月佐矢川の合戦の軍議（絵一・三）でこういう事があった。柴田勝家佐久間信盛は、敵は大勢味方は小勢だから、清洲の城へ退いて敵を待とうと言う。「時に遥末席に扣へ居たる中村藤吉郎此事を聞て大に笑ひ勢州の軍勢何万ありとも是蟻の群がごとし此合戦味方十分の勝利早く川を渡りて合戦を始め給へ」と言い、自分はすでに川の浅瀬を調べておいた云々と、その戦略を示した。信長は悦んで藤吉郎に先陣を命じたと。藤吉郎は大いに笑って勝家を恥しめたのであり、藤吉郎の主張が通ったのである。真顕記（真一・一五）の記述では、信長は川を渡って攻撃しようと言う。柴田佐久間ら老臣は、川のこちらで守れということで、議論が決しない。信長が猿めに言わせようと言う。柴田の反対を押切って発言させると、言うまでもない事、進む時は勝利有り、退く時は災有り。早々進んで戦い給えという。柴田が詰問すると、大議論を弁舌して其理を説く。信長の心にかなうが、柴田らは木下を憎んで従わず、柴田はなお木下に問い質す。木下はまたも広舌を振い、特に自分が予め偵察したところを以て述べる。ここにおいて諸将は、論破するに言葉無くして信長の下知に従う。藤吉郎のは、信長に促されての発言で、「此事を聞て大に笑ひ」などと柴田らを嘲笑した趣きではない。講釈者の戦術論として、義貞正成を引いての弁舌である。この約千言に及ぶ弁舌は、軍談講釈の実質的内容なのであった。絵本太閤記はそれを藤吉郎の嘲笑に要約して、その役割を強調したのである。

長短槍試合として知られる上島主水の一件で、絵本太閤記は上島の側に柴田勝家を置いた。かの長短槍試合の後、評議の席で藤吉郎は美濃の齋藤攻めを提案する。上島が齋藤の間者である事を知っての上である。果たして主水は危機を感じ、「上島主水柴田が許へ行て密に談じけるは木下藤吉猥りに辯舌を震ひ君を勧めて国家を陥んとす君又血気にはやり給へば藤吉が詞を是也とし玉ひ足下を始め諸老臣の諫を用ひ給はず所詮某と藤吉に真剣にて鎗の試合を仰付けられ下さらば永く当家の禍を除くべしといふ」（絵一・四）と。「柴田も兼々藤吉が物毎にさし出るを心悪く思ひければ主水の所存に組し」、信長へ主水の願を取次いだとする。真顕記においては、この一件は絵本太閤記に比して入念に描かれている。講談演芸の演目として効果的な話題であった。木下勢と上島勢との擬闘は二度行なわれ、二度とも木下側が勝つ。「柴田佐久間が輩も共に無念に思ひける」（真一・二〇）とある。それから藤吉郎の齋藤攻めの提案が有つて、上島は柴田佐久間へ木下は御為にならずと讒言し、柴田らはそれに同意する。「佐久間柴田もいか様藤吉郎今すら斯のごとくなれば今少し引上られなば諸士を直下にして讒言すべき者なれば今の内退けむ事かたかるべし然れば何卒討取工夫をなし度ものなりと談ず」と露骨に述る（真一・二二）。かくして信長へ二人の槍試合を言上するに至る。試合の直前にも「主水蜜に佐久間柴田に目くはせして」（真一・二三）の一句が入る。真顕記で、柴田佐久間は木下の露骨な対置物である。正面の敵ではなくて、敵側に付いて笑われる者、半道敵の役割を演じるのである。絵本太閤記では、このような軽薄露骨は述べられない。「柴田も兼々藤吉が物毎にさし出るを心悪く思ひければ主水が所存に与し信長卿へ主水が願を言上に及びけれど」（絵一・四）の記述が有るのみである。その一句によつて、柴田の役割は明らかである。半道という役割ではない。木下を心で憎み敵に回るという役割である。

今川義元が上洛に動く。信長は諸臣を集めて評議する（絵一・四）。「柴田佐久間が輩は已前のごとく降をすゝむ藤吉郎はさまざま利害を説て今川と戦ふて利なるよしをすゝめ申ければ信長卿甚悦喜ましまして」対今川戦の用意を行つたと。このところ真顕記（真一・二三）では、藤吉郎の長大な今川迎撃論が展開されている。それは一巻の約四割を占める。絵本太閤記では「さまざまな利害を説て」と要約されてしまった。真顕記この条の最後は「柴田佐久間も詞なく皆々退出したりける」である。軍談の本来である軍略の論弁を、木下の口を以て言わせたところに真顕記の本旨がある。対置するのに柴田佐久間なのは、既にお定まりの形になっているのである。

長短槍試合に類似の挿話がもう一つ有る。絵本太閤記（絵一・五）によると、木下の計策が信長に悦ばれるのを見て、柴田佐久間は偏執日頃に百倍し、藤吉を恥しめようと、織田家軍学の師平手監物と計り軍学兵書の問答をなさしめる。互いに手勢を持ち陣法を戦わせてみようという事になる。この擬戦果して木下の勝となつて終る。平手は偏執の心を散じ、木下の組下になる事を乞うと。真顕記（真一・二五）によると、この一件は全く柴田佐久間の巧み出したところで、柴田佐久間は主君が「藤吉郎が詞に迷はせ給ふ事当家滅亡の端也たとへ彼を家臣となし置る、共重く用ひなき様にはからんとさま〻〻思慮を廻らし」た。「勝家一つの謀事を案じ出し」てこれに及んだ。「兵書の奥義を以て彼と問答させ及ばざる所あらば其時誅を加へん」と密談したとある。御家の為の確信犯というところだが、信長は聞給い、「又例の嫉妬にて藤吉郎に恥辱をとらせんとの企て成るべし扨々おとなしからぬ者共かな」と思つたとあるから、偏執によつて事を目論み、失敗を繰返す半道の役割が予告されているとしてよかろう。絵本太閤記では、勿論「其時誅を加へん」などという露骨な事はない。柴田佐久間は木下を恥かしめようとした役割を持つが、半道には落ちていない。

洲俣一夜築城の話は（絵一・七）に有る。信長は諸臣を召して、敵地洲俣に砦を築く者は無いかと一座を見渡す。木下が例の如く進みでて、命を受けようとする。時に佐久間信盛が木下に功を奪われじと、急に詞を発して引受ける。築城半ばに斉藤方の攻撃を受けて敗退し尾州へ引退く。「爰におひて小田家の将柴田勝家佐久間に代りて砦を築んと」引受ける。これは豫め防戦の用意をして精力を尽して築城に励む。一度は斉藤方を撃退する。しかし斉藤勢が後方に廻つて攻めると、普請方の人夫たちは総崩れになつて、結局失敗に終る。藤吉が起用される。兼て蜂須賀らに命じて十分に用意が整えられている。手順と能率の妙により見る見る中に城は成就する。藤吉郎は雨中の合戦に備えてあつたので、斉藤方との合戦にも快勝する。又もや柴田佐久間は失敗し、藤吉郎は功を立てるという結果になる。この一件は、真顕記（二・七）においては、軍談家から把えられた、柴田佐久間と藤吉の築城の対比を示す。佐久間は人夫五千、兵三千を率い、二十日余の予定で出かける。柴田は人夫三千、兵三千、二十日限りとして出かける。木下は人夫一千、兵五百、七日間である。

この対比は絵本太閤記では明確でない。真顕記では、木下は柴田に対し、敵地に二十日も逗留する事は危険不自由である。敵地に留るのは、五日七日を限りとすべきで、用意あらかた此方で調え、木造りをすべてすませて出かけるのがよろしいと忠告した。しかし柴田は例の偏執によつて、従わなかつたとする。この木下の忠告は絵本太閤記には無い。かつまた木下の築城に際しては、初日にこれこれ、翌日に至りこれこれで、三日の間に丈余の堀が出来、さて四日目にこれこれ、その翌日はこれこれ、さて柱門櫓すべてを立上るのになお三日、かくて七日めには一城を築いたと、その手順を示す。一夜城湧出が驚異を与えた記述は両書同様であるが、真顕記は柴田への忠告と、これらの手順を記すことによつて、藤吉郎の合理的な方法が明確に示されている。これはいかにも軍談家の得意技であつて、ストーリーの流れに就く読本の方法ではないであろう。

勢州攻めの時、高岡の城主山路弾正が降を乞う。木下藤吉郎は偽降を見破る。柴田勝家は反対して降を受入れよと言う。やがて山路の降参は偽りの謀計と判明する（絵一・八）。真顕記では、柴田が先に山路の降参を免すべしと言い、木下藤吉郎は声をはげまして反対したとする（真二・一九）。木下の論が有り、又柴田の反論が有り、佐久間がそれに賛成し、又木下の論が有り、更に信長の帰国と山路の処遇について、木下柴田に二応三応の議論が有る。柴田は木下の正論に対置される論者で、木下の正論である所以は、結果に基づいて論が作られているからである。これらの議論全体が（真二・一九）の持つ意義なのであるが、絵本太閤記はそれを捨象して、木下の明と柴田の不明とを対比して示す事を唯一の目的とする。

秀吉と柴田の対立の最大の事件は、「勝家与秀吉争而曰志」（絵二・九）の一事件である。柴田は越前にあり、上杉の侵攻を恐れ信長に援軍を乞う。秀吉は無用也と止めるが、信長は諸軍勢を北国へ派遣する。柴田は悦んで諸将を迎え饗応するが、秀吉一人が仏頂面をしているので、詰問する。秀吉は天下の形勢を論じて、信長の膝元が危険だと言う。それなら汝は手勢を引連れて帰れ。それこそ望むところと、秀吉は江州へ帰つてしまう。信長は怒つて秀吉を閉門にするが、果して間もなく松永弾正の謀反が生起して、秀吉の先見が明らかになつたという。すなわち秀吉は達見であり、柴田はそれを理解できなかつたというのである。この一件については、真顕記と絵本太閤記との間に、特に大きな変異は認められない。この一件は、信長公記巻十に「羽柴筑前御届をも申上げず帰陣仕候段、曲事の由御逆鱗なされ、迷惑申され候」とあり、総見記巻十七「北国表被向御人数事付松永父子又逆心事」に、「然ル処ニ羽柴筑前守秀吉。日比勝家ト中悪キニ依テ。威勢ヲアラソヒ凱陣セシム。是上意ヲ伺ハズ罷上リ候儀。曲事ノ由大臣家甚以テ御立腹」とある。真顕記はこの珍事に、秀吉側から正当な理由づけをなすために、長文の軍談上の議論をこしらえた―こじつけたと言うべきか。絵本太閤記も秀吉の軍議談を以て挿話の本体としたため、真顕記の面影がほぼ残つたものである。

以上の範囲の説話において、柴田勝家の反秀吉の行為は、歴史上の事実が先にあつて、後から押しこんだ話しである。勝家がそうしたことで歴史に展開が生じたのではない。いわば反対の為の反対をさせたということであつた。それはやがて秀吉と決戦しなければならぬという役割が決つているからである。絵本太閤記は柴田勝家のロールをそう定めて、構造の柱の一つとしたのである。いつかはこの柴田と木下が決闘しなければならない時が来るのだと。

柴田勝家が公然と、決定的に秀吉の敵である事を表わしたのは、明智光秀滅亡後、（真八・七）（絵四・九）である。絵本太閤記は柴田勝家について、「惟任光秀に続て小田家の叛臣我家の蠱毒は秀吉なるべき間おのれ筑前守討亡さで有べきやと深く是を思慮しける」（絵四・九）と明記する。これ以後勝家の秀吉敵対は顕在化する。この巻以下は、両書ともに、対抗して火花を散らす柴田木下を描き、その決戦へまつしぐらに筆を進めているから、講釈的な真顕記の様式と、構造的な絵本太閤記の様式の差異の問題にはなりにくい。但し部分的に両書の興味ある相違は随所に見られる。一例をあげておこう。

柴田は秀吉を挑発する（絵四・一〇）。七月二日信長の月忌。勝家は秀吉に盃三杯を強い、更に「筑州肴致されよ」とある。秀吉が料理を挟んとしたところ、匠作それを止めて、否我所望する核は食物には非ず、足下の領地長浜五万石であると言う。秀吉は「大老の御望豈辞する事あらんや潔く送り申さん」と言い、長浜は柴田の領地となつたと。この話は真顕記の酒杯の場で（真八・七）を承けている。そうして、真顕記はまた、賎箇嶽記を承けているのである。勝家が酒盃の席で秀吉に長浜をもらいかかつたという話の全体の原型は賎箇嶽記・一において成立していた（続群書類従五八八賎嶽合戦記は同書で一層前位にある）。信長旧臣の諸将は世嗣定めの相談をする。勝家は信孝を立てんとし、秀吉は信忠の遺児三法師を立てんとして一緊張があつた後、「其後御公達奥ヘ入セ給ヘハ勝家ハ衆ヲ不憚枕ヲ乞寐ナカラ諸事ノ相談シ其内ニ酒ヲ乞冷物鉢テ二ツ飲其時秀吉公ハ肴ヲ挟ミ給ヘハ勝家被申ケルハ秀吉ハ上方衆ニテ花車ナリ我等ハ田舎者ニテ田夫ナリトテ梅漬ヲ実共ニ十四五喰テ又件ノ盃ニテ三度飲大鼾シテソ被臥ケルサレトモ秀吉公ハ少モ怒給ヘル気色モナク料理所ヘ被仰付冷麦ヲ出シ様々馳走ヲシ給ヒケル勝家秀吉公ニ向ヒ被申ケルハ此已後ハ諸事公用多カルヘシ我越前ノ難所ニ住居シ足永ニ度々上洛センモ苦労ナレハ江州ノ内長浜ノ城ヲ中宿ニシテ貴殿ナト、相談シテ天下ノ制法ヲ可正幸ニ長浜ノ城ハ貴殿ノ領地ナレハ勝家ニ御渡候ヘトアリケレハ秀吉公ハ難儀ノ所望トハ思食ケレトモ次ノ間ニ勝家ノ甥佐久間玄番ト云ヘル荒者扣テ居ケルカ否ト云ハ刺違ントスル気色現レケレハ一先爰ハ請合テハ叶マシキ所ナリト思召イカニモ仰尤ニテ候間相渡可申ト宣ヘハ」と。真顕記はこの賎箇嶽記を同一表現の部分を含んで全く承けている。しかしその前に、柴田と佐久間の密議、長文に及ぶ佐久間の挑発的発言と秀吉の弁明、三法師の後見として誰を立てるかなどの議論が書込まれている。この議論弁舌を加えたところが真顕記の得意の工夫発展なのであろう。賎箇嶽記は佐久間盛政のキャラクターを設定するなど興味深いものであるが、この際論じない。真顕記は上記賎箇嶽記と同様の言い方でもらいかかるのであつて、「肴致されよ」と言うのではない。絵本太閤記の「肴に長浜五万石」は真顕記に無いところである。これは真顕記の、「秀吉肴をはさみ給ふを柴田答礼にも及ばず嘲笑」し、傍若無人に秀吉をはづかしめる事と、長浜所望とを、絵本太閤記段階において結合したものである。絵本太閤記は例によつて真顕記の多くの弁舌を省略し、話として面白くしてしまつた。要するにここでも又一つ、無い事が有る様に創作された、絵本太閤記における虚談創作の一例を見る。そもそもこの話は、信長遺跡の知行割をして、談合の結果、秀吉は丹波を領し、勝家は長浜を領したという事実に由来する。秀吉の旧領長浜が勝家領に代つたというめざましい事実が恰好の話題となつて、その裏面の説話が作られたものである。

さて清洲に会した諸将は帰国する段になる。柴田は諸将を会して別宴を催す。勝家は大酔の態にて肱枕に臥したが、秀吉を呼び近づけ、「二十年前早二昔貴殿木下藤吉郎たりし時我按摩を頼みたりし事あり巧者の撫かた今に忘れず」（絵四・一〇）とて、秀吉の按摩を所望する。一座の諸将は肝を潰して緊張したが、秀吉は「大老の命辞退せんも無礼なればいで捻で参らせんと少しも恥らむ気色もなく自若として肩衣脱肩より腰足の端れ揉給ふ」と。勿論真顕記に由来する挿話である。絵本太閤記は虚談と知つて採用したものであろう。真顕記は既述の、木下が若年のおり柴田が按摩させたという挿話を、ここで利用してこの話を創作した。しかしそれにつき秀吉の言う所とその扱いは、両書で大きく異なつている。真顕記（真八・八）では、秀吉の底意を疑う佐久間盛政に対し、柴田殿は先君の妹婿として第一の執権である。だから亡君も同然である。秀吉が立身したのはすべて君恩であるから、柴田殿の望みに従うのは当然で、腰を揉むのも足を洗うのも少しも恥辱ではない。「君を思ふ上は御家とく穏かに臣下和合し織田家再興の志専らとするこそ忠臣ならん」と言う。佐久間は一言の返答も無く赤面したと。対して絵本太閤記において秀吉の言うところは、「今秀吉の身に於る頼み奉る主君に後れ天下いまだ定まらず西に毛利三家あり東に北条氏政有り北に上杉景勝四国に長曽我部元親あり当家の危き事風の前の燈に等し…今匠作の心にたがひ我と戦ふて相死せば小田家の柱石忽に崩れ四方の敵徒一時に起りさしも先君の始め給ひたる大業も爰に空しく成りなん事秀吉が身命にかへて悲しみ思ふ最上也況や匠作は小田家の大老匹夫よりなり上りし秀吉が足腰を按摩たりとて恥辱とは思ひもよらず我は只当家相続の事のみ思ひて身の恥を思ふに暇なく候」である。諸将はこれを理りとして感銘したと。真顕記では秀吉の一旦の屈辱に対する堪忍の思いを述べている。勿論その恥辱が晴らされる事になる。対して絵本太閤記では、滔々と天下の形勢が論じられる。このところでは、軍談家のお株を奪つたかの様である。秀吉の念頭に有るのは、天下の大業なのだ。「恥辱とは思ひもよらず」と言う秀吉は既に柴田と決裂する事を規定の筋道としているのである。それは、この恥辱を返すためではない。天下を手に取る為である。秀吉の天下制覇は既定であり、これらの挿話は、むしろ柴田が妥協保身の選択をせず、求めて自ら滅びの道を辿る事を表示した挿話と位置づけられる。

柴田勝家に付随して、勝家と共に賤ヶ岳で滅亡した佐久間盛政を、勝家に組合せる半道仇として描く事は、両書ともにそうである。佐久間は柴田に吹込まれ、柴田の三下をつとめる。ことごとに秀吉に突掛かり、うまく行かない。くり返してその度にやり込められるというのは、講釈演芸の一つの形である。そのたびに一層露骨になり、遂に待ち伏せ襲殺の実行を計るが、秀吉は兼て事前に察し用意万全、この計は失敗に帰した。

これより翌天正十一年四月二十一日の賤ヶ岳の合戦へと繋がつてゆく。そうして、賤ヶ岳において、柴田勝家の夢を打ち砕いたのは、佐久間盛政の、緒戦に勝ちながら兵を引く事をしなかつた失敗であつた。佐久間が柴田の指示に従わず、兵を引かず、それが全軍の命取りになつたという構図は、真顕記も絵本太閤記も一緒である。その淵源は実に大村由己の柴田退治記*2に発する。「此時速於引取者一化先可為勝手処以因勢破之諺其侭所居陣也」と。この佐久間の傲邁恣行が勝敗を分けたとする言説は、多数の関係戦記に共通して見られるところで、後には、秀吉が中川討死の注進を聞いて玄蕃は引取つたかと問い、そのまま在陣していますと聞いて、さてはこの戦に勝つたるぞと躍上つて喜んだなどと講談化されるに至る。その件を含めて、真顕記は賤ヶ嶽合戦の始終を、賤箇嶽記に拠つて作つており、絵本太閤記は真顕記を承けている。しかし絵本太閤記には、真顕記に無い特別の一文が入る（由己使用の諺因勢破の辞句を用いているようだ）。「誠に勝家が下知のごとく玄番頭軍をかへし越後の上杉蔭勝に心を合せ佐々摩恵多等と勢を合せ戦ふものならば上方勢百万人にて推来るとも危き事有べからず故人も強勇は必ず破といへるは盛政等が類なるべし」（絵五・三）と。絵本太閤記において勝家は秀吉にとつて共存できない敵であり、まさに存在をかけての大敵であつた。その天下分け目の一戦は、実はきわどかつたのだというのである。

ライバル柴田と木下の物語は、かくて絵本太閤記の五編半ばまでの構造的な柱になつている。秀吉は大志を抱き織田信長の臣となつた。秀吉と勝家の二人は、始めに対面したその時から相許さざる敵手として存在した。それに天性反逆者たる命運を持つた明智光秀が加わり、ここに柴田木下明智の三人が共存する年月をもつ。木下は才知と軍慮によつて信長の信任を得、実力を伸長する。柴田はそれを嫉視し続ける。ここに勃発した明智の反逆は秀吉に天与の機会を与え、秀吉は持てる全才能を用いて明智に勝利する。以後の情勢で、秀吉は諸大名の優位に立つた。柴田は織田信孝滝川一益と組んで木下を排除する事を目的に動く。秀吉は既に手に入れた武力政治力を以つてして、自らの覇権を確立するための最大の敵手柴田を打倒して、天下を手中にしたのである。絵本太閤記の大きい部分はこのような物語である。この史観と太閤伝記の大綱は、このように要約したならば、歴史の流れとして、まことに通じやすく明るく、太閤物語は誰もがこのかたちで受容し得心するであろう。絵本太閤記は太閤伝記に構造的な方向を与え、かかる史観を具現させた。しかるが故に、伝記進行の中に取捨採用され組込まれた虚実さまざまの挿話自体も、又それらの意味づけや作者による変容も、人びとにそのまま受容されてきた。就中明智光秀の叛逆過程は、この流れの中に取込まれて、絵本太閤記の物語が、筋のよく通つた経過として国民に了解されて来たという事情である。

以上、読本史上の重要作品と考えられる絵本太閤記について、研究解明が進んでいない現状に鑑み、これも研究を要する重要対象である太閤真顕記との比較を試みた。双方ともに大部の資料である上に、未だ基礎的研究の施されていない対象であるために、多くの不備不徹底を含んでいる。以後の研究者によつて修訂進展されることを期待して止まない。

注

＊1――角川文庫

＊2――群書類従合戰部

江戸読本の文体と『安積沼』

大高洋司

一

山東京伝の読本第二作『復讐奇談安積沼』（半紙本五巻五冊、享和三年十一月鶴屋喜右衛門刊）については、典拠論のレヴェルでは、重要なものはほぼ出揃っているように思う。それらは新しい『山東京伝全集　第十五巻　読本Ⅰ』の解題（徳田武氏）にまとめられており、また山本和明氏の「京伝『復讐奇談安積沼』ノート」[*1]にも、小平次怨霊譚をめぐる佐藤深雪氏のご指摘[*2]を含む詳しい整理がなされていて、参考になる。ただし、その上に立ってこの作品をどう読み、評価するかという点になると、常に引掛かってくるのが、「習作期のものとして説話の構成など多少こなれぬ面のあること」（『日本古典文学大辞典』の本作の項、水野稔氏執筆）である。それは、一つには「山井波門の仇討という主筋と小平次の怨霊譚という傍筋とがあまり有機的に結合してはいず、（中略）筋の組織性にはいまひとつ不十分なものがある」（前掲徳田氏解題）点で、これについては筆者も考えを述べてみたことがある。[*3]もう一つ、筆者にとってよく分からないままだったのは、『雨月物語』の「吉備津の釜」と並んで本作の最も主要な典拠として設定されている、平賀源内の『根無草後編』二之巻、歌舞伎役者市川雷蔵の生い立ち話と、『通俗孝粛伝』（紀竜淵訳、明和七刊）巻二「阿弥陀仏講和」の扱いであった。両者の、章回を跨いで延々と続く、ほとんど丸ごとの利用は、ひとたび典拠と知れてしまえば、剽窃呼ばわりされても致し方のないもののように思われた。全体の構成を見渡しても、その部分には、原拠作がナマのまま串刺しにされているような違和感を覚え続けて来たのである。

　ところが近時、実はその部分に意味があるのではないかと考えるようになった。原拠との関係を、説話の内容としてのみ理解しようとすれば、右のようなマイナス評価に辿り着かざるを得ないわけだが、そうでない観点もある。ヒントを与えられたのは、久保田啓一氏の論文「大田南畝の文体意識」[*4]である。この論で、久保田氏は、寛政十一年当時、孝行奇特者取調御用方としてその記録を一手に担当していた南畝の、大量の孝子伝文を綴るにあたっての文体意識の高まりに言及され、「江戸青山久保町の薬商で安永頃死んだ長兵衛なる人物の伝を、1、書上文之体　2、俗文の体　3、漢学者の文体　4、和学者の文体　5、当時雅俗ともに通ずべき体の五つの異なる文体で書いた一種の戯文である」『宛丘伝』（同年六月五日成）を取り上げて、ことに2の「俗文体」と、5の「雅俗体」とを具体的に比較しておられる。このうち読本研究の立場にとって示唆的なのは、「雅俗体」について、「寛政十一年時点の当世風な、雅俗双方に受け入れられる文体と言えば、読本類で練り上げられつつあった雅俗混淆文あたりを想定できそうではある」と述べておられる点である。

　比較検討の後、久保田氏は、さらに論を進めて「雅俗ないまぜのこの文体に、南畝がどこか批判的で、積極的に文体を練り上げる工夫を怠ったのではないか」とされ、そのことを文化年間における南畝の読本批判と結びつけて考えておられる。南畝が雅俗文体で書かれた読本よりも雅文体のそれを高く評価していたことの指摘は貴重で、ここには初期読本から後期読本への転換を考える上で逸すべからざる視点が提供されていると思うが、しかし、後期読本の主導者として一貫して曲亭馬琴が想定されていることに対しては、（久保田氏は慎重な上にも慎重な書き方をしておられるけれども）やはり必ずしも賛同はできない。文化期に入ってからはともかく、『宛丘伝』の成立した寛政十一年六月の時点において、読本の文体に最も自覚的だったのは、まだ

『高尾船字文』（寛政八年一月自序、蔦屋重三郎刊）をものしただけの中本作者にすぎなかった馬琴ではなく、この年十一月の刊記をもつ（ただし割印帳には十二月七日とある）半紙本読本『忠臣水滸伝』前編を準備中だった、山東京伝である。寛政期後半成立刊行の江戸出来の読本を通観してみても、新しい長編娯楽読み物の文体に対して、これほどの精力を傾けた作者は、他にはいない。

けれども、『忠臣水滸伝』の文体が、そのまま規範としてスンナリと後続作に受け入れられたわけではない。『通俗忠義水滸伝』の文体を基調として、多くの白話語彙をそのままに散りばめ、それだけではなお足りずに和刻本の『忠義水滸伝』（第一〜十回、享保十三年刊）を利用して一層白話臭を強めたことで、詰屈で一般向けとは言えないものとなり、後編（享和元年十一月刊）ではその方向への努力を断念してしまった形跡のあることは、別稿に申し述べた。[*5]そして、これに続くのが、『忠臣水滸伝』とは別種の、漠然と読本文体（雅俗体）と称して誰も不審を抱かない文体で書かれた『安積沼』なのである。

こうした経緯を踏まえて考え直してみると、南畝の取り上げた「雅俗体」は、必ずしも読本の文体を意識したものとは言えないが、逆に読本の文体を模索していた京伝が、南畝の「雅俗体」を応用した可能性はある。寛政十一年に南畝の主催した和文の会の成果を集めた『ひともと草』に、京伝の名の見えないのは残念だけれども、京伝は、『忠臣水滸伝』の方向を軌道修正するかたちで、南畝の言う「当時雅俗ともに通ずべき体」を自らのものとして、『安積沼』の文体を考案した。その流れが、後に南畝を鼻白ませる結果を招いたことは、久保田氏の言われるとおりとしても、京伝が『安積沼』の文体を生み出した経路を辿ってみることは、そのまま江戸読本における文体成立の究明に繋がっているもののように思う。本稿では、こうした観点から、前述した典拠作、『根無草後編』・『通俗孝粛伝』との関係に注目してみたい。

二

『根無草後編』二之巻は『安積沼』の冒頭近く、『通俗孝粛伝』巻二「阿弥陀仏講和」は中盤に置かれているのだが、論述の分かりやすさを考え、まずは後者の方から問題にして行きたい。具体的には、『安積沼』巻之三（第五、六条）の大部分が、「阿弥陀仏講和」を、一話そのまま踏まえたかたちになっている。『日本古典文学大辞典』から、『孝粛伝』（徳田武氏）・『安積沼』（水野稔氏）の順に、必要部分の梗概を挙げておく。

孝　許献忠の恋人淑玉が悪僧明修に殺されるが、包公（「宋代の名裁判官竜図閣学士包孝粛」）は娼妓を淑玉の幽霊に仕立てて明修をおどし、自白させる。

安　敵を求める波門は陸奥に下り狭布（きょう）の里に住むが、土地の裕福な商人須賀屋三七の娘お秋にみそめられ、忍び逢う仲となる。ある夜、僧現西なる者、お秋に言い寄るが断わられてお秋を殺害する。その嫌疑が波門にかかり獄舎につながれるが、代官の策により現西は小平次扮するお秋の幽霊に出会ってすべてを白状し、波門は釈放され、小平次は功により五両賜わる。

ただし、筆者がこだわりたいのは、内容それ自体というよりも、「阿弥陀仏講和」における白話小説翻訳（通俗本）の文体を、京伝が『安積沼』巻之三にどう移し変えているかという点である。以下、長い引用が続くことを許されたい。

引例一

孝　献忠又次ノ夜ヲ約シツ、楼ヲ下リテ皈ラントス。淑玉カ曰、「毎夜此楼ニ梯ヲカケ、モシ人（1）

経過アツテ見付ケラレハ、恐クハ宜シカルマジ。次ノ夜郎来リ玉ワバ、妾先楼ノ枋ニ（2）貝木ヲ備へ置、一疋ノ白布ヲ以テ、半ハ貝木ニカケ、半ハ楼ノ下ニ垂レヲカン。郎只白布ヲ手ニ取テ緊ト是ヲ（3）攬へ玉エ。妾上ニ在テ吊上申サハ人ノ目ニカ、ルコトナク甚便リ宜シカラン」。――

安　波門驚て別出なんとす。お秋（中略）手織の細布を把ていはく、「此楼に梯をかけ、もし人の（1'）ゆきかひに、見付られなばよろしかるまじ。これより後郎通ひ玉はゞ、妾先楼の枋に（2'）貝木をそなへおき、此布を以て、半は貝木にかけ、半は楼の下に垂おくべし。郎此布を手にとりて緊と（3'）とらへ玉へ。妾上にて吊上申さば、人目にかゝることあるまじ」。

波門がいはく、「其貝木といふは何物ぞ。女の弱き力にて我を引あぐる事、おそらくはかなふまじ」。お秋笑ひて、「郎貝木を知らせ玉はぬもことはりなり。これは農家にある器にて、丸き木を設、物をかけてひくに力をもちひずして重をうごかす物、碾輪のたぐひの器なり」と告ければ、波門うなづきて、「これきはめて良計なり」といふ。

これは、主人公山井波門（許猷忠）が、布を伝って二階に住むお秋（淑玉）のもとに忍び、再会を約する場面である。『安積沼』の方で、段落を分けた後半部は、（2）―（2'）に見える「貝木」について、『孝粛伝』の本文の上欄にワクを設けて「貝木ハ、丸キ木ヲ設ケ、物ヲカケテ引ク。コロハシノ心モチナル物」と注釈してあるのを京伝が本文中に繰り込んだもので、両者の本文どうしが直接対応し合っているというわけではないが、読み比べてみれば、前半部において、『孝粛伝』がほぼ逐語的に踏まえられていることは疑いようがない。けれども同時に、『安積沼』の文章の方が、一読して和らいだ印象を受ける。漢字カタカナ交じりがひらがな交じりに改まったのだから、当然といえば当然なのだが、本作にあって目につくのは、その際京伝が『孝粛伝』の本文に見られる漢語の語彙をそのまま残すことをせず、こなれた和語に変更することの少なくない点である。引例一では、傍線部がそれにあたる。（1）の「経過」は、『忠臣水滸伝』前編に「足柄山に経過ぬ」（巻之二、十四ウ）・「漸々遠州路に経過」（同、十九オ）と用例の見られるもので、（1'）では、これが「ゆきかひ」と改まり、（3）―（3'）では、目慣れない「攬へ」もひらがなに書き替えられている。

引例二

孝　包公原ヨリ献忠カ貌美ニシテ性ノ和カナルヲ見テ、「此者（1）兇暴輩ノ形ニアラス」ト思ヒ、則問フテ申ケルハ、「你淑玉ト往来スルトキ、（2）甚人ソ楼ノ下ヲ（3）経過タルハナキカ」。献忠カ曰、（4）往日ニハ人ノ有シヲ見ズ。只（5）本月一人ノ（6）和尚有テ、夜々（7）木魚ヲ敲キ、抄化ヲ叫テ（3）経過タルコト、一両度アリケルカ、其外ニ人ノ（3）経過タル覚ナシ」。包公（8）逕ニ忖到、（9）故意叱テ申ケルハ、「没来由、汝人ニ罪ヲ譲ルトモ、（10）怎生我ヲ哄キ得ン。淑玉ヲ死シタルハ汝ニ極リテ明白ナリ。今汝ヲ死罪ニ行ハン。（11）甘心セヨ」ト、（12）喝令シテ左右ニ命ジ、――

安　此知県は素慈悲ふかく判断あきらかなる人なりけるが、此時心中におもへらく、「一ッには（中略）、二ッには波門が人品を見るに、容貌美にして性質和らか也、（1'）人を殺すべき模様にあらず。これには必別に縁故あるべし」とおもひ、乃波門に問うていはく、「汝お秋がもとに通ふ時、（2'）何人にもあれ夜中楼の下を（3'）とほりたる者はなきか」。波門答へていはく、「（4'）前には人の通るを見ず。只（5'）当月にいたり一人の（6'）僧ありて、夜中（7'）鉦をならし念仏をとなへて通り候。其外に人の（3'）通りたるをおぼえ侍らず」といふ。知県これを聞きて（8'）果哉と心中に点頭、（9'）わざと波門を叱りていひけるは、「汝大罪ををかして人にその罪をゆづらんとはかるとも、（10'）豈よく我をあざむかんや。お秋をころしたるは汝にきはまりて明白なり。我汝を死罪におこなひて、お秋が父母の怨みをはらさすべし。（11'）速に罪に伏せよ」と（12'）喝令し、左右に命じ――

知県（包公）が波門（許献忠）の無実を見抜き、真犯人を推理する場面。両者を比較すると、やはり傍線部において『安積沼』の方が分かりやすく手直しされている。このうち（2）「甚人」・（7）「抄化」・（9）「故意」・（10）「怎生」「哄得」・（11）「甘心」は、『俗語解』（唐話辞書類集第十、十一集所収）に項目の載る白話語彙であり、（1）「兇暴輩」・（8）「忖到」も同書に近似した語（「兇身　人コロシ」「兇徒　ワルモノ」・「忖道　ハカリヲモフ」）が載る。（9）と（10）の間にある「没来由」（二重線部）は、『安積沼』に直接の対応箇所がないが、これも『俗語解』に「没干絲　ワケモナキコト　由来モナキコト」「没来歴　同」とあり、『安積沼』にもそのまま載る（12）「喝令」も同書に見えて、白話語彙である。ところが『安積沼』では、最後の一例を除いて、それらの白話語彙が全て消去されてしまったことになる。

　実はこれは、先にも略述したように、前作『忠臣水滸伝』とは正反対の傾向である。『忠臣水滸伝』の、ことに前編には、直接『通俗忠義水滸伝』の行文に基づいた箇所が、しばしば見られる。例えば

> 本蔵は心はなはだ火急といへども、皆々苦を見て、只得此松樹の下に櫃をおろさせ、権且休息なさしめけるが、此折しも対面の杉林の裡に人影あらはれ、一個の経紀人一籃の棗子を挑来りて、林の裏に担をおろし、両袒て乗涼居たり。又遥の下より一個の漢子一荷の桶を挑ひ、擅に曲を唱て山を上り来る。其曲に道、（中略）。此男已に山を上り杉林の辺に来り、担をおろして乗涼ければ、棗子商人此男に問て云、「汝が此桶の内なるは乳酒なるか」。此男答て云、「いかにも白酒なり」。——（巻之四・第五回）

は、よく知られた「呉用智取ス㆓生辰綱ヲ㆒」（『通俗忠義水滸伝』上編巻之八（上））を、文章表現もそのままに生かすかたち（傍線部）で移し変えた場面の一節であるが、その際京伝が、原拠に含まれる「権且」「対面」「経紀人」「乗涼」「白酒」といった白話語彙を、外すことなく取り込んでいることに注意したい。それに加えて京伝は、傍線部以外の箇所でも、明確に指摘できるものとしては二例、「火急」「只得」の白話語彙を用いて、周囲の文章との調和をはかっている。例示したのは短い用例に過ぎないが、『忠臣水滸伝』の文体は、全体と

して白話語彙を含めた通俗本の文体の模倣によって成り立っているのである。さらに時として、これに和刻本（訓訳本）『水滸伝』の模倣が加わってくることもある。

しかるに塩冶の家士早野勘平といへる的、一日私用ありて松葉谷に到る処に、一条の大漢勘平が背後にありて、口裏自言自語説道、「我いまだ此宝剣を識者に遇ず。若能此剣を知ものあらば我これを売べきに、惜べし〱」といふ。勘平はこれを聞つけずして、二三十歩ばかりゆきすぎけるに、那漢子なほ勘平が後にしたがひ来り、ふたゝび声をたかうしていへらく、「惜哉偌大一箇鎌倉に我此宝剣を識得ものなし。若能これをしるものあらば売べきものを」とて、只顧嘆ていひければ、勘平これを聞てあやしみ回首て看に、――（巻之二・第二回）

傍線部は、前掲の例と同じく通俗本の『水滸伝』（上編巻之三「豹子頭誤入白虎堂」）を直接踏まえた箇所であるが、二重線部は通俗本にはなく、和刻本の『水滸伝』第七回にのみ見られる表現である。断片的にではあるが、原『水滸伝』の本文を付加することによって、白話臭が一層強調されている。こうした箇所は、和刻本の利用が第一～十回にとどまることもあって、それほど多くはない*6（主として前編の前半部に見られる）のだが、京伝が、『忠臣水滸伝』の文体に、白話文のもつ一種の違和感を、むしろ積極的に取り入れようとしていることが良く分かる。

ところがこれも前述のように、『忠臣水滸伝』後編の文体は、例えば

大星あぐみて、つとよりておかるをとらふ。おかるあながちに放さず、「いなもどせ」、「いなもどすまじ」といひてたがひにあらそひけるが、大星おかるが覷個空手をひきはなち、書簡をうばひかへさんとしけるを、おかる只双手を伸して、胸の上を緊と抱きてはなさず、たちまち柳眉を踢竪星眼を睜開て

いへらく、「伱独聡明の人にて他人はみな愚なりとおもふか。なんぢ我を詆て書簡をもとめんとすとも、いかでかあざむかるべき。さきのごとくいひしはみな伱をたはぶれてこころを焦せたるのみなり。なんぢ浮浪的風に粧做て、妓楼にあそび、娼家に酔、ひたすら醜行をなすは、都是仇家をあざむく計策にあらずや、いかでか本心の所為ならん」と、すでに心機を見ぬきての、しりければ、大星此一言をきゝて心中大に慌、「我いかでかさることあらん、なんぢ胡言乱語をいひて、声をたかうすな。人ありてきかばまことゝおもひ、我をあやしむべきに、只宜声をひきくすべし」といふ。（巻之一・第七回）

のように、ひらがなが増え、ずっと読みやすくなっている。場面ごとにバラツキはある（引用部分は、どちらかといえば漢字の少ない箇所である）が、後編では、積極的な白話語彙・白話文の採用は、総じて控えられているのである。その理由は推測の外を出ない（＊5の拙稿参照）けれども、要は前編の文章の親しみにくさに起因するものと見て誤りないであろう。しかし『忠臣水滸伝』後編の文章には、それでも白話語彙の使用が目立つこと、勿論である。傍線部は、前掲『俗語解』と『小説字彙』（唐話辞書類集第十五集所収）に、近似も含めて項目化されているもの。両書に見えない「踢竪」「粧做」「都是」（波線部）といった語彙も、白話的表現として作者の脳裏にとどまっていたものと推測される。『安積沼』で京伝の行なったことは、『忠臣水滸伝』前後編における、白話を主とする漢語表現のこのような扱いを経た上での、さらに踏み込んだ方針転換だったのである。

引例三

孝　此夜明修又木魚ヲ敲キ、街々ヲ叫アルキ、三更ノ時分玩月橋ニ皈ラントスルトキ、橋下ニ三鬼ノ声有リテ、高ク叫ヒ低ク叫ヒ、一ノ鬼ハ婦人ノ声ニテ、（1）低声啼哭其声甚悽切ニシテ、人ノ魂ヲ嚇カス。明修心忙然トシテ、（2）体麻木脚軟テ走リ去ルコトアタハス、橋ノ上ニ（3）打坐テ、「阿弥陀

仏」トソ念ヘケリ。女ノ鬼、且哭且叫ンテ申シケルハ、
「明修々々、你来リテ我ニ姦ヲ求ム。（4）我従ワスシテ罷了ケルニ、我陽数モ終ラザルヲ、你故モナク我ヲ死シ、又我（5）簪珥ヲ奪ヒタリ。故ニ我今閻羅天子ニ訴ヘシカハ、閻王二鬼ニ命ジ玉ヒ、我トトモニ来テ、汝カ命ヲトラセラル。然レトモ汝、今阿弥陀仏ヲ央テ、講和ヲ願フ。若財帛ヲモトメテ、鬼使ト我トニ与ヘテ打発ハ、我汝ヲ赦スヘシ。然ラスンハ再ヒ天曹ニ奏聞シ、極メテ你カ命ヲトラン。其時ニ至リナハ、諸仏ヲ央ヒ来ルトモ、汝カ命ヲ保コトアタワジ」。明修手ニ弥陀珠ヲトリ、合掌シテ申シケルハ、「我独リ住ノ僧ナレハ、慾心火ノ如クニシテ、汝ニ情ヲ求ルニ、（6）你只管従ワス。アマツサエ叫ヒテ人ヲ呼ケル故、我人ニ捉エラレンコトヲ恐レ、一時惧リテ汝ヲ死ス。今簪珥尚コヽニアリ。明日財帛ヲ買討メ、経巻ヲ念ヘテ汝ヲ超度スヘキ間、千万天曹ニ奏スルコトナカレ」。（中略）忽然トシテ、後ノ方ヨリ（7）二人ノ公差躍リ出、――

安　扨彼現西は此夜も常のごとく、鉦をならし念仏をとなへて村をあるき、三更すぐる頃住家にかへらんとて、錦木塚の辺にちかづく時、俄に一陣の風おこりて、颼々と樹梢をならし、月色朦朧として不覚にものすごくおぼえけるが、怪哉錦木塚のうしろに一道の陰火もえ出てあたりをめぐり、草ふかき所に（1'）虫のこゑかとあやまつばかりさめ〴〵と泣かなしむ声いともあはれに聞えて、人の魂をおどろかすばかりなれば、現西こは〴〵頭をめぐらしてこれを見るに、たけ長き黒髪を乱し、顔は雪よりもしろく、吭のあたりより鮮血淋々て、身にまとひたるうすものを朱に染なしたるが、黒暗中にたちておぼろげに見えたり。現西これをひとめ見るよりも、（2'）身うちしびれ脚なへて走去ことあたはず忽地に（3'）倒伏て、只阿弥陀仏〳〵とぞ念ける。幽霊白糸のごとき手をあげてかほにかゝれる黒髪をはらひ、且哭且叫かれたる声していひけるは、
「妾は汝が毒手にかゝりて非命に死したる秋が冤魂仇をむくはんため、これまであらはれ来れるなり。汝

しひて妾を姦せんとし（4'）うけひかざるを憤りて、いまだ陽数もおはらざるに、擅に妾を殺し、そのうへ（5'）櫛髪搔を貪れり。妾その恨をはらさんと閻羅王に訴しかば、閻王しばしのいとまをたまはり、こゝに来らしめて汝が一命をとらせらる。しかりといえども汝今先非を悔、妾が執念の残りし櫛髪搔をもどしなば、しばらく汝が一命を赦すべし。さもあらずんば速に地獄にゐて行て、かぎりなき呵責をうけしむべし」と息もたゆげにいふ。現西は面色槁木のごとくに変、恰も死したる狗のごとく地に倒てありけるが、これをきゝてわなゝく〳〵数珠をとり、合掌していひけるは、「我独住の貧僧なれば慾心火のごとくにして、おん身に情をもとめしに、（6'）ひたすらしたがはず、剰叫びて人を呼けるゆへ、我人に捉へられんことをおそれて、偶おん身を殺せり。彼櫛髪搔、人に売らんとおもひ持来りて今猶我懐中にあり。速にこれをもどすべし。又これより後ながらく追薦をいとなみ、経をよみ仏を念じて、おん身の成仏得脱をねがひ為に香燭をそなへて、幽魂を慰し申さん。こひねがはくは冤をはらし憤をやめて、我一命をゆるし、こゝろよく仏果にいたり玉へ」といひて、頭を地にうがちひたすら罪を賠にけり。此時忽然として後の方より、星河忠太、鹿角義平、（7'）両人ひとしくをどり出、——

代官（包公）の命により、お秋（淑玉）の幽霊に扮した小平次（娼婦）の名演技によって、悪僧現西（明修）が真実を白状し、二人の役人に逮捕される場面。京伝は、ここでも『孝粛伝』の用字・表現を平易な和語に改め（傍線部）、のみならず習俗を異にした内容を、わが国のこととして違和感のないように改変している（二重線部）。この点において、引例三には、前掲一、二と同じ方向性が示されており、それはさらに作品全体に亘っていると言っても差し支えないのであるが、この引例でもうひとつ注目しておきたいことは、行文の途中にあえて区切りを付けた、その前半部の扱いである。ここでは、『孝粛伝』の方がむしろアッサリしているのに対して、『安積沼』の方は、（偽）幽霊出現の雰囲気と、幽霊の形容を強調した書き方がなされている。中でも「吭のあたりより鮮血淋々て、（中略）黒暗中にたちて」は漢語的形容の目立つ一節なのだが、この部分は実は『孝粛伝』にはなくて、京伝の付け加えたものなのである。『安積沼』巻之三を見渡してみると、原拠作にはない漢語的表現によって修飾された場面が、ここと、もう二箇所ある。ひとつは、波門とお秋の密会の場面。『孝粛伝』では、「其夜献忠楼ノ梯ヲ持来リ、窓ニ懸テ楼ニシノヒ、蘭房ニ手ヲ携ヘテ鴛衾ノ夢ヲソ結ビケル」とあるだけなのだが、京伝はこれに様々な形容を付加して、恋の情趣を盛り上げている。もうひとつ、現西（明修）がお秋（淑玉）に挑み、殺害する場面の後半を引いてみる。

引例四

孝　淑玉甚怒リ、（1）「賊有々々」ト高声ニ叫ヒケレトモ、（2）此トキ夜深ノコトナレハ、父母睡リ覚ズシテ、此声ヲ聞ツケス。（3）明修人ノ起来ランコトヲ恐レテ、（4）戒刀ヲ抜出シ、一刀ニ淑玉ヲ殺死ス。怜ムヘシ淑玉賊僧ノ毒手ニ遇ヒ、（5）香散ジ玉砕ケ、（6）泉下ノ客トナリニケル。（7）其トキ明修淑玉ガ簪ト珥ヲ奪ヒ、彼白布ヲツタヒテ楼ヲ下リ、足ヲ早メテ逃失ケル。

安　お秋は苦しき声をあげ、（1'）「賊あり〱」とよばひけれども、（2'）此時しも夜深なれば家内すべて熟睡し、此声を聞付ず。お秋はなほしば〱よばゝりけるにぞ、（3'）現西は人の起来らんことをおそれ、急にせまりてかたはらにありし（4'）裁刀をひろひとり、お秋が吭にぐさとつきたてければ、阿と一声叫び、鮮血滚々とわきながれて、咲ものこさず散もはじめぬまさかりの花の姿を、忽暴風猛雨のためにそこなひ、（5'）香散じ玉砕てわづかに十七歳を一期とし、（6'）泉下の客とはなりにけり。嗚呼哀哉嗚呼痛哉、正是、三寸気在千般用、一旦無常万事休といへるたぐひなるべし。（7'）かくて現西はお秋が頭上よりおちたる、瑇瑁の櫛と髪掻を奪取、かの布をつたひて楼を下り、足をはやめて逃失けり。

引用した『孝粛伝』の本文全体にわたって、『安積沼』との間に七箇所の対応を指摘することができるが、ここでも問題はむしろ、対応箇所のない部分にある。『安積沼』の（4'）と（5'）との間にあるお秋殺害の描写は、京伝独自のものであるが、『孝粛伝』の即物的表現に比べて、明らかに残忍さ、凄惨さが強調されており、引例三の幽霊の描写と同傾向のものである。ことに喉元から流れ出る血潮を形容した「鮮血滾々」（陶山南涛『忠義水滸伝解』（第一回、唐話辞書類集第三集所収）に、「滾将起来」の説明として「クル〳〵ト湧上ル貌。滾ハ湯ノニカヘルナリ（下略）」とある）は、前掲の「鮮血淋々」とも呼応して、本作が「文化文政期のブラッディ小説流行の先駆」（京伝全集版徳田氏解題）と評される根拠の一端を担ってしまっている。この問題については、小平次怨霊譚における『雨月物語』「吉備津の釜」の扱いと絡めて後述したいが、描写の一点に限って言えば、恋愛にせよ殺人にせよ、原拠では簡単な記述で済ませてしまっている場面を一層盛り上げたいと考えた時に、京伝はむしろ自ら『孝粛伝』にない漢語表現を用いて、中国（白話）小説的雰囲気を醸成していることを指摘しておきたい。（6'）と（7'）の間にある「嗚呼…万事休」も、今直接の典拠を指摘できずにいるが、同様の効果を狙ったものであること、言うまでもない。

『通俗孝粛伝』と『安積沼』の文体を比較検討した結果は、右のとおりである。結論を整理すれば、『安積沼』の文体の基調は、巻之三において、〈通俗もの〉の文体を一話ぐるみ徹底して模倣しつつ、『忠臣水滸伝』の時とは逆に、そこに含まれる漢語、なかんずく白話文の残滓をこなれた和語に置き換える作業を施すことによって成った。[*7] 時として漢語表現の強調されるのは、その場面の描写に力点の置かれる場合に限られ、その場合京伝は、原拠作の描写不足を補うために、自らのボキャブラリーの中から語彙を選んで嵌め込むことを専らとしている。——けれども『安積沼』の文体のために京伝のしたことは、これのみではない。先に書名を挙げたままになっていた『根無草後編』二之巻が、本作の文体のために果たした役割について、論を進めることにしたい。

三

『根無草後編』二之巻で語られているのは、宝暦・明和期江戸の歌舞伎役者、初代市川雷蔵の前歴である。元来は武家の出身、零落して大津に住む浪人渡部義兵衛の一子で民之進といい、重病に罹った父と祖母との命を救うために、京宮川町の子供屋に身売りし、後に江戸堺町へ下ったという展開になっている。『安積沼』では、これが第一、二条にかけての、主人公にかかわる話に転じられているのであるが、その部分の梗概を、前章と同じく、『日本古典文学大辞典』（水野稔氏）から引いておく。

大和国耳無川のほとりに住む富裕な郷士穂積丹下（ほづみたんげ）の娘髪児（かつらこ）は、菱川師宣描くところの美少年の絵姿に懸想して病いの床につく。観世音菩薩のお告げにより丹下は自ら安房国保田村に住む師宣を尋ね、そこで、絵姿の主は那古村の浪人安西喜内の息子喜次郎という者であるが、喜次郎の一家は困窮し、祖母と父喜内は病気、家宝の名刀交剛大功鉾（こうごうたいこうぼこ）も質草となる有様に、喜次郎は浪人轟雲平の斡旋で江戸禰宜町の男娼（やろう）屋に身を売り一家を救ったが、雲平のために祖母と喜内は殺され母は狂死し、名刀は奪われた旨、聞かされる。

文中の傍線部が『根無草後編』に対応する箇所である。このように示すと、『安積沼』第一、二条に占める『根無草後編』の位置は、必ずしも大きくないようだが、それは水野氏が、作品全体の構成にとって必要な伏線を全て書き込んでおられるために、そう見えるのであって、実際には第一、二条は『根無草後編』二之巻を核として成り立っており、その前後、またその間に、京伝の工夫が嵌め込まれていると言ったほうが良い。まず、対応箇所の冒頭部を比較してみる。[*8]

引例ア

根　爰に市川雷蔵なる者あり。此者の変化定りなき其源を尋れば、父は代々瓢象の、都の方に隠れなく、富さかへぬる武家に仕へて、渡部義兵衛となんいふ人なりしが、朋輩の連坐にて、浪々の身と成けるより、老いたる母と妻子をも、養育手次にもと、住なれし都を離れ、（1）うき数々に大津の町のわび住居、弓馬の道は廻り遠く、外に営むべき業なければ、絵の事は先素人ながら、つい出来易き所の名物、げほうのあたまへ階子掛ても、我身の上の下り坂、主持ぬ身の一徳と、浮世は軽き瓢簞で、押へる鯰のぬらりくらり、犬のくわへて引歩く、先士の坊の褌さへ、しまりなき世渡の、いつ果べき事にしもあらず。

其上に民之進とて一人の悴あり、容貌百人にすぐれ、心さとくして滞らず、手習・学問・槍兵法、遊芸迄も器用なれば、（2）末々は能主取をもさせんとて、江戸の稼を心掛て、薄々用意は有ながら、——

安　過つる頃当国那古村と云処に、安西喜内といへる武士の浪人ありけり。先祖は里見家につかへてよしある武夫のよし。喜内は上に老母あり下モに妻子あり、都て四口のくらしなり。（1'）はか〴〵しき営生もなく、里の子等に手習もの読など教て、わづかの謝物をうけ、妻は折々浜に出て、当国の土産浪の子紐苔のたぐひをひろひ、露ばかりの価にかへて、ほそき煙をたてぬ。

児子喜次郎は此年巳に十三歳、世にまれなる美童なるのみにあらず、聡明怜悧人に越たれば、貧中にももろ〳〵の芸を学ばせ、手習学文剣法柔術はさらなり、我に学びて絵をかき、小舞謡曲笛鼓のたぐひまでも、尽く暁しぬれば、（2'）のち〳〵は能君につかへさせ、としてかくしてと、父母は唯彼が成長の末をのみ楽みて養ひけるが、彼が出世をはからんには、江戸の住居にしくべからずと、その心支度は有ながら、——

『根無草後編』（明和六年刊）は、言うまでもなく談義本の流れにある前期滑稽本の主要作のひとつであるが、

筆者はこのジャンルの文体的特徴について語る資格を持たない。以下の発言は、中村幸彦氏が平賀源内の戯作の文体に触れられた、

> 彼の文章は、志道軒の狂講調をも巧みに採り入れたのみならず、前述（筆者注、先に源内には「俳諧のたしなみがあった」と述べておられる）の俳文調に、漢文調や更に一時賀茂真淵に入門した和文調をもまじえ匆論談義物の俗文をも合せる。ともかく鋭い言語感覚の持主で、微妙な点まで行きとどいている。論文調がすぐれているのみならず、芝居好きで、やがて浄瑠璃で令名を得る如く、対話で人情の機微を描き、うがつことも巧みであり、当時好評を得、模倣者も続出したのも当然である

との一節[*9]と、同じ文章中で『根無草後編』につき、「娯楽的で、うがちも軽妙」・「穏やか」と評されたのを頭に置いて申し述べるものであることをお断りしておきたい。私見では、二之巻の当該箇所からは、俳文調・漢文調・和文調といった特色は、ほとんど抽出できない。むしろ少なからず俗に傾いており、七五のリズムを基調として「人情の機微を描き」、浄瑠璃の愁嘆場にも通う文体である。まず（1）—（1'）を比べてみる。前者は、主人公の父親である浪人が、大津絵を描いて生計を立てる有様であるが、前半部には「うき数々に大（筆者注、アフ→遇う）津の町」の掛詞が用いられる一方、後半部には「げほうのあたま」（古典大系中村氏注、「上部大きく下の小さい頭。大津絵の画題」）や「ぬらりくらり」といった、目に立つ俗語が使われてもいて、これを「平賀張り」の文体の一例と称して差し支えないもののように思う。対して後者は、逐語的に前者を追いつつ同様の生活状況を描写するが、「浪の子紐苔」に房総のローカルカラーが示される以外には、これといって修辞上の技巧も俗語使用も指摘できない。（2）—（2'）でも、前者の「能主取をもさせん」、「江戸の稼を心掛て（大系注、「参勤交代で諸侯の多い江戸へ出て、奉公先を求めようとの心がけ」）」といった口語的表現に対して、後者ではそれぞれ「能君につかへさせ」、「彼が出世をはからんには、江戸の住居にしくべからず」と、大人

しく改まっている。それに加えて、引例アの全体に亘って注目すべき点は、指摘したように『根無草後編』の文章が、七五調でたたみかけるリズム感に乗って書かれているのに対して、『安積沼』では、明確に七五調で区切られた節が、ひとつも見られないことである。これは、引例アだけが偶然そうなっているのではなくて、両者の対応箇所全体に亘って同じ傾向が見られる。これは、やはり京伝の意識してやっていることである。例えば、引例アから少し後の部分で、『根無草後編』の方が「秋の末より、冬の半に打つゞき、義兵衛も脊に癰を発し」と七五調になっている箇所が、『安積沼』では、「かゝる辛労の余りにやありけん、其年の冬の半にいたり、喜内偶脊中に癰を発し」と変更されている。京伝は、傍線部の語を加えることで、七五調のリズムをわざと崩しているのである。そうした例を、他にも挙げてみる。

引例イ

根「（前略）寒気つよき此時節、夜の物なく火の気もなく、（1）姑御といひ御前の大病、次第に募る苦しみを、病目より見る目のせつなさ。人参で愈ると聞ば、（2）せめて此身が若かりせば、君傾城に身を売りても、しやう模様もあるべきに、それさへも叶はぬ因果、天道にも仏神にも、見かぎられたる身の上」（3）と、夫婦手に手を取合て、忍ぶにあまる泣声を、――

安「（前略）寒気のつよき此時節に、夜具もなく炭火だになし。（1'）母人といひおん身の大病日にましおもる苦を、病人よりもかたはらにてみることのたへがたさよ。人参をもちひて癒ると聞ば、（2'）せめて此身の若からば遊女のたぐひに身を売ても、せんすべはあるべきに、それだにもかなわぬは、因果どしのあつまれるなり。皇天にも仏神にも、見はなされたる身のうへか。そもいかなる宿世の報ぞ」（3'）といひて、夫婦手に手をとり合せ、声を呑てぞ哭きける。

追い詰められた浪人夫婦の愁嘆場。括弧内は、妻から夫へのクドキであり、しかも感情の高まった後半部を引用した。したがって、『根無草後編』の七五調は、ここでは浄瑠璃的情調を色濃く帯びてくるのであるが、『安積沼』の方は、同様に七五調に区切って読めば読める文章でありながら、句点（原本では全て「。」）を少なくして浄瑠璃調を和らげるような書き方がなされている（傍線部）。さらに、『根無草後編』では、クドキの一段落した地の文においても、同じ調子が続いているのに対して、『安積沼』の方では、（3'）の、「といひて」、「哭きける」の二箇所に、七五調のリズムを断ち切る工夫が施されていることが分かる。

引例ウ

根「死ふといふ父の命、祖母の命諸共に、金さへ有ば助るとや。何卒金を調て、病苦貧苦を救はせ給へ。夫も叶はぬものならば、一寸も動くまじ。爰にて我を蹴殺してたび給へ」と、脇目もふらず祈けるが、——

安「死なん覚悟の父が命、病に危き祖母の命、先祖伝来の太刀の事も、都て金だにあれば恙なし。南無千手観自在、ねがはくは大慈悲をたれ玉ひ、金をさづけて貧苦病苦を救はせ玉へ。我爰にありてみじろぎもせじ。此ねがひかなはぬことにてあらば、速我一命をとらせ玉へ」といひて、眼をとぢ気をおさめて、一心不乱に念じけるが、——

主人公の少年が、前者は逢坂の関の明神に、後者は那古寺の観音に裸参りして、父と祖母の助命を祈願する場面。ここも高揚した情感を示すために七五調が最も効果を発揮する箇所で、両者とも事実そうなってはいるのだが、『根無草後編』が口語調（「死ふといふ父の命」、「一寸も動くまじ」）を含んでいるのに対して、『安積沼』では、そうした所が、いかにも武士の子らしい、やや生硬な表現（「死なん覚悟の父が命」、「みじろぎもせじ」）に変わっている。また前者に比べて漢語表現（傍線部）が増えているのも、文章があまりに俗に傾くことを嫌ってての配慮であろう。両者の漢語表現のあり方について、もう一例挙げてみる。

引例エ

根 「氷の魚、雪の筍、其孝行にもおとるまじ。日頃一徹短慮なりと、呵られし程有て、十二や三の子心にて、年に似合ぬ丈夫の魂、此上は留ても留らじ。汝が望に任すべし。(下略)」

安 「嗚呼石珍指を断て、父の病を愈し、劉氏股を割て姑の疾を祈しその孝行にもおとるまじ。汝があたふる人参代は、正是彦光が紫石英なり。日ごろ汝が火性短気をいましめしが、年に似合ぬ丈夫の魂、我まことに感心せり。その志にてはたとひとめてもとまるまじ、汝が心にまかせなん。(下略)」

家族を救うために身売りを決意した主人公を、父親が賞賛する場面。両者共に中国の孝子を列挙している(傍線部)が、『根無草後編』の方が良く知られた二十四孝の王祥・孟宗の故事を踏まえているのに対して、『安積沼』の石珍・劉氏・彦光については、筆者は現在典拠を指摘することができないでいる。[*10] ここも、一般に知名度の高くない人名を挙げることで、俗への傾斜を避けているのだと思われる。また前者の「一徹短慮」が、後者では『水滸伝』にもしばしば見られる白話語彙「火性短気」に変えられているのも、同じ意図によるのであろう。京伝のそうした姿勢はまた、次に示すような会話の移し替えの場合にも、はっきりと示されているようである。

引例オ

根 長右衛門引とりて、「(1)ない習でもござらねば、そふでもして身の代で、諸方の借金をもつぐのひ、人参でも調て、心ながふ養生なされい。いつも闇ではない習ひ、(2)わしが請に立からは、金さへ出来りゃ、何時でも請返さふと自由な事、御子息の孝行を無にせまいと思ふ故、夕部から夜も寝ずに、京へ六里のたて通し、(3)兼ねて懇意の親方故、諸事しめくゝりして置きたれば、判さへ出来れば金渡さふ」と、――

安　雲平かたはらより差出ていはく、「拙者もおなじ浪々の身なれば、おん身の心底、いかんともすべからざるを察せり。しかにはあれど（1'）是等の事世にためしなきにしもあらねば、御子息の志にまかせ、身の代をもて彼是のおひめをもつくのひ、人参の類をももとめて、心ながく養生めされ。常言に七倒八起といふ事あり。おん身等異日皇天のめぐみにあはゞ、ふたゝび天日の面を見て、御子息の身に花発時節あるべし。（2'）拙者請にたつうへは、金さへつくのひ玉はゞ何時なりとも請もどすは心安し。御子息の孝心を水の泡となし玉ひぞ。（3'）これなる人は江戸禰宜町の男娼家なり、曾て拙者としたしき人なれば、昨夜ことを相議、今ともなひて来つるなり。証文に判をだにするゑ玉はゞ、今たゞちに身の代金を渡すべしとのことなり」といひて勧すかしければ、――

引例エと前後するが、寒気の余り神前で失神した主人公を救った男が、父親に主人公の身売りを勧める場面。救い手は、『根無草後編』では「近所にて心易き柏屋の長右衛門といふ人」。一方『安積沼』では、「おなじ村に、これも武士の浪人にて轟雲平といふ者」。ここでは『根無草後編』における日常会話的口語表現が、三つの対応箇所（傍線部）において、それぞれ周囲の文章と調和の取れる程度の硬さを持った侍言葉に改められている。また、（1）と（2）の間にある「いつも闇ではない習ひ」は、（1'）と（2'）の間では、すっかり漢語風の装いに変化し、（3）のすぐ前にある「京へ六里のたて通し（大系注、「旅をしつづけの意で、強行軍」）」は、『安積沼』では舞台が江戸に変更されたためか、京伝はこれを消去してしまった。さらにもうひとつ、ここでも、『根無草後編』の七五調が自然な会話体に移し変えられていることを、ぜひ指摘しておかねばならない。

ただし七五調については、『安積沼』第一、二条のうち一箇所だけこの原則に反する所がある。引例エで「（下略）」とした、父親の会話の後半以下の部分がそれである。

引例カ

根「（前略）（1）去ながら、此年迄養育せしは、主人を見立奉公させ、世に出さんとこそ思ひしに、（2）ふがいなき親故に、年端も行で苦労かんなん、不便の次第」と（3）ふるふ手を、長右衛門が介抱にて、證文に印形すれば、（4）祖母と母とは左右にすがり、涙ながらに髪かきなで、思ひつゞけし数々の、胸にせまりて詞なし。

安「（前略）（1'）さはいへ此年ごろやしなひしは、主人をえらみてつかへさせ、世に出さんを楽みに、おのれが年の老るもしらで、月日のたつをよろこびしが、（2'）運命つたなき親ゆゑに、いまだ年端もゆかぬ身に、賤き業のうき艱苦、おはする事の不便さよ。此証文に印信を何としのびてすゑつべき。今此印をすゑぬうちは我家の児子なり。一度これをすうる時は、忽他家の人となる。いかんせん〳〵」といひて、天に号地に哭、（3'）印をとる手もわなゝきて、はてしも見えずありければ、雲平見かね手をそへて、やうやく印をすゑさせたり。（4'）祖母と母とは喜次郎が左右にとりつき、涙片手に額髪かきあげつゝ、思ひかさなる胸のうち、繰言のみに時移りぬ。

まさに『根無草後編』の丸取りとも言うべき箇所であるが、注目したいのは、ここでは、京伝は、原拠の七五調をそのままに受け継いでいるばかりか、これに一層の強調を加えている点である。『安積沼』の（1'）と（2'）の間には、原拠にない七五調の節が二つ加わっているし、（2'）と（3'）の間で、いったん弱められたリズムを元に戻す「天に号地に哭」の節も、京伝が独自に追加したものである。ここは内容的に愁嘆のクライマックスとなる箇所（この場面を描いた『根無草後編』の挿絵も、『安積沼』に取られている）なので、これまでできる限り目立たせずに来た七五調を、逆に短く強調したのである。この効果的な例外は、そろそろ原拠から離れる、密かなサインともなっていることを付記しておく。

さて、これまでで、必要な例証は全て抜き出し得たものと考える。上記を要約すれば、京伝は、『根無草後編』二之巻に顕著な文体的特色である口語表現の多用と七五調のリズムとを、ほとんどの箇所においてむしろ宥めたり排除したりしながら、内容的にはそっくりそのまま『安積沼』に移植したのである。前章で申し述べたように、『安積沼』の文体は、〈通俗もの〉に基づいて、さらにもう一段階和らげられたものと言って良いのだから、京伝は、その文体で、『根無草後編』二之巻の文章を、いわば「訳文」したことになる。けだし京伝は、試行錯誤の末に獲得した新しい長編娯楽読み物にふさわしい文体を、江戸作者の大先輩である平賀源内の『根無草後編』二之巻の文体と対峙させ、それが源内に代表される従来の半紙型「読本」（本作は半紙本五巻五冊である）とは異なる文体をもつものであることを、示して見せたのである。江戸読本のいわゆる「雅俗文体」は、こうして成った。『安積沼』では、「訳文」の成果を作中でそのまま公開するということそのものが趣向の一つとなっている。筆者は、冒頭に記した不明を恥じなければならない。

四

このような京伝の文体意識は、中心的挿話である小平次怨霊譚（見返し題の左側に「一名　小幡小平次死霊物語」とあることは、やはり見逃せない）には、どのようにはたらいているだろうか。ことに、この挿話の後半に踏まえられた『雨月物語』「吉備津の釜」との絡みについて、同様の観点から見直してみることは、必要な作業であると思う。そこに至る前に、やや回り道になるが、まず挿話自体の輪郭について見ておきたい。まず、これも『日本古典文学大辞典』から、水野稔氏による関係箇所の梗概を、私に区切った上で掲げておく。

ア　その（筆者注、主人公山井波門が仇討を決意した）頃幽霊の狂言に評判をとった小幡小平次は田舎廻りの役者となっていたが、先妻の子小太郎を千之丞の養子とする。小平次の後妻おつかは、雲平の弟で田舎芝居の鼓打ち安達左九郎と姦通する。（第四条）

イ　お秋殺しの話（前掲）。（第五、六条）

ウ　一方、左九郎は小平次が安積郡笹川で興行するのを知って一計を案じ江戸を出立するが、途中賊の頭目となっている雲平に会う。首尾よく小平次の一座に加わった左九郎は小平次らを誘って安積沼で釣りをするが、小平次は鯉を釣り上げたとき足を踏み外して水底に沈み、死ぬ。雲平の手下の仕業であった。やがて左九郎は雲平の隠れ家にきて小平次の死骸から五両を奪い取り、（第七条）

エ　江戸に戻って、おつかと夫婦になる。しばらくして、寝ている夫婦の間に毎夜忍び込んでくる者があり、左九郎が切りつけると小平次の幽霊であった。おつかは気が違い、重い病いとなる。祝部（はふり）がきて死霊の祟りであるといって神符を与えるが、三十二日目の夜陰火都飛び入っておつかを取り殺す。ただ女の長い髪の毛が軒に残るばかり。左九郎は雲平のもとに行くべく世帯道具を売り五両の金に替えるが、禅僧に騙し取られ、そのうち人違いして痛めつけられて狂死する。すべて小平次の怨霊のなせる業であった。（第八条）

このうちウの後半からエの冒頭にかけての、小平次の水死と亡魂の帰宅については、〈旅役者の水死〉をめぐる巷説に基づくものであることがすでに知られており、佐藤深雪氏によるその収集と整理（＊2論文参照）は、貴重なものと思う。死者の名前が、「伝馬町に住居せる旅芝居の坐元などして国々を歩行けるもの」（『耳囊』巻之四「戯場者為怪死事」、寛政後半成）や「中村吉十郎」（『東遊奇談』巻之一「中村吉十郎幽霊」、寛政十三年、京都刊）から、専ら「こはだ（小幡・小鰭）小平次」（『耳囊』巻之十「小はだ小平治事実の事」、文化十一年成）へと収斂して行く過程には、『安積沼』と、同じく京伝による合巻『安積沼後日仇討』（文化四年刊）の関与がさぞかし大きかったことであろう。ただし京伝自身も、この巷説をすでに小平次の話と見た上で話題にしていることが、良く知られた文化五年閏六月十九日付の、竹垣柳塘宛京伝書簡[*11]によって分かる。柳塘は幕臣、「古書・古画等の蒐集にも趣味のある粋人」で、全六通のうち「古器・古画等に関する諮問の回答がその多くを占めて」いることからすれば、小平次譚を取り込んでこの年六月八日から市村座で上演された鶴屋南北の狂言『彩入御伽草』にかこつけて、京伝は、自身一度は小平次にも考証的興味を抱いたことを報じているのであろう。ところが作業そのものは徒労に終わった。

小平次之事原来なき事ニ而（中略）モトヨリ〔評判記ナトヲミるニ〕小ハた小平次ト申ス役者、下役者ニも一向無御座候、但シ、元禄中生嶋新五郎弟子ニ、生嶋小平次と申やくしやあれとも、これモ小ハた小平次と申スたしかなる証モなし、旅役者ナトニ少しの怪談ありしヲ、いひはやらしたる事トそんしられ候、証ナキ事ハ、はなすニたしかならす候間、書留モいたし不申候、ふきや丁へんニて、知つてゐるト申者あれとも、ミなたしかならす、虚談多御座候　（〔　〕は、この箇所の右側に、やや細字で挿入されている）

というのが、その結論である。一方、同じ時期に「京伝は『近世奇跡考』（文化元年（一八〇四））を著して考証随筆の分野に先鞭をつけたが、（『安積沼』では）それらの好古考証趣味を随所に取り入れ、（中略）作品の雰囲気を醸し出し」（水野稔氏、『日本古典文学大辞典』）ていることは周知、それらと小平次怨霊譚という「虚談」を結びつける発想のきっかけは、高田衛氏の指摘[*12]されるように、『近世奇跡考』巻之二㊆「羽生村累古跡」にあったと思う。ここでの特徴は、醜女累の事蹟について考証するにあたって、『死霊解脱物語聞書』（元禄三年刊）・『新著聞集』（寛延二年刊）と共に、芭蕉の『奥の細道』が用いられ、曽良の「かさねとは八重なでし子の名なるべし」の句に対して、

これも累（るい）といふ名を訓（くん）にてよびしならめ。かさねといふを、聞なれぬ名のやさしとおもへるは、元禄の頃は、羽生村のかさねが事、さまで世に聞へざりしにや

とのコメントの付されていることである。これについて、高田氏は「生まれついての醜貌のため、夫に殺され、その恨みの執念で、後妻六人までとり殺したという累は、江戸人にとって恐ろしいもの、グロテスクなるものの代名詞であった」との一文に続けて、「京伝は、その累の心象と、『奥の細道』の「名のやさしかりければ」という記述の、大きな差異に、ふと心魅かれているのである」と述べておられるが、確かに京伝は、独自の都市文化を形成しつつあった江戸からさほど遠くもない下総の一隅にこうした異界の存在することに、驚きを感じているのだと思う。「累」の章には、『近世奇跡考』全七十一条の中でも他に類例のない、特異な視点が看取されるのである。『安積沼』第八条十六ゥ・十七ォにある、人々が百万遍の数珠を繰る隣室に出現する小平次怨霊の図が、『近世奇跡考』における「累怨霊図」と同じ構図になっているのは、京伝が「累」の視点で「小平次」を作中に取り込もうとしていることの現われと考えられる。ここからさらに一歩進めて、『安積沼』で、それまで特定されていたわけではない小平次の水死の場所が、陸奥の「安積沼」に設定されているのも、江戸という都市の住民にとって同じ〈東国〉の内でありながら、少なくとも近世前期の東北地方には、芭蕉の求めた歌枕に代表される和歌的伝統が生きて存在し続けていることと隣り合って、何か得体の知れない恐ろしいモノが息づいているかもしれないとの思いが、京伝にあるからなのであろう。「小平次」からは逸脱してしまうが、第九条で、羽州男鹿山の「蒿雀の岩窟」の奥に医師蒔田翻冲の広壮な屋敷があり、その背後には人肉を薬種に用いる魔所があるとされているのも、典拠である橘南谿『東遊記』（寛政七年刊）巻之一「〇蘇武社」に

> 扨此男鹿山の内にて、第一の奇境といふは、蒿雀の岩屋なり。山の麓海面に近き所に洞あり。八月の頃、海潮高き折を見合せ行事也。潮洞穴に及ばざる時は、絶壁にて至りがたし。潮高く此洞に及ぶ時、小船に乗り替て、洞穴の中へ舟をさし入る。半道斗にして、自然と洞の中明らかになり、漸々に潮浅く成り、舟すゝみがたき時、舟より下りて、猶奥深く入るに、次第に洞穴広く、細かなる砂清らかにして、後に

は潮も到らず、陸地と成り、遥向うを見れば、天地明らかにして、遠山連り、樹木うるはしく、人家のごときも見え渡る。其景色別に一世界と覚ゆ。此地に遊ぶ人は、猶奥深く尋到り見んと心ざし行事なれど、此辺まで入りぬれば、さすがに行先もおぼつかなく、帰路を失ん事も恐ろしく、又乗捨置たりし舟をも思ふがゆゑに、かの洞の広くなるあたりより先へは、つひに到り見る人なく、足早に帰り出ると也。

とあること（ことに傍線部）からの発想と考えて良いと思われる。ここでも実在する絶景のすぐ先に、虚構の魔界が存在しているのである。私見では、右のように「実」に隣接した小平次の「虚談」がまずあり、その前後を『根無草後編』・『通俗孝粛伝』等を文献的支柱とする山井波門の仇討が取り囲むかたちで長編構成が固められ、考証による裏打ちを経た元禄期江戸の文物が双方の要所々々に嵌め込まれることによって、『安積沼』の作品世界は成り立っている。ただし小平次の巷説自体は、先の柳塘宛京伝書簡末尾に追伸のかたちで

小平次事
すゑヲはなすと怪かあるとて、はなさぬといふ事ヲ、はしめてはなし出したやつか妙ニて御座候、すゑハはなさぬトいふもの、すゑヲしつたもの一人もなし

とあるように、結末が尻切れトンボのかたちになるのが常だったようであり、その「すゑ」にリアリティを付加するための、さらなる「虚談」として、中心的役割を担っているのが、第八条（前掲梗概エ参照）に踏まえられた『雨月物語』巻之三「吉備津の釜」であった。[*13] 早くから論議のある本作の扱い[*14]について、〈文体〉という観点から申し述べてみたいと思う。

中村幸彦氏は、『雨月物語』の文章の特徴を、「一言でいえば、和漢雅俗の混淆文である」と規定された上で、都賀庭鐘の文体と比較され、庭鐘の「漢風」に対して「和文調」の優位を明快に指摘しておられる。[*15]『雨

月』「吉備津の釜」の文章が、『安積沼』にどう移植されているか、例によって比べ合わせてみたいのだが、この二作の間には、ことにクライマックス場面において、『根無草後編』・『通俗孝粛伝』について説明したような、際立った差異が見られない。最後の数行を引いてみる。

引例A

吉　いかになりつるやと、あるひは異しみ、或は恐る〱、ともし火を挑げてこゝかしこを見廻るに、明たる（1）戸腋の壁に腥〱しき血灌ぎ流て地につたふ。されど屍も骨も見えず。月あかりに見れば、（2）軒の端にものあり。ともし火を捧げて照し見るに、男の髪の髻ばかりかゝりて、外には露ばかりのものもなし。浅ましくもおそろしさは（3）筆につくすべうもあらずなん。夜も明てちかき野山を探しもとむれども、つひに其跡さへなくてやみぬ。

安　いかになりつるやと或はあやしみ或はおそる〱、ともし火をとりてこゝ彼所を見めぐりけるに、（1'）窓ある壁に腥〱しき血そゝぎ流れて地につとふ。されど屍も骨も見えず。月あかりに見れば（2'）軒のつまに物あり。ともし火をさゝげて見るに、たけ長き女の髪の毛ばかりかゝりて、外には露ばかりのものもなし。浅ましくもおそろしさは、（3'）筆に尽すべうもあらず。夜あけて近辺を探索れども、つひに其跡さへなければ、――

（1）―（1'）で、（1'）の「窓ある壁」は、引例の前に「引窓をひらくに」とあることに応じた表現。対して（1）の「戸腋」は、古典文学大系版の注（中村幸彦氏）によれば『神代記』上に用例の見られる古い語だが、「戸の側」（同）というだけの意味なので、もし（1'）が右のようでなければ、そのまま使用されていたかもしれない。（2）―（2'）で、「のきのつま」は、『源氏物語』「夕顔」に「このものも、怪しくうちよろぼひて、むねむねしからぬ、のきのつまなどに、這ひまつはれたるを」（『日本国語大辞典』）との用例があり、秋成はこれによって古典語として使っている可能性もあるが、京伝は、あえて他の語に変えることをしていない。（3'）のみが、係助詞「なん」で止めた（3）の含蓄の深い表現を、一般的なかたちに改めている。こうした結果は、久保田啓一氏が前掲論文において、「雅俗体には和文体と共通する表現が目立つ」として、「和文体でも俗文体でもない純粋な雅俗体を綴ることがいかに難しいか、更に言えば雅俗体とは独立した文体ではあり得ず、包含する雅俗の要素の多寡に応じて常に変化する一体一体を便宜上統括する名称に過ぎないという印象も生じる」と述べておられるような事情に起因するのかもしれず、あるいは、秋成の行文の衒いのない迫真力に敬意を覚えた京伝が、加工を最小限に止めたためなのかもしれない。

　しかし、一見したところではただ引き写しただけのように見える京伝の文章にも、やや子細に検討すれば、やはり『雨月』と異なる点はある。

引例B

吉　松ふく風物を僵すがごとく、雨さへふりて常ならぬ夜のさまに、壁を隔て声をかけあひ、（1）すでに四更にいたる。下屋の窓の紙にさと赤き光さして、「あな悪やこゝにも貼つるよ」といふ声、深き夜にはいとゞ凄しく、（2）髪も生毛もこと〴〵く聳立て、しばらくは死入たり。明れば夜のさまをかたり、暮れば明るを慕ひて、（3）此月日頃千歳を過るよりも久し。

安　此夜は松吹風物をたふすがごとく、雨さへつよくふりて常ならぬ夜のさまなるに、（1'）四更の頃窓の紙にさと赤き光りさして、「あなにくき奴こゝにも貼つるは」といふ声きこゆ。深き夜にはいとゞ凄じく、左九郎は（2'）毛髪さかしまに竪て、しばらくは死いりぬ。明ればくるゝを愁ひ、くるれば明るをまちわびて、（3'）此日頃を過ること千歳をおくるよりも久し。

クライマックスへの導入部。（1）—（1'）で、「四更」の訓みが「うしみつ」と改まったのはどうということもないが、続く「下屋」が外されたことには意味があると思う。大系注によれば、「下屋（しもや）」は『源氏物語』「松風」に「しもやにぞつくろひて」とあり、『湖月抄』に「雑舎也」と注される古典語。『安積沼』では、その部分の意味が、一読して了解できるような配慮がなされている。（2）―（2'）でも、必ずしも古典語とは言い切れないかもしれないが、改まった表現である「聳立て（そばたち）」が、分かり易く改変されている。（3）―（3'）は、前者前半部の凝縮された表現が、素直な流れに変更されている。引例Aの最後の例を併せて、京伝は、『雨月物語』に対しては、表現が秋成的和文調に傾き過ぎないことを課題としていると言って良いのではなかろうか。ただし『安積沼』における『雨月』「訳文」の姿勢は、『根無草後編』・『通俗孝粛伝』に対するほど顕著なものではない。水野稔氏が「（『安積沼』の）文章も流暢な和文脈が主となっているが、これは『雨月物語』等の文辞を借用して見倣ったことによるものであり、さらに京伝はそこから読本作りの方法を学んだ」（『日本古典文学大辞典』）とまとめておられるような見解は、『雨月』に関する限り、必ずしも十分に実証することができない。京伝の『雨月』利用は、あくまでも一趣向に止まるものと考えたい。

最後に、引例Aとして挙げた箇所に対する、山口剛氏の評言に触れて、結びとしたいと思う。すでに良く知られたもの（＊14参照）ながら、その一節を引用する。

壁に流れる血と、軒の端の髻だけをいつて、磯良が正太郎を殺すさまをあらはにいはないのが、秋成の筆のすごさである。剽窃した京伝もさすがに、文の上には加へなかつたが、つひにさし絵にあるまじいものを示した。二度目からの摺本には、さうでなかつたが、初摺本には丁寧に三度摺の血しほの色をさへ見せてゐる。愚や及び難いものがあつた。

恐らくは山口氏がそれを指している早稲田大学図書館蔵の一本をはじめ、『安積沼』の初印本巻之四の、十九ゥ・二十ォの挿絵には、小平次の怨霊に噛み破られたお塚の喉笛から屋根にしたたり落ちる鮮血が、朱で摺り込まれている。山口氏は、「吉備津の釜」における「男の髪の髻（もとどり）」が、『安積沼』では「たけ長き女の髪の毛」に変えられたことに対しても、「京伝の加筆が折角の璧に疵をつけるあさましさを咎めねばならない」とまで非難しておられるが、作者の意図を忖度するに、京伝は、これを巻之三第六条で悪僧現西に惨殺されたお秋、および、続く第七条でお秋の幽霊に扮した小平次の喉元に流れる血潮と、一対のものと考えているのである。さらに、前作『忠臣水滸伝』には絶えて見ることのなかった〈血〉のイメージが、巻之二を除く本作のここかしこに顔を出しているのも、文章と共に、前期戯作的高踏性を去って、もう少し広い範囲の読者を獲得するための配慮かと推測される。その点こそ、山口氏が峻拒され、大田南畝の嫌悪した（久保田氏論文）、当のものだったのだけれども――。京伝がこれを自覚し、乗り越えようとしたのは、もうしばらく後のことに属する。ここではそれよりも、京伝が読本文体の成立に果たした貢献のほうを、改めて高く評価しておきたい。

注

＊1――「相愛国文」第八号（平成7・3）

＊2――「近世都市と読本　京伝の『復讐奇談安積沼』」（日本文学協会編『日本文学講座5　物語・小説Ⅱ』大修館書店　昭和62・6）

＊3――『優曇華物語』と『月氷奇縁』―江戸読本成立期における京伝、馬琴―」（「読本研究」初輯　昭和62・4）

＊4――梅光女学院大学公開講座論集第27集『文体とは何か』（笠間選書162　平成2・8）

＊5――読本善本叢刊『忠臣水滸伝』（和泉書院　平成10・10）解題。

＊6――『読本の世界　江戸と上方』第一章第一節（世界思想社　昭和60・7）、および＊5の拙稿。

＊7――この点について、筆者は＊5の拙稿で、『通俗大聖伝』（寛政二年刊）における「訳文」の体験に基づくものとの考えを述べている。『安積沼』の文体が、京伝のこの時の体験の延長線上にあるとの考えは変わらないが、その後十年ほどの間に、〈通俗もの〉の熟読を積み重ねてきたことが、やはり新文体創始の直接の契機となっているであろう。謹んで前説を訂正いたします。

＊8――『根無草後編』の引用は、日本古典文学大系55「風来山人集」（中村幸彦校注　昭36・8　岩波書店）所収の本文を用いた。本作の本文（大系版底本は中村氏ご所蔵の初印本。国文学研究資料館にマイクロフィルムが収まる）には、自序の部分以外には句読点が全くなく、大系版の句読は「新しく加えた」（凡例）ものであるが、以下に指摘するような事柄は、適切な句読の施された本文によってより明瞭に理解できる性質のものと考えるので、現在最良のこの活字本文に従うことを了とされたい。

＊9――中村幸彦著述集第四巻『近世小説史』第七章「前期滑稽本の展開」（昭和62・11）。

＊10――次作『優曇華物語』第一段に「劉氏」の名が見え、また水晶を得る話の原拠も同一かと思われるが未詳。ご示教を乞う。

＊11――大西光幸「翻刻『山東京伝書翰』」（「ビブリア」75　昭和55・10）

＊12――『女と蛇　表徴の江戸文学誌』Ⅱ「伝奇主題としての〈女〉と〈蛇〉」（筑摩書房　平成11・1）

＊13――近時、徳田武氏によって、「霍小玉伝」および『盯聹私記』との関わりが指摘されている（京伝全集版解題等）。

＊14――山口剛『怪談名作集』解説（昭和2・10）、後藤丹治「京伝の読本安積沼と雨月物語との関係」（「国文学論叢（龍谷大学）」3　昭和26・5）

＊15――＊9と同じく『近世小説史』。第六章「初期読本の作家達」。

引用文献（注に掲げなかったもの）

＊『復讐奇談安積沼』『山東京伝全集　第十五巻　読本Ⅰ』（平成6・1　ぺりかん社）および架蔵版本（後印）

＊『忠臣水滸伝』同右および読本善本叢刊の影印（前掲）

＊『通俗孝粛伝』『近世白話小説翻訳集』第二巻（昭和59・11　汲古書院）

＊『通俗忠義水滸伝』同第六巻

＊『忠義水滸伝』第一――十回（和刻本）架蔵版本（享保十三年版）

＊『耳嚢』巻之四・巻之十　岩波文庫（中）・（下）（平成3・3、6）

＊『東遊奇談』山本和明翻刻・解説（「相愛女子短期大学研究論集」42　平成7・3）

＊『近世奇跡考』架蔵版本（後印）

＊『東遊記』近世庶民生活資料集成第二十巻（昭和47・7　三一書房）

＊『雨月物語』日本古典文学大系56「上田秋成集」（中村幸彦校注　昭和34・7　岩波書店）および『上田秋成全集　第七巻　小説篇一』（平成2・8　中央公論社）

引用の際、振り仮名は適宜省略した。『通俗孝粛伝』には、私に句読点および会話の「　」を補った。

『善知安方忠義伝』攷

――京伝読本の方法――

本多　朱里

はじめに

文化三年十二月刊の京伝読本『善知安方忠義伝』（以下『忠義伝』と略す）は、附言に「良門のゆゑよしを大路とし、善知と云謡曲の趣を径とし」と記されるように、『前太平記』の世界に謡曲『善知鳥』で知られる善知安方伝説を付加した作品である。

本稿では、この『前太平記』の〈世界〉という枠組の使い方に注目して、そこに盛り込まれた東北・北陸という地方の風俗考証について分析し、さらに善知安方の役割を明らかにした上で、京伝読本の一特質について考えたい。

一　『忠義伝』の典拠

『忠義伝』の典拠などは、徳田武氏と佐藤深雪氏によって大方明らかにされている。[*1]ここでまず、それらに挙げられていない部分について少し補足を試みたい。

巻之一・第二条に、善知安方の妻錦木が、一子千代童が夜寝ている間におびえる回数で安方の取ってくる鳥の数を知るという趣向がある。この話は、『道成寺霊蹤記』（寛延三年、礼淵）など多くの仏教説話に載せられ、物語などにもよく取り入れられている。たとえば井原西鶴の『西鶴諸国はなし』（貞享二年）巻四―四「驚は三十七度」では、常陸国鹿島に住む猟師である目玉の林内の子が、寝ている時に「現に声をあげて、ひく〳〵身のうごく事、三十七度」あり、それが林内の取ってきた鳥の数に符合したため林内は驚き、万の道具を塚にして供養したという話になっている。もともと、大和郡山や大坂で行われた餌指の発心譚を素材としたものであったが、奥州、若狭、備中松山、播磨など各地で伝承として語られていたようである。[*2]

巻之二・第六条の医師老熊による千代童の蚊責めについて、徳田氏は「二十四孝の「呉猛」の、呉猛が裸体となって自らを蚊に食わしめ、以て親を安眠させた話を応用したもの」とされている。[*3] ここで、千代童が蚊に責められる様が「江東に住むといふ蚊母鳥の嘔吐を散し、塞北に生るといふ蚊母樹を倒せるかと思はれけり。」と表現されているが、この描写は、『和漢三才図会』巻四十一水禽類の「蚊母鳥」で、蚊を吐き出すという蚊母鳥の説明の後の「江東に蚊母鳥有り、塞北に蚊母樹有り、嶺南に虻母草有り、此三物異類而功同也」という記述に類似している。そして、この「蚊母鳥」の項は『和漢三才図会』の「善知鳥」の項の隣に位置されているのである。『忠義伝』の口絵「善知鳥写生図」中で『和漢三才図会』の説を否定していることから、善知鳥を考証する際に本書を参照したことは明らかである。善知鳥考証のために『和漢三才図会』を引き、その隣の「蚊母鳥」の記述を見て蚊責めという「呉猛」の応用を思いついたという趣向の着想過程が推察できるのである。

巻之四・第十三条で良門が越後国松崎の宿で竜の昇天を見るというのは、同条の親しらず子しらずの典拠とされる『東遊記』（寛政七年、橘南谿）五十四「登竜」にある「越中、越後の海中、夏の日竜登るという甚だ多し」という記述などにより、『前太平記』巻一「洛中変異事」の蛟の昇天を転用したものと思われる。

巻之五・第二十条、越中立山の山塞で伊賀寿太郎が「太刀を抜て兎の頭をきつさきにつらぬ」いて舞った「戈鋋剣戟を降こと雷光のごとくなり。磐石嵓を飛す事春の雨に相同じ。然とはいへども、天帝の身には近づかで、修羅かれが為に破らる」という舞は、『太平記』巻七「吉野城軍事」で木寺相模が太刀の先に敵の首を刺して宮の御前で舞った舞を引用している。

同じく第二十条で、良門の術により小石が蝦蟇に化し、それらが戦い始めてついに大蝦蟇が殺されるのを見て不吉を予感するなどの場面について、徳田氏は『通俗三国志』や『初平叱羊』の話との関係を指摘されているが、そもそも小石を化けさせるという趣向自体は、鶴屋南北作『天竺徳兵衛韓噺』（文化元年、江戸河原崎座初演）で、親宗観より蝦蟇の仙術を受けた徳兵衛が、その妖術を試すため手水鉢の角を打ちかき呪文を唱えると「件の石のかけうごき出して、蛙のかたちとなり、あちこち飛びある」いたという場面を転用したものと考えられる。

以上を含め本書の典拠を眺めて見ると、実に多くの和漢の書を用いている。中でも、『今昔物語』のような説話類、『太平記』など軍記物の説話的部分、『和漢三才図会』など辞書類、『東遊記』のような地方随筆といったものの利用が目立つ。『忠義伝』が、こういったものを参考に日本の説話、伝承、風土を多く趣向として取り入れた作品であることがわかる。

二　『前太平記』の〈世界〉

次に、『忠義伝』での『前太平記』の用い方についてみてみたい。

『歌舞伎細見』では、〈前太平記物〉を〈頼光・四天王〉と〈将門と瀧夜叉〉の二つに分類している。[*4]『忠義伝』は後者の、平将門の遺志を継いだ良門等による謀反を中心とした話に属することになる。しかし、もともと全四十巻二百四十条という長編『前太平記』[*5]の中で、この将門遺児にまつわる物語は、たった二条のみで語られるエピソードに過ぎない。[*6]『前太平記』は多く出された通俗史書の中でも特に人気を得て、演劇の〈世界〉として用いられただけでなく『絵本前太平記』（寛政七年、岡田玉山）や合巻『前太平記』（天保九年、宝田千町）などの作品まで生み出した。その中で、読本『前太平記図会』（享和三年、秋里籬島）が刊行される。本書は『前太平記』の大筋をたどる単なるダイジェストであるが、ここでは将門遺児の物語が完全に省かれている。つまり、良門等の話は全くささいな傍流の話であり、『前太平記』を構築する主軸には関わらないものと考えられていたと想像される。元はごく小さなエピソードに過ぎなかったこの将門遺児譚が、演劇では近松門左衛門作の『関八州繫馬』（享保九年正月、大坂竹本座初演）をはじめ、度々演じられていったのである。[*7]

『歌舞伎細見』では二つのモチーフに分けられているが、『関八州繫馬』も含めて〈将門と瀧夜叉〉に分類されるものでも『忠義伝』以前のものはほとんどが源家、特に頼光の活躍が主眼となっている。頼光と四天王の活躍を描く酒呑童子などの話は、近世初期より非常に多くの演劇や小説に取り入れられてきた。また、頼光や四天王の一代記物も数多く作られ、読まれた。頼光と四天王は、当時の人々にとっては英雄的存在であったといえるであろう。源家の武将の歴史を描く『前太平記』において、頼光だけが特別な位置を得ていたのである。

『前太平記』の主筋ではなかったにもかかわらず、小さなエピソードに過ぎない将門遺児譚が演劇などで用いられたのは、彼らが〈頼光の敵〉だったからではないだろうか。『前太平記』の中で頼光と四天王は、酒呑童子や土蜘蛛などの妖怪退治を中心として多くの敵を倒している。しかし、平家を制圧した源家という立場で書かれた本作において、頼光に敵して国家を脅かそうとする平氏は、唯一良門だけなのである。頼光は当時の人々にとって、一大英雄であった。もともと良門はその頼光の〈敵役〉として取り入れられたに過ぎなかったのではないだろうか。『歌舞伎細見』では二つのモチーフに分けられているが、もともと〈前太平記物〉は〈頼光と四天王の活躍を描くこと〉を主眼として誕生したものと思われる。

『忠義伝』と同年の文化三年正月、曲亭馬琴の読本『四天王剿盗異録』が同じく鶴屋喜右衛門より刊行された。本書も『前太平記』の天慶の乱の後日談が〈世界〉として用いられている。この跋文で、史実上の四天王は頼光の家臣ではないのに本作においてもそのように設定したのは迂闊ではないかという「客」の批判に答える形で、

往に稗官軍記を作るとき、まづもつはら頼光朝臣の武功を世にしらしめんとす。因て綱季武等をもてその臣とするものは、その徳彼朝臣に及ざるを示さん為にして、原卜是レ作者の懲意(ママ)なり。

と述べている。つまり英雄である渡辺綱らを家臣とすることによって、その主君である頼光の徳がいかに優れているかを示そうとしているのである。本書も、「頼光朝臣の武功を世にしらしめんとす」という従来の〈前太平記物〉の型を踏襲しているといえよう。

ところが『忠義伝』は、馬琴や従来の〈前太平記物〉とは全く異なる道をとったのである。

本作では、瀧夜叉姫や良門といった平家を征伐する源家の大将を頼信に設定している。『前太平記』の中で、頼信は群盗征伐の宣旨を受けて活躍し、その家臣の大宅太郎光国は鬼同丸を討っている。また、『関八州繋馬』にも頼信は登場している。しかし、演劇では源家の大将として必ず頼光が登場しており、頼信の武勇が中心に描いてあるものはない。頼信が名武将であったことは確かだが、頼光のように特に目立つ存在ではなく、当時の人々にとっても、あまり印象は強くなかったと思われる。それにもかかわらず『忠義伝』は、頼光と四天王武勇伝であるはずの〈前太平記物〉の核となる英雄頼光を取り除き、読者にとってまだイメージの固まっていない頼信を用いた。この点に『忠義伝』の新しさがある。この作意のために、本作は〈前太平記物〉としての枠組から自由になることができたのである。

◆平家方の中心人物は如月尼こと瀧夜叉姫である。陸奥国恵日寺の傍らに庵を結び専心に地蔵菩薩の法号を唱える如月尼は、『前太平記』巻十六「如蔵尼并平良門事」の如蔵尼の姿をそのまま利用している。

> 恵日寺の傍らに庵を結んだ将門の娘は、ある時急に息絶えて炎魔王宮に行く。そこでは、あまたの罪人が様々な地獄の呵責にあっていた。地蔵菩薩が現れ、父将門や兄弟の地獄での苦しみを見せられる。娘は蘇生した後に剃髪して如蔵尼と名乗り、地蔵菩薩を信心して一心に仏道修行した。姉の諫めを聞こうとしない良門は自分が将門の子であると知り、姉に「後生とやらんは、御身尼と成り給へば、其後に弔ひて仏の道を行なひ給へ。某は男子と生まれたれば、父の敵を討つて武の道を立つべきなり」と言って庵を出て行く。

このように『前太平記』では姉を叛逆に誘っておらず、当然ながら如蔵尼の加担もない。如蔵尼は、あくまで地蔵菩薩を信じる聖人として描かれている。ところが『忠義伝』では、その信心深い尼をもととした如月尼に全く異なる形象を与えて瀧夜叉姫へと変身させたのである。

さて、この瀧夜叉姫の形成に、鶴屋南北の『四天王楓江戸粧』（文化元年十一月、江戸河原崎座初演、以下『江戸粧』と略す）が大きく関わっているのではないだろうか。本作の一番目は、謀反を企てた田原千春らの考えで石蜘法印の招魂の法によって蘇生した高明の姉の辰夜叉姫が、反乱を起こそうと企むものの頼光などにより術が破れて白骨に戻るという話である。その中に、頼光と花園姫の道行や坂田公時と山姥の話が挿入されている。この『江戸粧』全体の第一の見所は、辰夜叉姫が白骨から蘇生する場面であったという。*8『忠義伝』の瀧夜叉姫に比すれば、悪の様子がそれほど強く詳細には描かれていない辰夜叉姫であるが、花山御所での剛胆ぶり、最後に源家の大将によって滅ぼされるあたりは、相馬内裏での瀧夜叉姫の姿に通ずるのではないだろうか。実は辰夜叉姫とは「この日の本をくつがへし、我住魔国に」しようとする土蛛の精がのりうつって白骨から蘇生したものであった。『忠義伝』の瀧夜叉姫も「我かねて仏法王法を亡し此土を魔界になさんと思ふ望」をもつ肉芝仙が「如月尼が胸間にわけ入て仏戒をやぶらせ」て悪心を持つ人物となった。どちらも、術によって悪にさせられた人物という点で共通している。

『忠義伝』刊行後の南北作〈前太平記物〉に『四天王櫓礎』（文化七年十一月、江戸市村座初演）があるが、頼信の放埒ぶりなど『忠義伝』の趣向を取り入れている節が見られる。また、『四天王産湯玉川』（文政元年十一月、江戸玉川座初演）では、六郎公連の存在や斬首での百万遍、良門を蘇生させる人物として瀧夜叉姫を登場させるなど、『忠義伝』の影響はより顕著である。これらの作品は大評判だったようであり、[*9] これ以後の〈前太平記物〉の中では将門遺児の登場する物語が多く演じられていったのである。

このように南北の『江戸粧』の影響を受けた『忠義伝』が、再び南北作品に取り入れられるという京伝と南北の関係において、一つの将門遺児譚が形作られたと見ることができるのである。南北と京伝とが互いに影響を与えあったことは、しばしば論じられるところであるが、『忠義伝』の瀧夜叉姫の形成にも『江戸粧』の影響が窺われるのであった。

ここで、少し具体的に見てみたい。如蔵尼は一度死んで地獄を見たあと蘇生し、辰夜叉姫は石蜘法印によって白骨より蘇生した。どちらも〈蘇生した女〉であった。良門譚にまつわる女性ということだけでなく、二人は、この〈蘇生〉をキーワードとして結び付き、善から悪への転身と書き換えられたのではないか。つまり、『前太平記』の如蔵尼に『江戸粧』の辰夜叉姫をあわせて、如蔵尼の蘇生譚を如月尼から瀧夜叉姫へという悪への転身譚に変えたのである。信心深い如蔵尼の死は、地蔵比丘尼と呼ばれた如月尼の蝦蟇の術による悪への変心に対応する。如蔵尼が地獄を巡る廻獄譚は、瀧夜叉姫としての様々な悪行、修羅場、相馬内裏のような異界に対応しており、その姿は辰夜叉姫の影を負っている。そして如蔵尼が蘇生するのは、源家により術が破れて瀧夜叉姫が死に、その死の直前に善心が復活することに対応している。（**〈図1〉参照**）

〈図1〉

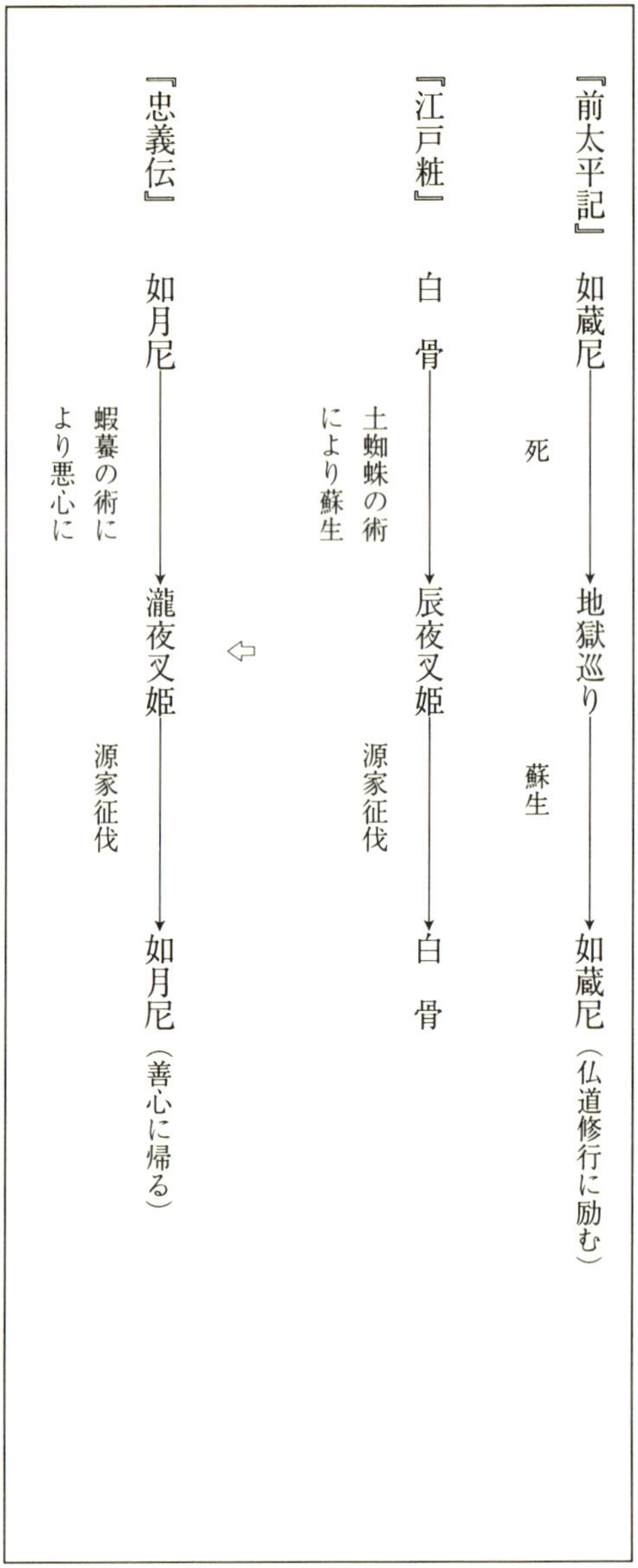

そもそも京伝は何故最後に瀧夜叉姫を善心に立ち返らせたのだろうか。源家に囲まれて進退窮まり、「たとひ此身は死するとも、一念の悪霊となりて天下を乱さでおくべきか」と、「柳眉をさかだて星眼をみひらき、牙をかみ拳をにぎりて、をどりあがり飛あがり、雨のごとくふりかゝる火花のうちに怒狂」って切腹した瀧夜叉姫の悪を弱体化させ話を閉じてしまうにもかかわらず、死ぬ直前に菩提心に帰らせて安らかに命を終えさせている。これも如蔵尼の蘇生を踏まえているからであろう。彼女は、如蔵尼が地獄から蘇生したように、瀧夜叉姫として体験した修羅場から元の信心深い如月尼へと〈蘇生〉したのである。

『前太平記』の如蔵尼譚の流れを忠実に踏まえつつ、『江戸粧』の辰夜叉姫を組み込んで信心深い尼から転身する悪女としての瀧夜叉姫が誕生したのであった。

◆

もう一人の謀反人は良門である。『忠義伝』で特徴的なのは蝦蟇の術だが、〈前太平記物〉といえば土蜘蛛の術が一般的である。[*10] それをあえて蝦蟇の術に変え、良門にその幻術の力を持たせたのは、天竺徳兵衛のイメージを重ねる為であったと思われる。天竺徳兵衛は、蝦蟇の術を使う人物として脚色された並木正三作『天竺徳兵衛聞書往来』（宝暦七年、大坂大西芝居初演）以来人気を得、文化元年には鶴屋南北作『天竺徳兵衛韓噺』が上演されて大評判となり〈天徳物〉の人気を確立した。『忠義伝』刊行時には天徳は一大流行となっていたのである。京伝も〈天徳物〉の合巻を幾つか著している。[*11] その内の一つ『敵討天竺徳兵衛』（文化五年）では、徳兵衛が実は西海の猛将藤原純友の腹心で伊予国の賊首今張六郎であり、純友の志を継いで天下を掌握しようと企む人物に虚構している。[*12] 天徳を元々あった朝鮮人や切支丹のイメージよりも広い、国家への反逆を企む人物としてとらえていたことがわかる。従来の指摘にもあるように、[*13] 天竺徳兵衛は謀反人の象徴的人物だったのである。また『忠義伝』が刊行された文化三年に、〈自来也〉の名が出る最初の作品である読本『自来也説話』（文化三年、感和亭鬼武）が刊行された。[*14] 天徳だけでなく蝦蟇の術自体も流行しており、使い古された土蜘蛛の術よりも人の心を引いたのではないかと推察される。

一方、『忠義伝』の第三条末でも蝦蟇の術について大真面目に考証しているように、蝦蟇は幻術とつながっていた。根岸鎮守の『耳袋』に、蝦蟇が口を開けたと思った瞬間に三尺ほど先にいる大きな毛虫を吸い込んでいたのを見て、「されば年経し蟇の人気を吸はんも空言とは思はれず」と書かれているのは、[*15] 現在の目から見れば滑稽である。だが当時、このように蝦蟇のイメージは幻術と結び付けられていた。近松門左衛門の『傾城島原蛙合戦』（享保四年、大坂竹本座初演）では、蝦蟇仙人の仙術を伝えられた七草四郎が蝦蟇の術を使って乱を起こそうとする。七草四郎こと天草四郎に蝦蟇の術が付加されていることからもわかるように、天徳が国家に仇なす者であったというだけでなく、蝦蟇の幻術そのものが国家への反乱と結び付いていた。その謀反というイメージを付ける為に良門に蝦蟇の術を使わせたのである。『忠義伝』における蝦蟇の使用は、それの持つグロテスク性や曖昧性、または蛇との対立関係というような蝦蟇というもの自体の積極的な意味ではなく、むしろ当時一般の蝦蟇＝幻術＝謀反の公式における使用と見るべきである。

『前太平記』は勿論、従来の〈前太平記物〉でも、良門自身が幻術使いとして描かれることはなかった。先に述べたように、〈前太平記物〉は頼光と四天王を中心に描いているため、良門についてはあまり詳しく描かれず、その人物像はどこか曖昧であった。だが『忠義伝』では、良門が蝦蟇の幻術使いであることにより、謀反人としての立場が非常に明確に示されている。蝦蟇の術を付加したことによって、良門は単なる〈頼光の敵〉から謀反を企てる強大な悪へと〈昇格〉したのである。

◆

以上のように、『忠義伝』は『前太平記』を〈世界〉として用いながらも、源家の大将を頼信にすることによって頼光と四天王の武勇伝という〈前太平記物〉の持つ既成の枠組から自由になった。このため、源家の名武将の活躍に主眼を置くのではなく、逆に平家方の人物やそこに描かれる個々の事件が浮き立つことになったのである。そして、さらに平家方の人物を一人は悪逆の限りを尽くす美女、一人は蝦蟇の幻術使いという、極めて魅力的な悪人像に仕立てた。もとの〈前太平記物〉にない、自立した悪人としての姿がここにある。本作は、源家よりもむしろ平家方の、いわば敵役のこの二人が中心に据えられているのである。平家方に視点が置かれていることは、題名が平家の忠臣、善知安方をうたった『善知安方忠義伝』であることにも示されている。

『忠義伝』は、源家の活躍を描く『前太平記』の〈世界〉を用いながら主眼が平家方にあることに、その独自性が見出せる。新しい〈前太平記物〉の一つの形の誕生が、ここにあるといえるであろう。

三　北国のイメージ

では、『前太平記』という〈世界〉の中で語られているのは、どのようなものだろうか。

本作では東北のイメージが特に強く感じられる。話の舞台を見てみると、安方夫婦の外が浜と如月尼の庵室恵日寺のある陸奥、良門が蝦蟇の術を授かり、その術で悪心となった瀧夜叉姫が隠れ住んで百日無言の行を行った筑波山のある常陸、鷺沼太郎則友が安方の霊に出会い、良門が伊賀寿太郎と共に籠もっていた立山のある越中、相馬内裏の下総といった場所が中心となる。東北地方だけが舞台ではないにもかかわらず東北の印象を強くしている原因は、本書の装丁にある。表紙見返しの多賀城の古跡「壷の石碑」を模した意匠、東北地方の縁語を尽くした自序、東北のイメージを強くもつ善知鳥の考証、そして「かならずしも本文に管るにあらず（総目録）」としながらも「みちのくに名だゝる地名」を用いて条名としていること、こういったものが本作全体に東北の空気を漂わせているのである。

外が浜は、謡曲『善知鳥』より安方譚の舞台として引き出された。京伝は先にも挙げた『東遊記』をよく著作に用いているが、その一〇二「遊魂」には「諸国をめぐれば色々奇怪なる事多き中に、尤、幽霊の多きは、出羽国秋田の城下也」とあり、奥州善知鳥宮あたりの飢饉による荒廃の様子、人間を食べるという話などが記載されている。一般的に東北には荒れた地、霊の出現に相応しい地という印象があったと思われる。また、中でも特に外が浜は、『曽我物語』巻第二でも、左の足で外が浜を踏み右の足で鬼界島を踏んだ盛長の夢を占った景信が「左右の御足にて外浜と鬼界島をふみ給ひけるは、秋津洲したがへさせたまふべきにや」*16といっているように、日本国の東の果てと認識されてきた。そこは同時に日本国に本来あってはならない穢

＝怪異を追放する地であったという。[17]また、国家に仇なす悪しきものを追却する場所としても認識されていた。[18]前期読本『本朝水滸伝』にも外が浜が叛逆の地として用いられている。[19]外が浜が日本の果てということは近世後期では真実だとは信じられていなかったであろうものの、その観念は尚も残っていたと思われる。外が浜に代表される辺境は、中央政権に反逆を企てる〈悪しきもの〉の地として相応しい。『忠義伝』で描かれる怪異譚や将門の遺児達による叛逆の物語を語るには、このような地が最も適合していたということは確かであろう。

◆

本作では東北のほか、立山のある北陸も印象的であるが、他の京伝読本にもこの東北や北陸が多く描かれていることを確認しておきたい。

『安積沼』（享和三年）は主に東北を舞台にしている。波門とお秋の恋愛が描かれる狭布里は、『東国旅行談』（天明九年）に錦木にまつわる恋愛の伝説が残る場所として記されている。[20]狭布里は男女の恋愛に縁深い土地であり、波門等の恋愛を語るに相応しい。この二人の密会の場面は東北の地名を多く縁語として用いて描かれている。また、小平次殺害の場が奥州安積沼に設定されている。さらに『東遊記』巻之一「蘇武社」より引用したと思われる羽州男鹿山の情景が描かれ、ここに翻冲の作る異界を展開した。敵役轟雲平は山井波門の肉親を殺して房州を出奔した後、「外が浜に足をとどめ」ている。その上、雲平の四人の部下は胡獱五郎、鯟八、鶚二郎、鵂二という、すべて北方の海辺に関係する名がついているのである。[21]

『梅花氷裂』（文化四年）では、桟と蓑文太の隠れ家が出羽と越後の境に設定される。また、蓑文太はその後羽州男鹿山に塞を構えている。出羽越後の境にある葡萄峠は『東遊記』後編巻之四「葡萄嶺雪に歩す」を参照したと思われ、細かい描写がなされている。

『小説浮牡丹全伝』（文化六年）は、前編のみで後編は刊行されなかった。だが、その腹案を見ると「磯之丞越中国に赴く事」「嵯峨右衛門越中国赤渋山の村婦雲根を妻とす」「堂九郎化石谷にて磯之丞をかへり打にせんとす」「琴浦後に越前の三国に売りかへられて…」などのように、北陸を舞台の一つとする予定だったと思われる。

『本朝酔菩提全伝』（文化六年）では、話の鍵を握るとされる一休が越後の山中で天狗に隠形の術を学んでいる。

『双蝶記』（文化十年）で、動之助は敵討の旅の過程で越中立山の連山蛭牙山に足を踏み入れる。ここの化石谷についての記述は、ついに刊行されなかった『小説浮牡丹全伝』後編の腹案を用いたものであろう。

以上のように『忠義伝』に限らず京伝の読本では、東北・北陸の地を頻繁に舞台としている。

北陸を描くという趣向は、鈴木牧之の『北越雪譜』（天保十二年）に関係があるといわれる。[22]『北越雪譜』は越後塩沢の鈴木牧之が、その風俗・風土について記したものを、京伝の弟京山が編集して刊行した随筆である。もとは京伝に依頼されたものであるが、京伝は果たし得ずに没し、馬琴に移ったのち京山が成し遂げた刊行であった。水野稔氏の指摘によれば、年次未詳二月二十四日付牧之宛京伝書簡より「忠臣水滸伝と申十巻読本に取り懸り居」る時に牧之より草稿・絵図などが送られて来た事がわかる。[23]つまり、寛政十年頃の『忠臣水滸伝』執筆の時期には『北越雪譜』の草稿を得ていた。[24]このように、京伝の手元には北陸を描くための材料が存在していたのである。

先述したように、『忠義伝』の翌年に出された『梅花氷裂』には、越後の雪国の様子が細かく描かれている。この下冊三丁前ウ・三丁後オの「桟、藻の花が死霊の為に奇病をわづらひ、容皃金魚のごとくに変じてくるしむ。積悪のむくい、天罰おそるべし。」という挿絵中、部屋の奥の壁に貼ってあるのは盲暦と思われる。盲暦は文字のわからない人むきの、絵で表した暦のことである。挿絵は歌川豊国によるものであるが、周知のように作者による絵に関する指示は当然なされており、京伝の意向で描かせたものであろう。『東遊記』後編巻之一「蛮語」に、この盲暦についての記述がある。図もほとんど同じであり、ここより引用したと推察される。ただし本書では、この盲暦は岩手南部の風俗とされているのである。本来奥州の風俗であるものを『梅花氷裂』で越後の情景の中に描かせたということは、北陸は東北とほぼ同じような感覚でとらえられていたことを意味するのではないだろうか。今でいう東北・北陸という地理的な認識ではなく、江戸より北の雪国という形での案外漠然とした北国のイメージだったと想像される。そして、その遠く雪深い東北・北陸といった北国は、前述の通り江戸の人々にとっては追却の地、異界だったのである。

◆

京伝は読本の中で、『東遊記』『北越雪譜』などの地方随筆を用いて、その異界を物語の舞台として再現してみせた。しかし、北国が単に舞台設定というにしては、その描写はあまりにも詳細で精密である。辺境が反逆の物語に相応しいという理由だけでなく、このような地の風土、風俗、伝承そのものへの大きな興味が感じられる。物語を語るための舞台というよりももっと大きい、北国への強い拘りを見ることができるのである。単なる趣向を越えて、物語の中で大きな位置を占めているこの辺境は、京伝の主要な関心の一つと考えられる。換言すれば、すぐれた考証家であった彼が、地方随筆などから珍しい風土、風俗、伝承を多く集めて考証し、それを自らの読本の中で披露しているようにも見える。

『忠義伝』に於いても、『前太平記』という枠組の中で、このような辺境が多大なる関心を持って描かれたであろうことが窺えるのである。

四　善知安方の役割

ここで、善知安方の立場に注目したい。

同時期に出された馬琴の〈前太平記物〉である『四天王剿盗異録』は、先に述べたように頼光と四天王の武勇を描くことを主眼としたものであった。『前太平記』を史書のように踏まえながら、四天王それぞれの生い立ちを虚構している。彼らについて個々の事件が描かれ、四人がその様々な体験を経て次第に大将である頼光のもとへ具足して行き、最後に大悪を倒すという英雄譚である。そして、彼らは時に超人的な性格や力を備えている。これは、後の馬琴による『南総里見八犬伝』で、八犬士それぞれが様々な過程を経て出会い、また、すれ違いながら、里見家へ集まって行くのと同じ手法ではないだろうか。馬琴の読本では、八犬士のような特定の人物に焦点を当てて書かれているため、読者は彼らにある種の感情移入をして読むことができるのである。

『忠義伝』は、『善知安方忠義伝』という題名でありながら善知安方の活躍を描いた作品ではない。また「忠義」を中心としたものでもない。頼信や大宅光国も一場面では活躍するが、全体を通した主役という訳ではない。先述したように、どちらかといえば平家方に視点が置かれた作品ではあるが、瀧夜叉姫や良門も、馬琴の作り出したような主役とはいえないであろう。つまり、物語全体で一貫して活躍する人物がいないのである。これは『忠義伝』に限らず京伝読本全体にいえることである。同程度の位置にいる人物が多すぎて主として活躍する者がしぼられておらず、馬琴作品のような登場人物への同化はしづらい。どの登場人物も、ある程度の人物描写がなされているにもかかわらず、物語の中で明確に主役として浮かび上がってくることが少ないのである。京伝読本では、人物を描くことでなく、物語の筋や場面の変化に重点が置かれ、特に場所やそこに付随する風俗、風土、伝承を語ることが中心にあるように思われる。そしてここにあらわれる登場人物は、そのように用意された個々の事件をつなげる役目を負っているのではないだろうか。善知安方は馬琴の描くような英雄的主人公ではなく、話のかなり前半で主君良門により殺されてしまった。しかし安方は、その後も霊魂となって度々登場する。首を斬られても尚も良門を止めようとし、立山では則友に今までの経緯と地獄での苦しみを語り、外が浜の海岸では妻錦木と共に善知鳥と化して我が子千代童と則友の前に現れる。また、越後親しらず子しらずに於いて再度良門をいさめ、千代童の姿を見届け、そして立山の山塞で謀反の決意新たにする良門をいさめる。結局、事件を通して見ていたのは善知安方だったといえるのである。『日本古典文学大辞典』に「善知安方は脇役であり……」と記されるが、[*25] 彼は単なる脇役ではない。個々の事件をつなげ、それを読者に見せる為にいる人物、物語の語り手に近い立場にいる人物なのである。

◆

善知安方は、話の主筋で活躍しておらず、いわば〈見ている人〉であった。同じような立場の登場人物が『安積沼』にも見られる。本作は山井波門の仇討譚を軸に、当時の巷説小幡小平次怪異譚を取り込んだものである。しかし、その主となるはずの山井波門の影は薄い。狭布里において、お秋との密会が原因で波門はお秋殺しの濡れ衣を着せられる。捕らえられた波門は

> 我お秋が一旦の情に迷ひて復讐の事におこたり、且丹下殿の大恩を忘れて、今此災を身におふこと、天地神明の罰し玉ふなるべし。

と悔いるのみで、半年余り通い、想いを寄せたお秋の死に対して嘆き悲しむような哀悼の表現はどこにも出ていない。波門の感情が響いてこないのである。知らぬ所で事件に巻き込まれ、村人の讒言により捕らえられて代官の智計により罪を逃れるというように、自ら何もすることなく常に受け身の状態のまま運命に流されている。また、男鹿山で蒔田翻冲の悪事を目撃するが、波門は鬘児達のように翻冲によってこの異界の中に捕らわれていた訳ではない。絵を描く目的で呼ばれ、偶然にも翻冲の悪を知り、婚約者を見つけて外へと助け出す。波門はあくまで外部の人間であった。その出入により、翻冲の異界は破壊されたのである。波門は、他の人物とは少し異なる立場にあるといえる。話の中心にいるというよりは、どこか傍観者的態度が見られるのである。本作は、敵討物に分類されているが、敵討物で最も重要な要素である〈敵を討つための主

人公の苦労〉がほとんど描かれず、波門は事件の起こる場所へと突発的に動き、それらを見聞する。そして最後に偶然取ってつけたように敵が現れて敵討成就し、話が閉じられている。つまり、仇討譚が中心にあり、そこに舞台として場所を設定したのではなく、述べたいことや場所が先にあって、それにあわせて波門が動き、我々読者に見せていくといえる。『安積沼』で中心に語られている場所は、陸奥狭布里、奥州安積沼、羽州男鹿山という『忠義伝』と同じ東北地方である。『安積沼』は〈敵討物〉、『忠義伝』は〈前太平記物〉という一見大きく異なる二つの作品が、その構造から見ると極めて近い関係にあるといえる。『安積沼』は、離れた場所の話を結び付けるために波門を突発的に動かしていくので、その飛躍ぶりが目に付く。これに比べると、『忠義伝』は話の流れに無理がない。それは善知安方が霊魂であるからである。『忠義伝』は、『安積沼』と同じ型を用いながらも一歩前進したつくりとなっている。

以上のように、善知安方のような立場の人物は『忠義伝』に限られたことでなく、京伝読本の一つの特徴と見做すことができるのである。

◆

『忠義伝』は、『前太平記』という〈世界〉を用いつつ、それの持つ既成の型はできるだけ弱められている。これにより固定化した形に束縛される事なく、常に余裕を持つ枠組の中で語りたい事物を自由に取り入れることが可能になった。大高洋司氏が京伝作品の読本的枠組が常に弱められていることを論じられているように[*26]、全体的に京伝読本は物語の枠組を弱め、その中に取り込んだ様々な話を語ることに中心が置かれていると考えられる。そして、その取り入れた話の中で、非常に多く、特徴的であり、また、多大なる興味を抱いて書かれているのが、辺境の風俗や伝承だといえるのである。

この取り入れられた話の一つ一つを見ると、内容的には諸国咄に近いものであると思われる。先に述べたように『忠義伝』の典拠の一つとして『西鶴諸国はなし』が挙げられるが、京伝は、これや『宗祇諸国咄』

を座右の書としていたといわれる。[*27] 諸国咄のような、江戸の人々にとっては珍しい地方の風俗、風土、伝承を『東遊記』のように当時多く刊行された紀行文や地方随筆などから得て、一つの枠組の中に取り込んで物語化するというのが京伝読本の一つの構成法といえる。『諸国百物語』など諸国物語形式の怪異小説では、諸国行脚の僧が一話の狂言回しに位置づけられている。一方、京伝読本には必ず旅をする人物が登場する。回国修行、敵討、追放など理由は様々であるが、彼らがこの狂言回しの役割を担っているのである。それが、たとえば『忠義伝』の善知安方、『安積沼』の山井波門であり、彼らは京伝読本に於ける語り手的な登場人物であり、同時にそれは一つの〈主人公〉の形なのである。この登場人物の旅という趣向によって、京伝は諸国咄的な話を読本化し得たといえるであろう。

おわりに

『忠義伝』では、『前太平記』の〈世界〉は諸国咄的な地方の風俗考証を作品に並べるための枠組として用意された。そして、そこに登場する善知安方は、この諸国譚を中心とした話を語るための一つの狂言回しという役割を果たしている。本作に、京伝読本における〈世界〉の利用法と、登場人物の役割の一つの形を窺うことができるのである。

注

＊1――徳田武『山東京伝全集』第十六巻（ぺりかん社、一九七七）解題
　佐藤深雪校訂『山東京伝集』（国書刊行会、一九九三）解題
＊2――堤邦彦『近世仏教説話の研究―唱導と文芸―』（翰林書房、一九九六）
＊3――「呉猛」の趣向は京伝の合巻『八重霞かしくの仇討』（文化五年）にも見られる。
＊4――飯塚友一郎編『歌舞伎細見』（第一書房、一九七一）

＊5――『前太平記』は、延喜七年清和天皇の孫、六孫王経基の元服と源氏賜姓から永久元年延暦・興福両寺の衆徒の闘争事件に至るまでの、およそ二百年間に於ける騒乱事件と、それにかかわった満仲から為義までの清和源氏七代の武将を記したものである。承平天慶の乱と経基・満仲父子、安和の変と満仲、頼光・四天王の酒呑童子退治、平忠常の乱と頼信、前九年の役と頼義・義家父子、後三年の役と義家・義光兄弟、興福寺衆徒の強訴事件と為義といった話が、その主な内容となっている。本書は、遅くとも元禄五年（一六九二）には成立していただろうといわれている。江戸時代になると、『太平記』が講釈等を通して広く庶民に受容され人気を得る。そして、その影響で『後太平記』『続太平記』など、様々な通俗軍記が出された。本書もその一つである。当然、史実でない部分も多く、歴史書というよりは読み物の性質をもっている。京伝自身もそのことはわきまえており、本書末の付言で、『前太平記』について「かの書は近世の書なれば、たしかに実ともおぼえがたし」と述べている。

＊6――平良門等が登場するのは、巻十八「如蔵尼并平良門事」と巻十九「平良門蜂起事付多田攻事」の二条のみである。

＊7――『前太平記』において、頼光が倒す相手のうち酒呑童子や鬼同丸といった超人的なもの・妖怪を除けば、源頼親、袴垂保輔、相馬太郎良門の三人が中心となる。宝永・享保年間頃につくられた初期の〈前太平記物〉演劇では、この三人のうち頼親が敵役となるものが最も多い。そのような中で『関八州繫馬』が作られ、後に大きな影響を与えるのである。翌年の享保十年には、江戸森田座での「『関八州繫馬』と『孕常磐』のあんばひよしを以て立たる狂言」という『前太平記世継鏡』に早くも取り入れられているし、その明年の享保十一年江戸中村座の『門松四天王』では、名は異なるものの良門の妹唐橋が恋の取り持ちをするところなど『関八州繫馬』の趣向を取り入れていると思われる。また、後のものになるが、安永四年江戸森田座の『菊慈童酒宴岩屋』には、良門の妹として七綾姫が登場している。このように『関八州繫馬』の存在を経て、良門がその後の〈前太平記物〉で頼光の敵役として定着し、次第に頼親にかわって多く用いられるようになっていったのである。

＊8――文化二年正月版の評判記『役者正札附』で「辰夜叉御前にて五りんの石のくづれよりがいこつにて出、法印のいりにてそせいして辰やしやと成、早がわり奇妙〳〵」とされる。『歌舞伎年表』（伊原敏郎、岩波書店）にも「招魂の法にて姉辰夜叉蘇生の處、例の通り奇妙なり」とある。

＊9――『歌舞伎年表』によれば、『四天王櫓礎』は金主のもめごとの為にこの年の顔見世は取りやめとなるはずであったのが、直前に興行することに決まった。そこで本作が大急ぎで作られたのであったが、「有来り狂言にて間に合せしも、大評判大当り」だったという。

＊10――『関八州繋馬』には葛城山の土蜘蛛が登場するし、『江戸粧』でも土蜘蛛の精、石蜘法印の術が使われている。また、曲亭馬琴の読本『劇盗異録』でも頼光を襲う鬼同丸は、実は土蜘蛛が変化したものとしている。このように、〈前太平記物〉での〈術〉は土蜘蛛というのが周知のことであった。

＊11――天徳物の合巻は、

『敵討天竺徳兵衛』（豊国画、文化五年、伊賀屋板）

『天竺徳兵衛／お初徳兵衛　ヘマムシ入道昔話』（国直画、文化十年、泉市板）

『尾上岩藤／小紫権八／天竺徳兵衛　草履打所縁色揚』（美丸画、文化十二年、岩戸屋板）

の三作品がある。このうち『ヘマムシ入道昔話』で徳兵衛が父相模入道高時の髑髏を持っている挿絵は、『忠義伝』十七ウ・十八オの「平太郎、筑波山に入て異人にあひ、蝦蟇の術をさづかる」図の再現と思われる。京伝が良門に天徳のイメージを重ねていたことの証拠となる。

＊12――徳兵衛が蝦蟇の術を肉芝道人に授かること、その蝦蟇の術によって心乱れた主君木久地曽根之助が大酒を飲み女色にふけること、諫言する臣を手打ちにすることなど『忠義伝』と同一の趣向が見られる。蛇によって術が破れた徳兵衛は、実は純友の臣今張六郎であり、まず木久地家を奪って、頼光・頼信兄弟を滅ぼし、純友の志を継いで天下を掌握しようと企んでいたのだと打ち明ける。

＊13――松田修「歌舞伎聖なる逆説ーコード「天竺」の意味するもの」（「国文学」二〇巻八号、学燈社、一九七五）広末保「蝦蟇と妖術と反逆と船頭」（『辺界の悪所』平凡社、一九七三）など。

＊14――高木元「戯作者たちの〈蝦蟇〉」（『江戸読本の研究―十九世紀小説様式攷』ぺりかん社、一九九五）

＊15――巻之四「蝦蟇の怪の事付怪を為す蝦蟇は別種なる事」で、何となく患っていた人が、猫などが縁の下へ行方知れずになるのに気づき、覗いてみると大きな蟇が住んでおり、そこに毛髪や枯骨が夥しくあった。その蟇を殺したところ、病人は直ったという話を挙げる。また、著者が昔「通例より大きなる毛虫、石の上を這ひ居たりしに、縁下より蟇出て、右毛虫よりは三尺余も隔てし場所へ這ひ来り、暫くありて口あくと見へしが、三尺余先の毛むし吸い引と見へて、右毛虫はひきの口の内へ入ける」のを見たと記している。

＊16――『曽我物語』（日本古典文学大系、岩波書店、一九七八）

＊17――浪川健治『近世日本と北方社会』（三省堂、一九九二）

＊18――大石直正「外が浜・夷島考」（『関晃先生還暦記念　日本古代史研究』吉川弘文館、一九八〇）

＊19――建部綾足『本朝水滸伝』後編では、第二十九条に「外が浜には恵美の押勝すがたをやつしてかくろひ、えみしを言向て軍人に加えん事をはかる」とあるほか、外が浜が叛逆の本拠地となる。

＊20――『東国旅行談』巻二の「細布」の項に、男が想いを寄せる女の家の門口に目印をつけた錦木を置いてくるという狭布里の伝説が記され、「夜とともに胸あひがたき我が恋の焚く火もしらぬけふの細布」という恋の歌も載せられている。

＊21――郡司正勝「京伝読本と蝦夷北国情報」（叢書江戸文庫⑱月報3）でも触れられているが、胡獱五郎の「とど」は『和漢三才図会』に「按胡獱松前海中に有之」とあり、鰊八の「にしん」も北海の海のものである。鶚二郎の「みさご」はワシタカ科の鳥で海岸に住み、鴇二の「うとう」は『忠義伝』でわかるように東北の海に関係深い。

＊22――『北越雪譜』に載せるはずの内容を京伝が戯作に用いたと批判した小説家主人の『しりうごと』（『日本随筆大成』第三期十一）について、水野稔氏が『山東京伝年譜稿』（ぺりかん社、一九九一）で触れられている他、高橋実氏が『北越雪譜の思想』（越書房、一九八一）で京伝との関わりについてまとめられている。

＊23――水野稔『山東京伝年譜稿』（前掲＊22）

＊24――高橋実『北越雪譜の思想』（前掲＊22）では、それより先の寛政七年頃に原稿が送られて出版依頼がなされ、京伝が承知したので、その後かなりの量の草稿と草画、雪具の雛形が送られたとされている。どちらにしても、寛政七～十年頃に京伝と牧之とのやりとりがなされていたことは確かである。

＊25――『日本古典文学大辞典』（岩波書店）『善知安方忠義伝』の項（清水正男筆）

＊26――大高洋司「京伝と馬琴」（『読本研究』第三輯上套、一九八九）など。

＊27――佐藤深雪解題（前掲＊1）など。

〔付記〕本文中、京伝読本については『山東京伝全集』（ぺりかん社）『本朝酔菩提全伝』（京都大学附属図書館蔵）『小説浮牡丹全伝』（東京大学総合図書館 霞亭文庫蔵・マイクロフィルム版）『雙蝶記』（国立国会図書館蔵）を用い、『前太平記』は叢書江戸文庫本（国書刊行会）より、『四天王剿盗異録』は『馬琴中編読本集成』第三巻（汲古書院）より、『四天王楓江戸粧』は『鶴屋南北全集』一巻（三一書房）より、『和漢三才図会』は『和漢三才図会』（東京美術）より、『東遊記』は東洋文庫本（平凡社）より引用した。

なお、本稿は一九九七年に愛知県立大学文学部へ提出した卒業論文の一部分と、一九九九年に京都大学大学院文学研究科に提出した修士論文の一部分とに基づいて書き改めたものである。

馬琴の考証と『塩尻』

神田　正行

一、文化初年の『塩尻』披閲

天保三年十二月八日付の、小津桂窓宛馬琴書翰は、同年閏十一月十日付の桂窓書状（同月二十三日着）を受けて染筆されたものである。白話小説の読み様を懇切に示した一段と、馬琴の蔵する「白石叢書」の目録とが、ひときわ眼を引くこの書翰の中に、以下のような一節が見えている。

一　天野信景の南朝紹運図御蔵弆のよし、入用ニも候ハヾ、御かし可被下よし被仰越、忝奉存候。右ハ塩尻にのせ有之。文化のはじめ、一坊賈より塩尻四十五巻さし越候。写しも相応の本ニて、代金弐両とか申事ニて、高からぬ物故、かひ入可申存候処、旧宅近辺の浅野殿にせられ、五千石の勢ひにハ敵しがたく、終ニ手ニ入不申、今に遺憾ニ存候。その節、為朝の譜ハ抄録いたし置候得ども、紹運図ハうつしとめ不申候。名古屋にハ、塩尻の写本も多く有之候よし、昔年彼地の書林、引札いたし候を見申候。よき写本ニて、価何程ニて手ニ入可申哉、御地御懇意の書賈へ御問合せ可被下候。ちからニ及び候ハヾ、塩尻ハかひ入たく存候。これも急ギ不申候。もし塩尻高料ニてちから不及候ハヾ、紹運図借覧いたし度奉存候也。

（『馬琴書翰集』翻刻篇、一〇六頁）[*1]

尾張藩士天野信景の『塩尻』は、一説には千巻に及んだともされる大部な雑録である。現在通行の活字本[*2]は、内閣文庫所蔵の百冊本を底本としているが、これとても数多い伝本の一つに過ぎない。そもそも、編者信景が系統立てた整理を志向しなかったために、同書には底本と称すべき形態が存在しないのである。

馬琴が文化初年に披閲した『塩尻』については、天保五年十二月に記された、『塩尻抜萃編』[*3]第四冊の巻末識語にも触れるところがあるが、そこでは巻数が「四十巻」となっている。いずれの巻数を是とすべきか、稿者は他に判断材料を持ち合わせない。

「写しも相応」で、「弐両」の値が付けられたこの『塩尻』を、馬琴は買い入れる心づもりであったが、やはり同書の購入を希望した、「旧宅近辺の浅野殿」には敵し得ず、入手することができなかった。「旧宅」とは、馬琴が文政七年まで住した、飯田町中坂下の居宅のことである。諸文献を徴しても、馬琴旧宅の近辺に、「五千石」の「浅野殿」に相当する武家は見出し得ないが、同町黐木（もちのき）坂に屋敷を構えた、三千五百石の旗本・浅野長富（文化十二年、六十八歳で没）である蓋然性が高い。同家の本貫が尾張国であったことは、尾州についての記事を豊富に有する『塩尻』の購入とも、何らかの関連があるのであろう。

やむなく馬琴は、「為朝の譜」など若干の記事を「抄録」した上で、該書を書肆に返却した。彼が『塩尻』を有用の書と見なしていたことは、三十年も昔のしくじりを、「今に遺憾ニ存候」と記した筆致からもうかがわれる。後年、『塩尻』の写本を宣伝する書肆の引き札が、馬琴の目にとまったのも、同書を入手し損ねた無念さが、彼の胸中に存したからに違いない。

いずれも実現には至らなかったが、尾張の書肆は数次にわたって、『塩尻』の刊行を企てている。[*4]この点からも、特に尾州においては、『塩尻』の需要が少なくなかったものと想像されるし、それゆえにこそ写本を作成して、引き札で広く宣伝をするような書肆も存したのであろう。引き札を目にした折には、馬琴はさしたる興味を示さなかったものと思しいが、桂窓からの『南朝紹運図』貸与の申し出をきっかけとして、『塩尻』に対する関心が呼び起こされた。

前引書翰に触れるところがない点からも、文化初年から天保三年に至るまでの間、馬琴は『塩尻』再閲の機会を持たなかったものと考えられる。この推定が正しいものとすれば、上記の期間に執筆された馬琴の著作に見出される『塩尻』の記事は、いずれも文化初年に書き留められた「抄録」からの転用、と見なすことができるであろう。

以下本稿では、化政期の馬琴著作、特に考証随筆の中に見出し得る、『塩尻』からの引用記事に考察を加えつつ、馬琴披閲本の特質を摘出してみたい。この作業を通して、馬琴の「創作と考据との兼ね合い」という問題に関しても、新たな視点が得られるものと思う。

二、「為朝の譜」

馬琴は前掲の桂窓宛書翰の中で、文化初年に『塩尻』から抄録した記事の一例として、「為朝の譜」を挙げていた。ここで当然想起されるべきは、文化四年正月に初編六冊が刊行された、『椿説弓張月』(平林堂等刊)との関連であろう。

『弓張月』の中に、『塩尻』の書名が初めて現われるのは、文化五年正月に刊行された同書後篇のうち、巻頭の「備考」と題された一文においてである。考証的な色彩の強い、この「備考」の意図するところを、「然るべき文献に基づいて立て直された、作品全体の基本構想」の開陳と断ぜられたのは、大高洋司氏であった。[*5]

ことさらに片仮名まじりで記された、この考証の末尾には、二十七部の「援引書目」が掲げられており、その中には『塩尻』も含まれている。「備考」の中に引用された「天野氏ガ塩尻」の記事は、以下のようなものである。

或問、尾城ノ南、太渡村（太渡一本ニ古渡ニ作ル）ニ、為朝塚ト呼ブ処アリ。ソノ地闇森等ニ、為朝ノ故事ヲイフ。不審。為朝ハ、豆州大嶋ニテ自尽セリ。如何ナル故ニ、当国ニカヽル伝アリヤト云。当国ハ源家ニ由緒アレバ、往昔為朝、太渡村ヲ知行セシニヤト覚侍ル。（中略）後裔当国ニアルニヤ、分明ナラズ。俗ニ太渡闇森ハ、為朝ノ霊ヲ崇祝ト云フ。今ハ八幡ト称セリ。

（後篇巻之一「備考」、四丁裏～五丁表）

ここで馬琴は、為朝にまつわる伝説を有する、尾張の闇森や為朝塚の所在地を「太渡村」とし、「古渡」を異説として扱っているが、これは「古渡」を是とせねばならない。

古渡村為朝塚の所在地について、『那古野府城志』上巻は「古渡泰雲寺中」、あるいは「元興寺裏畑」と記し、『尾張名所図会』前編巻一は「尾頭橋の東」と伝えている。[*6] また、現行活字本『塩尻』の巻三十八にも、「古渡村東泉寺の近境にあり」（大成本第14巻、二八九頁）とあるが、稿者はその現存を確認することができなかった。

一方、為朝の創建とも伝えられる、闇森八幡社は、名古屋市中区正木町に現存する。同社本殿の西方には、「源為朝の武具を埋し所」[*7]とされる鎧塚や、為朝を祖と仰ぐ鬼頭氏の氏神であり、為朝を祭神に数える尾頭神社などがある。

右引用の中略部分には、後述する為朝後裔の系譜が掲出されており、件の桂窓宛書翰に見えていた「為朝の譜」とは、まさにこの記事を指すのであろう。

『塩尻』の現行活字本に、この章段は見出すことができない。ゆえに後藤丹治氏は、神宮文庫所蔵の三十五冊本を参看して、その第三十四冊の中に、同様の記事を見いだされた。[*8] この点からも、馬琴披閲の『塩尻』

は、現行百巻本とは異なる編成を有していたものと考えられる。なお、中略箇所直前の「知行セシニヤト覚(オボエ)侍(ハベ)ル」は、後藤氏参看本のように、「知行せしにや。子孫又此ノ国にありしやうに覚へ侍る」とあるべきであろう。

『弓張月』の後篇「備考」に引用された『塩尻』の記事は、同じく後篇の第二十四回において、物語の背景として利用された。その概略は、以下の如くである。

八丈島を脱出した為朝は、娘嶋君を伴って讃岐に渡り、そこで図らずも、盗賊に襲われていた熱田大(だい)宮司(ぐじ)季範を救援した。為朝から嶋君を託された季範は、彼女を熱田に連れ帰り、成人ののち、嫡孫の犬稚丸（義実）にめあわせる。義実は上西門院の判官代に補せられ、嶋君との間に義信・義直の男児二人を儲けた。

熱田神宮の大宮司職・藤原季範は、源頼朝の外祖父であり、為朝にとっては兄義朝の舅にあたる。ここで季範の嫡孫とされる義実は、『大系図』（版本『尊卑分脈』）等において、為朝の長子として掲げられる人物である。これは、『塩尻』所掲の系譜においても同様であり、『弓張月』第二十四回の末尾で、「家譜には義実を、為朝の実子とす」（後篇巻之四、十九丁表）*9と注しているように、馬琴もこの事実は当然認識していた。よって、馬琴が「家譜」を改変して、為朝の長男義実を、熱田大宮司の嫡系「犬稚丸」の後身としたのは、『塩尻』に記された尾州の為朝伝承を、『弓張月』の物語に整合させるための作為であったと考えられる。

『椿説弓張月』は、文化八年三月に刊行された残篇六冊をもって局を結ぶ。その巻之五下巻末に掲げられた、「為朝の譜一丁」（三十六丁裏〜三十八丁表）は、諸書を引用しつつ、『弓張月』に登場した為朝末流を系統立てたものである。ここでは、二種類の『大系図』*10や「古老の伝る所」*11などと共に、『塩尻』の中から、先の引用で省略した為朝末流の系譜が援用されている。

文化初年に馬琴の披閲した、『塩尻』所掲の為朝系図を、後篇「備考」の記述から再現すると、以下のようになる。

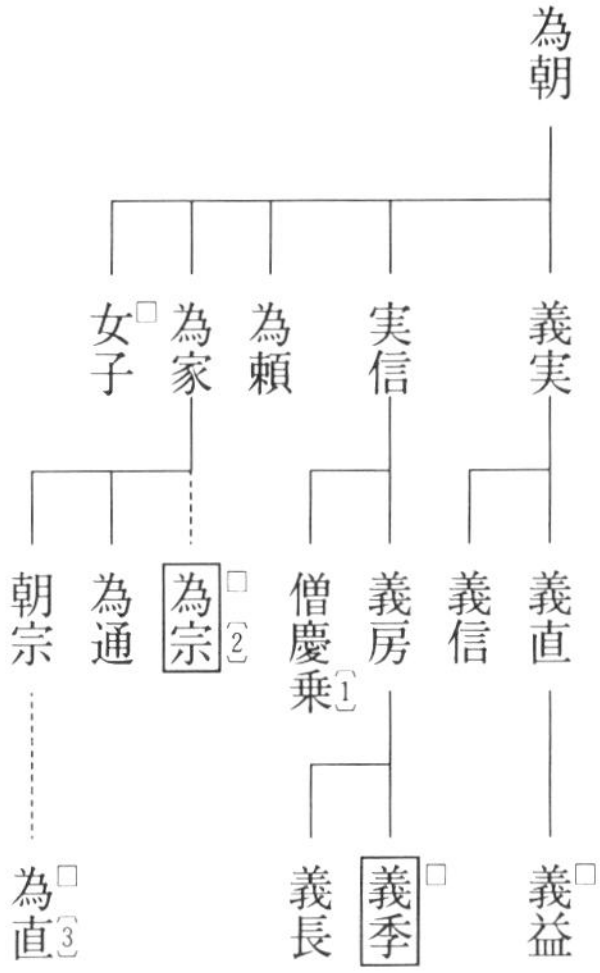

〔1〕拾遺篇「為朝の譜」では、十四巻本『大系図』に従って「慶桑」とする。
〔2〕「為朝の譜」では罫線を施さず、この位置に置くべき旨を頭書する。
〔3〕後篇「備考」では「為通」とあったものを、「為朝の譜」では「為直」に改め、罫線を施さずに、「当ニ朝宗ノ末ニ附スベシ」と頭書する。

通称等の注記は省いたが、残篇「為朝の譜」において、「天野翁ノ塩尻ニ載タリ」として合印（□印）の施されたものには、同様の印を付した。また、「為朝の譜」との異同を補記した。

後藤丹治氏が参看された、神宮文庫本『塩尻』にも、これと類似する為朝末流の系譜は見えている。しかし同氏は、「あまり煩瑣になるので」という理由から、この系図の掲出を見送られた。その系図とは、以下の如きものである。

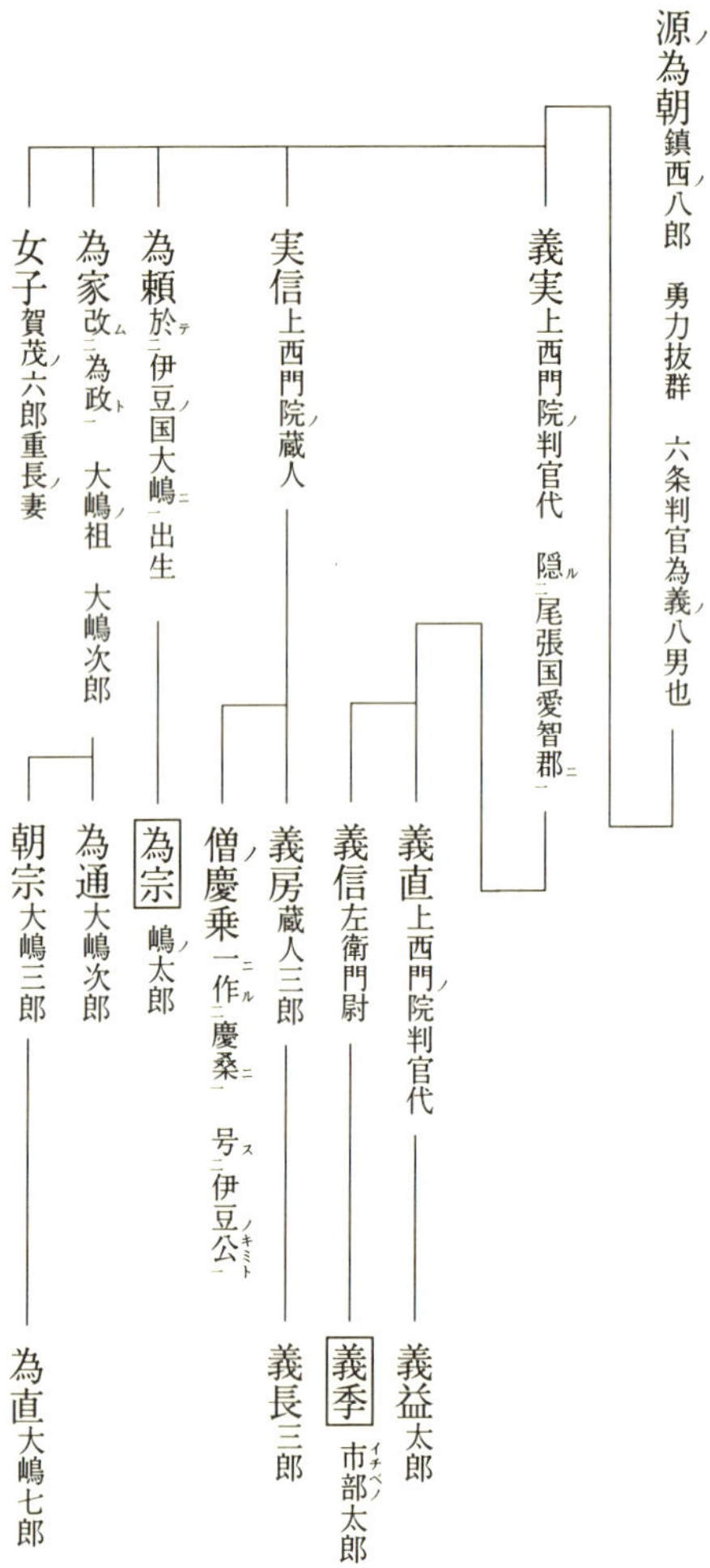

『那古野府城志』上巻に引用された、『塩尻』所掲の系図[*12]も、これとほぼ同様である。また、『系図纂要』第九「源朝臣姓」における為朝末流の記載も、神宮文庫本の系図に近似しており、該本のみが特異な系譜を伝えているわけではない。

前掲二系図の間における顕著な相違は、囲みを施した「義季」と「為宗」の位置付けである。特に為宗の位置に関しては、馬琴も疑いの存する旨を、残篇「為朝の譜」の中で表明していた。尾張国市部庄に住し、「市部太郎」を称した義季は、神宮文庫本の如く、愛智郡に隠棲したという為朝の子・義実の末に位置づけるのが相応しいように思われる。しかし馬琴は「為朝の譜」において、『弓張月』には登場しない実信の下に「市部氏ノ祖」と注記し、義季をその孫として扱った。[*13]

諸本の間で、記述に些細な相違が生じてしまうのは、写本で流布した書物の宿命ともいえるが、[*13]馬琴披閲の『塩尻』に掲げられた「為朝の譜」が、前掲の如きものであったことは、『弓張月』の展開を少なからず規定している。

神宮文庫本所掲の系図のように、「義季」を為頼の子として位置づけた場合、馬琴は『弓張月』第二十二回に記された如く、大島の為朝館において、簓江や鬼夜叉と共に、元服間もない嶋冠者為頼をも自害させたであろうか。馬琴が『弓張月』前段の支柱とした、『参考保元物語』の巻三「為朝鬼島渡并自害」において、為頼は父為朝に刺殺されることになっている。しかし、諸系図が為朝の長子とする義実を、あえて熱田大宮司家の嫡流と改めてまで、尾張に伝わる伝承を、『弓張月』の世界に組み込んだ馬琴のことである。為頼に後嗣が存したという異説を知ったならば、また新たな展開を案出したように思われてならない。

一方、馬琴は後篇「備考」の中で、『塩尻』所掲の系図に見える「女子」を、『参考保元物語』巻三に登場する「二ニナル女子」と同定した。為朝滅亡の折、母親に抱かれて逃走したとされるこの「女子」が、恐らくは『弓張月』における嶋君の原型なのであろう。

神宮文庫本『塩尻』の系図において、この「女子」の下には、「賀茂ノ六郎重長ノ妻」との注記が施されている。今日において、「賀茂ノ六郎」と称した足助重長の妻が、為朝の娘であったことは、完備された索引によって、難なく検索することができる。しかし、この記述を版本『大系図』から、何の手がかりもなしに探し出すことは、決して容易ではない。ゆえにこの「女子」を、「大系図ニ漏タルナルベシ」（後篇「備考」）とした馬琴を責めるのは酷であろうし、たしかに同書の為朝系図には、「女子」の存在は記されていないのである。

神宮文庫本の系図に、「賀茂ノ六郎重長ノ妻」という注記を施したのは、あるいは後人のさかしらであったかも知れない。いずれにせよ、文化初年に披閲した『塩尻』には、この注記が施されておらず、その結果として、馬琴は『塩尻』所掲の「女子」を、義実の妻嶋君として、思うままに造型することを得たわけである。

三、『塩尻』の抄録と『著作堂雑記』

馬琴の『著作堂雑記』は、彼がその著作活動と併行して、書籍からの抄出記事や市井の異聞などを記しとどめた雑録である。最終的には四十巻に及んだとされるが、その原本は所在不明であり、現在では『曲亭遺稿』（明治44年3月、国書刊行会）所収の『著作堂雑記抄』などによって、その片鱗をうかがい得るに過ぎない。『著作堂雑記抄』は、関根只誠が「所々闕本ありし」原本から抄録したものを、息子の正直が校訂して、『曲亭遺稿』に収めたものである。同書の底本となったのは、只誠の雑録『誠垓只録』（『只誠埃録』）のうち、巻二四七から巻二五一までの五冊であった。関根俊雄氏の解説[*15]によれば、右の五冊は関根家から松廼屋文庫に売却された後、関東大震災の折に焼失したものという。

『著作堂雑記』の起筆について、馬琴は同書の中で、以下ように記している。

> ○吾等雑記は、文化元年初て筆を起したり。亓（そ）はかりそめの事にて、一二の巻は麁末にて見るべくもあらざりしを、第三巻より漸次に冊を倣したる也。約莫百枚を一巻とす、夫より紙の多きも又少なきもあるべし。多くは読書の抄録にて、漢文のみなる巻もあり。（以下略。『曲亭遺稿』五一八頁）

『雑記抄』の冒頭部分には、諸書からの抄録記事が並んでいる。その出典名のみを列挙すれば、以下の通りである。

○『室町殿物語』巻三・四　楢村長教編。宝永三年刊
○『堀川百首狂歌集』（五首）　正式編。寛文十一年刊

○『慕景集』（十七首抄出）　太田道灌家集。全三十六首
○『塩尻』（二項）
○『新著聞集』巻六　神谷養勇軒編。寛延二年刊

この中に、わずか二項ではあるが、『塩尻』からの抄出記事を見出すことができる。これによって、馬琴は入手し得なかった『塩尻』の中から、「為朝の譜」をはじめとする有用の記事を、『著作堂雑記』の中に書き抜いたものと考えられる。

文化初年における馬琴の『塩尻』抄録が、どれほどの分量に及んだのか、『著作堂雑記』の伝存が確認されていない現状においては、何ら知る術がない。ただし、入手にしくじった上での抄録ともなれば、可能な限り多くの記事を抄録すべく、馬琴も努めたものと思われる。

『新著聞集』からの抄出記事の末尾には、「文化四丁卯年正月九日　滝沢解」とあり、これに続けて「○巻三」と巻次が記されている。『雑記抄』の記事は、一箇所の転倒を除いて、ほぼ原本の巻次順に配列されているものと思しいので、[*16]右に掲げた五書を出拠とする記事は、『著作堂雑記』の巻一、もしくは巻二に含まれていたものと考えることができるであろう。

これらの記事を一瞥して気付くことは、文化年間における馬琴の著作、特に考証随筆『燕石雑志』（文化七年、文金堂等刊）との関連の深さである。『雑記抄』の巻頭第一項は、『室町殿物語』からの抄出であるが、特に足利義教の詠歌に関する記事は、『燕石雑志』巻之二「㈠　古歌の訛」の中に引用されている。続く『堀川百首題狂歌集』や、道灌の家集とされる『慕景集』からの抄出記事にも、『燕石雑志』巻之二の記述との関連を指摘することができる。

只誠は『雑記抄』の識語において、その抄出方針を「書中多く諸書を抄録せると、他書に見えたる説は今省きて」と記している。その一方で、右に列挙したような諸書からの引用記事を、あえて『雑記抄』の中に

抄出したのは、『燕石雑志』との関連を意識していたからなのであろう。

　これらの項目と同様に、起筆間もない『著作堂雑記』の中に収められていた記事を、蔵書家中川徳基（号得楼）の編んだ『著作堂雑記摘録』の中にも見出すことができる。同書の原本は国会図書館、藤隆雄なる人物による転写本（題簽題「著作堂雑記抄録」）は早稲田大学図書館に、それぞれ蔵されている。この『雑記摘録』の成立事情に関しては、木村三四吾氏が「馬琴遺稿流伝始末瑣記」[*17]の中で考察を加えておられるので、詳細は氏の論考に譲ることとしたい。

　『雑記摘録』に掲出された記事には、原本における所収巻次が、各々の末尾に明記されている。得楼が『著作堂雑記』の巻一から抄写した五項目は、全て『静斎随筆』（河口光遠著。写本）の記事であった。この『静斎随筆』もまた、『燕石雑志』の中で援用されているが、得楼の興味を引いた項目と、馬琴が『燕石雑志』の中で利用した記事との間には、関連を見出すことができない。この点は、只誠と得楼とにおける、馬琴に対する理解の深浅を反映しているようにも思われる。

　ともあれ、二種類の抄録本によって、『著作堂雑記』の冒頭二巻には、『静斎随筆』や『室町殿物語』『慕景集』など、『燕石雑志』にも引用された諸書からの、雑駁な引用抄出が多分に含まれていたことを推定し得るのである。

　「文化七年庚午秋八月発行」の刊記をもつ『燕石雑志』に関して、馬琴は『近世物之本江戸作者部類』の中で、以下のように記している。

> （稿者補、文化）六年〔己巳〕、燕石雑志〔六巻〕を編述す、随筆也〔大坂河内屋太助板也〕。当時合巻冊子読本流行して、曲亭に新編を乞ふ書賈、年に月に多し。この冗紛（ママ）中、雑志の撰あり。こゝをもて、思ひ謬てること尠からすといふ。しかれとも、この書久しく行れて、今なほ年毎に搨刷して、江戸の書賈へもおこすことたへすといふ。（巻之二上・読本作者部、四十四丁表）[*18]

大高洋司氏は「文化七、八年の馬琴　考証と読本」[19]において、馬琴が「冗紛中」、「倉卒の間に」『燕石雑志』を草した、文化六年の執筆状況を整理しておられる。氏の言われるように、「それぞれの考証に費やし得た時間の短さ」は、特に同書の形式的な不統一に端的に表われているが[20]、だからといって、馬琴が何の下準備もなしに、同書の執筆に取りかかったとは考えづらい。

文化二年正月刊行の読本『稚枝鳩』（五巻五冊。仙鶴堂刊）の巻末に、「遠近草紙」なる「著作堂主人随筆」の刊行予告が掲げられている。もとより、この「遠近草紙」の企画が、そのまま『燕石雑志』として結実したと、単純に考え得るものではないが、文化初年の馬琴に、「随筆」を執筆する心づもりが存したことだけは、疑いを容れないであろう。従って、文化初年における「遠近草紙」刊行の企画と、『著作堂雑記』が文化元年に起筆されていることとの間には、何らかの脈絡が存するのかも知れないのである。

いずれにせよ、『著作堂雑記』中の「読書の抄録」は、『燕石雑志』の執筆に際しても、大いに役立てられたはずである。そして、『塩尻』からの抄出記事もまた、『燕石雑志』における考証に資するところがあった。

四、『燕石雑志』と『塩尻』

『燕石雑志』巻一の本文第一項は、「日の神」と題された一段である。冒頭の章段で、天象に関する事項を扱ったのは、唐土の類書などに倣う意識が、馬琴の中に存したからなのであろう。この「日の神」の項は、信景所説の引用をもってはじめられる。

㈠　日の神

天野信景主の云、春秋内事云、日者陽徳之母也。天朝以二日神一配二女神一、固有レ故。亦云、淮南子云、月天之使也。按神代紀一書説、日神以二月読尊一遣二下土一、蓋取レ之、といへり。この

説、学者の疑ひを解べし。　（以下略。巻一、八丁表）

右の記事は、現行活字本『塩尻』の巻四（大成本13巻、一二〇頁）の中に見出すことができる。引用中に見える『春秋内事』は逸書であり、恐らくは信景も、他書に引用された記事を「孫引き」したものと思われる。試みに、『潜確居類書』（明陳仁錫編、百二十巻）を繙くと、その巻一・玄象一のうち、「陽徳之母」の項に、南朝宋の謝荘「月賦」と並んで、「［春秋内事］日者、陽徳之母也」という記述が掲げられている。『潜確類書』は、馬琴も愛用していた類書であるが、『塩尻』の中にもしばしば引用されており、同書は信景の手近にも存したものと思しい。『淮南子』巻三・天文訓からの引用も、同じ類書の同巻「天之使」の項に、「［淮南子］日月者、天之使也」として見えており、信景の記述が、この『潜確類書』を出拠としている可能性が見出される。

自らも常用している『潜確類書』の中に、『塩尻』と同様の記事が掲出されていることは、馬琴も恐らく承知していたことであろう。にも関わらず、冒頭第一項に信景の名前を掲出して、彼の説くところに賛意を表したものであるならば、『塩尻』に寄せる馬琴の強い信頼を、この一段から看取できることになる。

また、『燕石雑志』の巻二「㈩鬼神論」の中に、『玉笑零音』（明田芸蘅撰）なる書物が、やはり『塩尻』を経由して引用されている。この記事も、活字本『塩尻』の巻七十一（大成本15巻、四四〇頁）に見出されるが、『説郛』続編にも収められた『玉笑零音』の場合は、信景がじかに披閲した可能性が高い。

この他にも『燕石雑志』には、出拠を明示した上で『塩尻』を引用した項目が存する。

㈡　蝉丸〈関ノ東附〉

蝉丸の事、世にはさま〲にいふめり。諸説を参考るに、天野信景の説をもて据とせん歟。塩尻ニ云ク、覚一は明石撿挍と称して、尊氏将軍の親族なりし。是より盲人威ありといふ。かくて城了が旅宿ニ聞クレ雨の歌〔夜の雨の窓をうつにもくだくれば心はもろきものにぞありける〕天聴に達して、夜ノ雨と勅号下されし〔後小松院の勅賜也〕とかや。盲人のこと書るものに、光孝天皇の皇子明を失ひ給ひしあり。雨夜の御子と称すといへれど、帝紀を考るに、光孝三十六子にして、雨夜とまうす皇子なし。おもふに、夜の雨の城了が事をあやまれるにや。光孝帝を小松の帝と称しき。城了に号を下されしは後小松帝也。故に事をあやまり、説をつくりてさいふか、おぼつかなし。例せば、蝉丸を延喜帝第四の御子也といふ類にや〔延喜第四の皇子は式部卿重明親王にておはしませし也。蝉丸は王子にあらず〕といへり。

（以下略。巻三、六丁裏～七丁表）

この記事は、『著作堂雑記抄』の中に見出された、『塩尻』からの抄出記事の一つでもある。この点は、『燕石雑志』における『塩尻』の引用が、既述の一項目も含めて、『著作堂雑記』を経由したものであることの証左ともなるであろう。

便宜上、右引用の要点を摘めば、以下のようになる。

（一）明石検校覚一は、足利氏の縁戚であること。

（二）後小松天皇が城了に「夜の雨」の勅号を賜ったこと。

（三）雨夜御子の伝承は、「夜の雨の城了」に関するものの誤伝であろうこと。

中山太郎氏は『日本盲人史』[*21]において、この『塩尻』の記事をも引用しつつ、（一）・（二）の伝承を、当道座による自己宣伝のための虚構であると断ぜられた。その当否はともあれ、これらの伝承に関して、信景は何ら評語を加えておらず、恐らくは反証とするに足るだけの材料を持ち合わせなかったのであろう。

右引用と同様の記事は、随筆大成本『塩尻』の巻七十六（16巻、一二〇頁）にも見出されるが、同書は底本である内閣文庫蔵百巻本と同様に、（二）の「城了」を「城仁」としている。「城仁」の名前は、他書に見出すことができないので、この点は内閣文庫本における単純な誤写と考えておきたい。[*22]

〔三〕に現われる「雨夜御子」は、盲人の祖神と仰がれる人物であり、当道座の根本資料とされる『当道要集』（寛永頃成立）以下の、「盲人のこと書るもの」には、もれなくその伝承が記されている。信景は「帝紀」を参照して、「雨夜御子」伝説を実証的に分析しており、この点は中山氏前掲書（一九一〜二頁）も、「卓見」と評価したところである。

『燕石雑志』巻三の第二項は、標題に示されたように、歌人蝉丸を考察の対象としているのであるが、右引用において、同人に関する事象は、〔三〕に関連する例証として、わずかに触れられたに過ぎない。ゆえに、「蝉丸〔関ノ東附〕」における『塩尻』の引用は、いささか長きに失するきらいがある。

長文の引用を敢えて厭わなかった事実や、「天野信景の説をもて据とせん歟」という短評から、『塩尻』に寄せた馬琴の信頼を再度確認することも可能ではあるが、一方で、この章段における眼目が、水戸藩士鵜飼信興の『和漢珍書考』（写本。元禄昭陽自序）の糾弾にあることを、看過すべきではない。

さきの引用に続けて、馬琴は以下のように記している。

> しかるに近曾、伊勢の名所ともを図したる草紙に、珍書考といふものを引て、蝉丸は唐の弾丸が事を擬して、その名をつくり設たらんといふよしを載たり。彼ノ珍書考といふものは、あらぬ事どもを物ありげに書しるして、世を欺きたる也。さればその説ところ、一ツとして古書にはなき事也。
>
> （以下略。巻三、七丁表）

「伊勢の名所ともを図したる草紙」が、蔀関月の『伊勢参宮名所図会』[*23]（五巻六冊。寛政九年刊）を指していることは、当時の読者にも容易に察せられたものと思う。同書巻一の、関清水蝉丸社に関する記載の中に、『和漢珍書考』の記事が、「水戸学士の一説」として引用されている。

慶応義塾図書館蔵本（一冊。内題「和漢雑笈或問」）から、『参宮図会』に掲出されたものと同様の記事を、以下に引用してみる。

或問、世ニ蝉丸ノ事、色々ト云テ、誰人ノ子タル事ヲサタカニ知レル人ナシ。如何。

信答、此事、俗伝ニ延喜帝ノ御子トモ、又ハ仙人ノ子トモイヱリ。大成誤也。延喜ノ御子タル事、跡（カタ）モ（ナキ）偽ナリ。延喜ノ御一代ノ記録ニ不見。然ルニ秘説有、唐南朝文帝ノ諱ヲ延基ト云リ。延基ノ三男ノ、襁褓ノ時ヨリ唖ニテ、又瞽タリ。遂ニ是ヲ相関ト云所ニ棄給。此子ノ名、弾児ト云。（如何ト）ナレハ、幼年ヨリ琵ヲ能弾セリ、故ニ斯名付ルト也。今此故事ニヨリテ、日本ノ蝉丸ノ事ヲ考ルニ、延喜基同音シ、彼是皆王タリ。琵ヲ弾ト云字ト蝉ノ字、形相似タリ。又日本ニテ天子官人ノ子、丸ノ字ヲ付ニ因テ、蝉丸ト名ヲ付、又唐ノ相関ノ処ヲカリテ、相坂ノ関ニ延喜ノ御子ヲ棄サセ給フト、昔人唐ノ文帝ノ故事ヲカリテ云ナラハセリ。大成荒唐（イツハリ）ノ作也。倭、此弾児ノ委細ハ、古史考三十一巻、二十八枚メニ出タリ。（以下略。九丁表～裏）

馬琴よりも早く、橘南谿が『北窓瑣談』[*24]の中で論駁しているように、『和漢珍書考』は妄誕の説のみが多く、まっとうな考証に資するところは少ない。そのような性格ゆえであろうか、『珍書考』には、諸本間における異同が甚だしく、右引用の中にも、文意不通の箇所が散見される。ゆえに稿者が他本から、最低限を（　）内に補った。

「南朝文帝」に関して、少しく調査してみたが、宋の文帝（劉義隆）・陳の文帝（陳蒨）とも、「延基」の諱を確認することはできなかった。「相関」や「弾児」もまた、他書に記載されているものを見出し得ず、これらも馬琴の言う如く、「あらぬ事どもを物ありげに書しるし」たものなのであろう。そもそも、右引用の出拠とされる「古史考」からして、省略した後段に所掲の「扶桑仙哥集」同様に、烏有の書である可能性が高い。

『燕石雑志』における『珍書考』批判は、同書に見える孟軻毒殺の説（慶応本では、五丁表～裏）にも及び、馬琴はこの記事を「慢（スヾロ）に聖賢を誣（シヒ）たるその罪、かろかるべからず」と難じている。これに続けて記された、「草紙物語」と「偽書」との差異は、いささか馬琴の自己弁護めくが、「偽書は見るもの欺（アザムカ）れて、その説を信用し、又物にも書（カキ）しるして、その虚を吼（ホエ）、しらずして亦人を欺くの譏（ソシリ）を醸（カモ）する事あり。畢竟奇を好むの蔽（ママ）なり」と総括される。

つまるところ、馬琴が「蝉丸（関ノ東附）」の冒頭において、必要以上に『塩尻』を称揚したことは、鵜飼信興の『和漢珍書考』や、同書を引用する『伊勢参宮名所図会』に対する難詰を際立たせるための、彼らしい「伏線」とも解し得るのではあるまいか。

引き続き馬琴は、蝉丸を盲人に非ずとする異説に反駁している。この説は『参宮図会』において、『今昔物語集』を考据としつつ支持されており、馬琴の論難は、直接的には関月の記述に向けられたものと考えられる。しかし、「よしや盲人なればとて、ゆきかふ人の足音を聞（キ）てとは得かゝじ」という一事を論拠とする馬琴の駁説は、いささか説得力に乏しいものと言わざるを得ない。

五、「もとの木阿弥」の語源説

文化九年正月刊行の読本『占夢南柯後記』（八巻八冊、木蘭堂刊）は、文化五年に刊行されて好評を博した、『三七全伝南柯夢』（六巻六冊、板元同右）の続編という体裁を取っている。板元榎本平吉の懇請によって執筆されたこの作品は、必ずしも馬琴の意を満たすものではなかったが、読者には好評もって迎えられたという。*25

後藤丹治氏が、古典大系『椿説弓張月』の上巻（四九〇頁補注二九）において指摘された如く、この『南柯後記』巻三「米谷の谺塚」の中にも、『塩尻』の書名が掲げられている。当該箇所の記述を、以下に引用してみる。

（前略）是より先近郷の田夫牧童、縁由を聞悞ちてふかく怪み、大象なる木阿弥陀仏が母は、葬る、とき亡骸がふたつになりぬ。世に離魂病とて、形貌のふたつに見ゆる病ありとは聞けど、死して亡骸の、ふたつになるといふ事は、聞も及ぬ珍事也。ゆきて見よかし、おなじ戒名を彫着たる石塔が、並びて有るぞとて、殊更にいひの、しりけり。かゝりし程に、彼穸に埋たりし、主なき死骸の主出たるころ、近郷の徒、又このよしを伝へ聞、原来木阿弥陀仏が母の躯の、ふたつになりたるにはあらず。わろくも聞たるものかなとて、果は笑て已にけれど、この事遂に人口に膾炙して、旧の主の出る譬には、必元の木阿弥とぞいひける。この諺の濫觴は、塩尻の明王百穀編にも載られたれど、こゝに説ところと、その事大同小異也。且塩尻には順慶の時の事とす。木阿弥陀仏が事、この下に詳なし。

（以下略。巻三、二十三丁表〜裏）

右引用と「大同小異」の、「塩尻の明王百穀編」に載せられた、「元の木阿弥」という俗諺の語源説とは、『著作堂雑記抄』に掲げられた、以下の記事を指すものと思われる。

○天文二十年六月筒井順昭卒せり。遺言して其死をかくし、奈良角振町なる隼の社の辺に、黙阿弥とて盲目のありけり。其顔かたち順昭にそのまゝにて、語音も又髣髴たり。年の程さへおなじ頃也ければ、床に偽り居ゑて、家老島、松倉、森等、軍事をはからひける。其後奈良静になりて、其喪を発せし時、盲目には金銀を与へて、もとの町へかへしける故に、南都の俗諺に事を偽りかざりて、後再び本へかへるを、もとのもくあみといひけるとなむ。

（『曲亭遺稿』四一〇頁）

これと同様の記事は、現行本『塩尻』の巻九十八（大成本16巻、四三〇頁）にも見えており、同書を参看することによって、右引用の出拠が、『和州諸将軍伝』（閑雲子増撰。宝永四年刊）であることを知り得る。

『和州諸将軍伝』十三巻は、信景の記述にも見えているように、「和州添下郡筒井城主陽舜坊順慶、及び其養子侍従従四位下伊賀守定次等代々の事」を記した軍書である。筒井順昭の没後、その影武者をつとめた盲僧「木阿弥」についての逸聞は、同書の巻二（八丁表〜十丁表）に記されており、『塩尻』の記述は、その要を摘んだものであった。

従って、「元の木阿弥」という俗諺の出拠としては、『和州諸将軍伝』を掲げるのが順当と思われるが、『著作堂雑記』における抄録の不備ゆえに、馬琴は信景の依拠した書物に逢着し得なかったのかも知れない。

右に掲げた二つの記事は、その語るところにかなりの隔たりがあり、馬琴の言う如くに「大同小異」とは見なし難い。しかし、『占夢南柯後記』が『南柯夢』同様に、筒井（続井）家を「世界」としている所縁から、馬琴は「木阿弥陀仏」なる琵琶法師を登場させて、ここに『塩尻』の記事を付会したのであろう。

『南柯後記』の中で、『塩尻』の記事に言及するに際して、馬琴はことさらに「明王百穀編」なる編名を掲出している。馬琴が独自に命名した、かくの如き編名は、当該記事が収められた巻の冒頭第一項を示しているものと思しい。後年のものではあるが、馬琴によって「明王百穀三拙篇」と名付けられた、『塩尻抜萃編』第四冊[*26]にも、右引用と同様の記事を見出すことができる。

この「明王百穀編」なる篇名は、当然『著作堂雑記』における抄録記事に付記されていたものと考えられるが、右に掲げた『雑記抄』の記事には、出拠に関する記載は見受けられない。

只誠の『雑記抄』と得楼の『雑記摘録』との間には、共通する記事が十一項目存するが、それらを比較してみると、『雑記抄』には、注記や割書の類を省略している箇所が散見される。よって、『雑記抄』に掲げられた「元の木阿弥」の語源説の場合も、『著作堂雑記』に見えていた「塩尻の明王百穀編」という出典注記が、いずれかの段階で省かれてしまったものと推定されるのである。

かくの如き出典注記は、恐らく全ての項目に付されていたものと思われるが、先に触れた「盲人所伝」の場合も、『雑記抄』所引の記事の中に、このような注記を見出すことはできなかった。只誠が『著作堂雑記』

の記述を、より忠実に伝えてくれていたならば、文化初年に馬琴の披閲した『塩尻』の全体像を探る上でも、益するところが少なくなかったに違いない。

六、『玄同放言』と信景著作

馬琴第二の考証随筆『烹雑の記』前集（二巻二冊。柏栄堂等刊）は、『燕石雑志』の上梓から一年余を経て、文化八年十二月に刊行された。この書の中には、信景の『塩尻』を利用した形跡は見出されない。巻末に「先板の訛舛」として、『燕石雑志』の追考を載せる『烹雑の記』には、前著の補遺としての色彩が強く、その分量は『雑志』の半分にも満たない。また、巻末に「近日嗣出」と予告された後集も、結局は刊行をみなかった。

文政元年二月三十日付の鈴木牧之宛書翰の中で、馬琴は『燕石』『烹雑』の二著を自評して、「甚さしゑも考等行きとゝき不申、その上女子ともにも見せ候を第一ニいたし候故、一向作者の面目を失ひ申候書ニ御座候」[*27]と記している。考証や理論といったものを、読本の中にまで積極的に持ち込んでいた、文化中期の馬琴は、考証随筆の執筆においても、可能な限り典籍を博捜したに違いない。それでもなお、五年以上を経過してみると、自身の著述ながら、意に満たない点ばかりが目についたのであろう。

上記のような「燕石にまぜのあやまち」を反省しつつ、これらを「補ひ候こころばへ」で、「格別ほね折候て」（牧之宛書翰）取り組んだのが、文政元年十二月に第一集を刊行した『玄同放言』（二集三巻六冊。文渓堂刊）であった。同書巻一上の巻頭には、「一百九十部」の「上集引用書目録」が掲出されており、この中にもやはり、『塩尻』の書名が見えている。しかし、『玄同放言』を通して、稿者が見出しえた『塩尻』からの引用は、次に掲げる一段のみに過ぎない。

第十六植物　正月門松（ムツキノ）

塩尻ニ〔巻之四湯武篇〕云、正月門松立る事、藤原ノ為尹（ためまさ）の歌に、しづが門松といへば、高貴の家、まして朝家にはなかりしにや。今も朝廷の諸門には、松立ることなしといふ人あり。按するに、蔵玉集に、年具の歌を載セて、大内やも、しき山の初代草、いくとせ人にふれて立らん。初代草は正月二日、大内に植る松也。門松の事也、としるせり。む月二日、大内の御門に、松立給ひし事ありと見えたり。これも亦おが玉の木にして、門神（かどかみ）に、ひもろけとり付ヶ侍る事にこそ、といへり。解（とく）云、右にいへる為尹卿の歌は、

為尹卿千首　今朝は又都の手ふりひきかえてちひろのみしめ賤か門松　（以下略。巻二・六丁裏〜七丁表）

馬琴は右引用に続けて、冷泉為尹の詠草よりも早くに詠まれた、「門松」の和歌を三首列挙した上で、「門松の事、堀川のおん時より、連綿として証歌あり」と、信景所説の不備を突いている。

右に掲げた記事にも、「巻之四湯武篇」という出拠が示されている。「湯武」とは、山崎敬義（闇斎）の「湯武革命論」（『垂加文集』所収）に触れた、『塩尻』中の一段[*28]を指すものと思しい。この章段は、例えば早稲田大学図書館蔵本（五篇六十六冊）の第二十冊において、その巻頭に置かれている。同冊の中には、右の「朝家の門松」に関する記事も見えているので、馬琴所見本は、これに類似した配列を持つ巻を含んでいたはずである。

振り返れば、『燕石雑志』における『塩尻』からの引用記事には、出拠となった巻名は記されていなかった。正確な出典の明示は、考証に厳密を期せんとした、馬琴の姿勢のあらわれとも見なしうるであろう。

これとは別に、『玄同放言』第一集の中にもう一点、信景の名前が記されている箇所を指摘することができる。

（前略）又天野信景の南朝紹運図に、度会延経が説を引て、寛成〔長慶帝おん諱〕熙成〔後亀山帝御いみな〕同訓なるをもて〔実は寛成熙成を、同訓に唱ヘ奉りしにはあるべからず。俗点に、足利義詮義教を、共によしのりと読るが如し〕、御一人ツの事とせしは、いよ〳〵非なり〔南朝紹運録のあやまりは、はやく大田翁いへり〕。

（以下略。巻之一ノ下「第五地理 名手荘ノ大塔御領」、一二丁表～一三丁裏）

信景の数多い著書の一つ『南朝紹運図』は、その書名が示す如く、後醍醐天皇にはじまる南朝皇統の系図に、信景が注記を施したものである。同書は、百巻本『塩尻』の巻七十六（大成本第16巻、一二八～一三五頁）にも収められているが、桂窓所持本のように、単行書としても行なわれていた。*29

右引用に登場する度会（出口）延経は、伊勢外宮の神官であり、宝永四年に尾州を訪れて、信景や吉見幸和と面会したことが、『塩尻拾遺』巻十三（大成本第17巻、九一頁以下）に見えている。また、割注に見える「南朝紹運録」は、恐らく「南朝紹運図」の誤りであろう。

文化初年の『塩尻』披閲に際して、馬琴が『南朝紹運図』を抄写せずに済ませたことは、本稿の冒頭に引用した、天保三年の桂窓宛書翰に見えていた。ことさらに「紹運図はうつしとめ不申候」と記しているからには、馬琴の披閲した『塩尻』の中に、『南朝紹運図』が含まれていたに違いない。しかし、近々に書肆へ返却せねばならない『塩尻』から、慌ただしい抄録を行なっていた馬琴にとって、信景の注記を含む南朝皇統の系譜は、さして興味を引かれる存在ではなかったのであろう。

従って、『塩尻』の披閲から十余年を経た、『玄同放言』執筆の時点においても、馬琴の机辺には『南朝紹運図』が備わらなかった可能性が高い。しかし、この推定が正しいものとするならば、馬琴はいかにして、右の如き記述をなし得たのか、という疑問に行き当たる。

馬琴は右引用に続けて、長慶院の登極を否定した、塙保己一の『花さく松』を引用している。早稲田大学図書館の曲亭叢書には、馬琴による写本『花さく松』が、伊勢貞丈の『三議一統弁』と合冊した形で収められており、[30]同書は『曲亭蔵書目録』の「は部」欄上にも、「花さく松　写本一冊　三議一統弁附」として登載されている。

同書のうち、『花さく松』の末尾（七丁裏）には、「大田覃」による識語が書写されており、その中には、「尾州天野信景著南朝紹運図、引度会延経説、以寛成熙成同訓為一人者、亦誤」という文言が存する。[31]つまり、『玄同放言』における、信景の『南朝紹運図』批判は、まったく「大田翁」、すなわち南畝の所説に拠っているのである。

馬琴自身の識語（七丁裏・十五丁裏）によれば、『花さく松』と『三議一統之弁』が筆写されたのは、ともに文化四年正月九日であった。これは奇しくも、『著作堂雑記抄』において、『新著聞集』からの抄出記事の末尾に記されていた日付と同一である。年始は休筆して読書や抄録にあてるという、馬琴晩年の執筆姿勢は、文化初年から変わることがなかったのであろう。

七、『南朝紹運図』の借覧

天保三年十二月八日付の桂窓宛馬琴書翰は、同日の日記によれば、殿村篠斎宛書状を同封の上、「八日限」の早便で、松坂へ向けて発送された。この書翰に対して、桂窓は同月二十二日に返書を認めている。馬琴書状の到着から、返翰を染筆するまでの間に、桂窓は馬琴の依頼通り、懇意の書肆に『塩尻』写本の価格を問い合わせたのであろう。篠斎からの書状を同封した桂窓の返翰は、同月二十九日に馬琴のもとへ届けられた。

『塩尻』に関する桂窓からの回答が、いかなるものであったのかは、天保四年一月十四日付の桂窓宛馬琴書翰に見える、以下の如き一条によって、おおよその察しが付けられる。

一　塩尻の事、云云申試候処、高料のよし、恐入候。まづ〳〵此慾はたち可申候。御一笑可被下候。紹運図の事、忝奉存候。

（『馬琴書翰集』（注1参照）、一二三頁）

馬琴にとって、『塩尻』購入の断念は、これで二度目である。彼はやむなく、桂窓が所持する『南朝紹運図』のみを借り受けることにした。桂窓所持の『南朝紹運図』が、天保四年に松坂・江戸間を往復した状況は、馬琴の日記や書簡によって跡づけることができるので、以下にこれを整理してみる。

2月2日　桂窓、『南朝紹運図』等を発送。（3月9日付桂窓宛書翰）
2月22日　馬琴、『紹運図』等落掌。
6月2日　馬琴、山科宗仙に『紹運図』の依頼。
6月9日　『紹運図』写本出来。
7月14日　馬琴、『紹運図』等発送。
7月29日　桂窓、『紹運図』等落掌。（11月6日付桂窓宛書翰）

五ヶ月弱の間、桂窓所蔵の『南朝紹運図』は、馬琴の手元に存したわけである。この間に、馬琴は筆工の山科宗仙に命じて、同書の写本を作成させている。六月二日に来訪を受けた宗仙へ、馬琴は『南朝紹運図』と『南朝紹運録』の二冊を手渡した。

津久井尚重の『南朝皇胤紹運録』は、やはり南朝天子の系図であるが、信景の『紹運図』よりも詳細な記述を有している。殿村篠斎から貸与された同書を、馬琴は前年の十一月十四日に落掌し、この年二月七日に戸田家中の河合孫太郎へ筆写を依頼した。しかし、河合筆工が多忙ゆえに埒があかず、馬琴は五月二十九日に同書を取り返して、六月二日に桂窓所蔵の『紹運図』ともども、改めて山科宗仙に筆写を命じたのである。

筆工宗仙によって新調された、馬琴旧蔵の写本『南朝紹運図』、ならびに『南朝紹運録』は、大阪府立中之島図書館に現存する。『国書総目録』は、同書を天野信景の著した『南朝紹運録』二冊として登録するが、これは正しくない。同書の書誌は、以下の通りである。

○『南朝紹運図』　二七×一八・四糎。摺枠題簽「南朝紹運図」。
「初代豊田文三郎氏遺書」朱印（前表紙封面）、「滝沢文庫」朱印（二丁表）。
十五丁（有丁付）。頭書あり、十丁表に付箋（共に本文同筆）。
吉見幸和跋文（十五丁表～裏。本文と同筆）。

○『南朝紹運録』　書形・印記同右。摺枠題簽「南朝紹運録」。四十二丁（無丁付）。
頭書あり（本文同筆）。馬琴筆付箋多。吉川茂周跋文（後表紙封面。本文同筆）。

両書とも、後表紙封面の裏側に、「滝沢」の黒印を押捺の上、恐らくは馬琴の筆跡で「癸巳冬製」と、覚え書きが記されている。同年十一月の日記の中に、丁子屋平兵衛を仲介として、写本類五十余冊の製本を職人に依頼した旨が記されており、恐らくは件の系図二点も、その中に含まれていたのであろう。

両書のうち、『南朝紹運録』の本文中には、校異を記した付箋が多数貼付されているが、かたや信景の『紹運図』には、馬琴が手を入れた形跡を見出すことができない。この状況は、同時に筆写された二書に対して、馬琴が抱いた興味の度合いを反映しているものと思われる。

天保三年十一月二十六日付の篠斎宛書翰[*32]には、『南朝紹運録』に対する馬琴の賛辞が記されている。一方で、信景の『南朝紹運図』に関する馬琴の論評を、彼の日記や書翰の中に見出すことはできない。「近来のものなれど、尤有用の珍書」と評した『南朝紹運録』を、ひと足先に披閲していた馬琴にとって、『南朝紹運図』の記述は、いささかもの足りなく感じられたのではあるまいか。

前節で記したように、馬琴が『玄同放言』に掲げた、信景の『紹運図』に対する駁説は、大田南畝の所説をなぞったに過ぎないものであった。『塩尻』所収の『南朝紹運図』を、文化初年に一瞥した折の記憶が、『玄同放言』を執筆した文化末年の時点まで、馬琴の中に保持されていたとは考えづらい。よって実際には、天保三年に桂窓所持の『紹運図』を手にするまで、馬琴は「大田翁」の説くところを実感し得なかったものと思われる。

八、結語

恐らくは文化八年六月頃、馬琴は奇談集『煙霞綺談』（西村白烏輯、林自見校。安永二年刊）を披閲し、同書の記事若干を、『著作堂雑記』に抄録している。その中で、『著作堂雑記抄』に転載された四項目（『曲亭遺稿』、四一六～七頁）のうち、名古屋山三郎の伝を記した「京丸の牡丹」の項は、『煙霞綺談』巻四からの抄出である。その末尾に付された、馬琴による寸評の冒頭には、「解按に、天野信景の塩尻に、山三郎の事をのせたり。考ふべし」という文言が見えている。

現行活字本の巻十五（大成本13巻、三二〇頁）には、「名古屋山三が妹」に関する記事が掲げられており、『塩尻拾遺』巻十七（大成本17巻、一〇三頁）にも、山三郎に関する短文の記事が見えている。これ以外にも『塩尻』諸本の中には、漢文で記された名古屋三左衛門の異聞（活字本未収）が存するが、馬琴の目にとまった「山三郎の事」を、そのいずれかに特定することは難しい。

もっとも、馬琴が天保五年に披閲した、木村黙老所蔵の二十冊本『塩尻』には、名古屋三左衛門（山三郎）に関する記事は見出されない。よって、「京丸の牡丹」の評語に見える「山三郎の事」も、やはり文化初年披閲の『塩尻』の中に見えていたものであろう。

以上に考察を加えてきた、馬琴の著作に見出される『塩尻』の記事と、『南朝紹運図』の写本作成の顛末とを整理すると、以下のようになる。

文化初年　四十五冊本『塩尻』披閲。『著作堂雜記』に抄出。
文化五年　『椿説弓張月』後篇刊　　＊尾州の為朝伝承
文化七年　『燕石雑志』刊　　　　　＊盲者所伝等三項
文化八年　『椿説弓張月』残篇刊　　＊為朝系図
文化九年　『占夢南柯後記』刊　　　＊元の木阿弥（「明王百穀編」）
文政元年　『玄同放言』初編刊　　　＊朝家の門松（「巻之四湯武篇」）、『紹運図』批判
天保四年　『塩尻』の購入を思い立つも、高値ゆえに断念。
同　　年　『南朝紹運図』写本新調。原本は桂窓所持本。

馬琴が披閲した四十五巻本『塩尻』の特徴としては、為朝系図における罫線の施され方と、『南朝紹運図』の収載とを挙げることができる。また、「明王百穀編」や「湯武篇」等と称し得る巻の存在も、馬琴披見本の全体像を推定する上での指標となるであろう。

本稿冒頭に掲げた桂窓宛書簡の中で、馬琴は「もし塩尻高料ニてちから不及候ハヾ、紹運図借覧いたし度奉存候也」と記していた。ここで彼は、『紹運図』を含まない『塩尻』が存在することを、念頭には置いていなかったものと思しい。しかし、稿者の管見に及んだ諸本の中で、『紹運図』を収録するものは、実際には極めて少数であった。

あるいは、名古屋書肆の引き札に見えていた『塩尻』についても、馬琴は文化初年披閲の四十五巻本と、さしたる相違のないものと考えていたのではあるまいか。既述の如く、件の桂窓宛書翰を染筆した時点で、馬琴が目にしたことのある『塩尻』は、文化初年披見本の一点のみであった。従って、天保三年当時の馬琴

は、同書の伝存状況について、何らの知識をも有してはいなかったものと推定されるのである。
名古屋書肆からの『塩尻』購入を断念した馬琴に、同書再閲の機会をもたらしたのは、讃岐高松藩の家老・木村黙老であった。天保五年における、馬琴の二十冊本『塩尻』披閲に関しては、別稿を期することとしたい。

注

＊1――天理図書館善本叢書『馬琴書翰集』翻刻篇（昭和55年3月、八木書店）。
＊2――新版日本随筆大成第三期13～16巻（昭和52年9～12月、吉川弘文館）所収。同書は『随筆珍本塩尻』（室松岩雄校訂。明治40年、帝国書院）をもとにしている。なお、同大成の第三期17・18巻（昭和53年1月、同右）は、名古屋叢書第18巻（昭和34年12月、名古屋市教育委員会）所収の『塩尻拾遺』を再録したものである。
＊3――写本四冊、天理図書館所蔵。天保五年に披閲した、木村黙老所持の二十冊本『塩尻』（大阪府立中之島図書館所蔵）のうち、巻十二の後半と、巻十八・十九・二十を筆耕に書写させたもの。
＊4――太田正弘氏は、「尾三文化」第九輯（『塩尻』特集号。平成6年7月）所収の「『塩尻』の刊本に就いて」の中で、尾州書肆による『塩尻』刊行の企てを、三例挙げておられる。
＊5――大高洋司氏「『椿説弓張月』論　構想と考証」。読本研究第六輯上套（平成4年9月）所収、日本文学研究論文集成22『馬琴』（平成12年3月、若草書房）再録。
＊6――『那古野府城志』は、樋口好古編、文政五年自序。「名古屋叢書」第九巻（昭和38年11月、名古屋市教育委員会）所収。『尾張名所図会』は、岡田文園、野口梅居編。天保十五年二月、菱屋久兵衛等刊。「日本名所風俗図会」第六巻（昭和59年10月、角川書店）所収。
＊7――『尾張名陽図会』（高力種信編。写本）巻七。「日本名所風俗図会」第六巻、六七八頁。
＊8――日本古典文学大系『椿説弓張月』上（後藤丹治校注。昭和33年8月、岩波書店）、四九〇頁。後藤氏の参看された、神宮文庫蔵三十五冊本（林崎文庫旧蔵。函架番号三七五）は、『塩尻拾遺』の底本である、芽垣内（はぎのかきつ）本の系統に近似する。
＊9――注8前掲書、三四五頁。なお後藤氏は、引用部分に見える「家譜」を、十四巻本の『大系図』（寛永頃刊。『本朝皇

胤紹運録』一巻、本編十三巻）に限定しておられる。しかし、同書三十巻本（西道智編。明暦二年跋）や『塩尻』所掲の系図も、記載を同じくしているのであるから、もう少し広義に、「通行の為朝系譜」として解釈すべきであろう。

＊10――後藤丹治氏は、古典大系下巻（昭和37年1月）における「為朝の譜」の注釈において、「十四巻の大系図に為朝の子孫のことは殆どない」（四四〇頁注四）としておられる。しかし、為朝末流についての記述は、二種類の『大系図』ともに、改訂増補国史大系所収の『尊卑分脈』と大同小異であり、両書の間に大きな相違は見られない。「十四の系図」に見えるものとして、『弓張月』残篇の「為朝の譜」に合印（〇印）の付された人物は、十四巻本『大系図』「清和源氏義家流」にも網羅されており、「右載二于十四巻之大系図一」という注記は、素直に信ずべきものと思う。

＊11――この「古老所伝」は、筑後国山門郡の西原・東原両家が、共に為朝を祖としているというものである。中山右尚氏は、「桜江馬琴逸事」（九州女子大学紀要9―1、昭和48年12月）の中で、柳川藩留守居役・西原桜江が、馬琴にこの伝承を紹介したものと推定された。

＊12――「名古屋叢書」第九巻、一五〇頁。ただし注記の上では、神宮文庫本との間に、若干の違いが見られる。

＊13――太田亮氏『姓氏家系大辞典』上巻（昭和9年4月、同辞典刊行会）四〇二頁「市部」の項に、「清和源氏為朝流　尾張国市部郡より起る。鎮西八郎為朝の孫にして上西門院蔵人実信の子なる義季、義長より出づ。兄弟は市部に住し、義季は市部太郎と称し、義長は市部三郎と称す（塩尻）とぞ」と見えている。よって、太田氏の披見された『塩尻』は、馬琴所見本と同様の系図を掲げていたものと思しい。

＊14――たとえば、『塩尻抜萃編』（注3参照）第四冊冬巻（四一丁表～裏）に掲げられた為朝系図には、罫線が全く施されていない。一方で、宮内庁書陵部蔵本（十五冊。恐らくは混成本）第十四冊に所掲の同系図には、かなり乱脈な罫線が施されている。

＊15――せきね文庫選集第一期（昭和59年3月、冬至書房新社）別冊二解説篇「編修あとがき」。

＊16――『曲亭遺稿』（明治44年3月、国書刊行会）の四四〇頁下段（爪舟賞月の詠）から四七七頁上段（『江戸繁昌記』一件）までと、四七八頁上段（集古画帳引）から五〇六頁下段（『兎園小説』にちなむ詠歌）までを転倒させれば、多少の前後はあるものの、『雑記抄』の記事は、ほぼ年代順の配列となる。ただし、四三四頁から四四〇頁に至る「提灯考」と、五〇六頁の鶴屋喜右衛門死去の記事は、序列を大きく逸脱している。

＊17――初出はビブリア41号（昭和44年3月）。同稿は後に補訂されて、同氏編校『吾仏乃記　滝沢馬琴家記』（昭和62年12

月、八木書店）の附説「馬琴の書箱」として改題収録された。

＊18――木村三四吾氏編『近世物之本江戸作者部類』（昭和63年5月、八木書店）、二〇七頁。

＊19――『説話論集』第四集（平成7年1月、清文堂出版）所収。

＊20――『燕石雑志』の形式的な不統一は、馬琴の多忙さもその一因ではあろうが、それと同時に、板元が遠隔地大坂の河内屋太助であったことも、少なからず影響していることであろう。文政元年十二月十八日付鈴木牧之宛馬琴書翰の中にも、「燕石雑志ハ板元大坂ゆゑ、校合只一番直しのミにて、一向行届不申、誤脱多く有之、又筆畊の書損も多し」との述懐が見えている。

＊21――昭和9年7月、昭和書房。昭和51年4月、八木書店復刊。『塩尻』の当該記事に触れられるのは、第三章第二節・第五章第三節においてである。

＊22――ここに引用したものと同じ記事は、信景自筆本を神谷三園が書写した、静嘉堂文庫所蔵の二十三冊本『塩尻』第十三冊（巻三十五）にも見出すことができるが、そこでも「夜の雨」の勅号を受けた人物の名前は「城了」となっている。中山太郎氏は『日本盲人史』（注21参照）の四十四頁において、「城仁」を「検校明石覚一の前名」としているが、その根拠は示されていない。

＊23――天保四年四月九日付の書翰（早稲田大学図書館蔵）において、馬琴が河内屋茂兵衛に注文した「いせ名所図会」は、『伊勢参宮名所図会』のことと思われる。よってこの時点まで、馬琴は同書を所持しなかったものと考えられるであろう。

＊24――『北窓瑣談』は、文政八年刊。ただし、文化二年に没した南谿の生前から、写本として行なわれていた。『和漢珍書考』を難じた記事は、後刻本を底本とした、新版日本随筆大成第二期15巻の二四八頁に見えている。

＊25――『近世物之本江戸作者部類』巻二（三十七丁裏）に、馬琴自ら「南柯後記は、南柯夢の板元榎本平吉か好みに儘してこの作編あり。作者の本意にあらすといへとも、看官の喝采、又前板に劣らすといふ」と記している。

＊26――注3参照。「明王百穀（明万暦中人也）三拙曰（五雑組十五）」とはじまる、同冊の第一項は、現行本『塩尻』の巻八十八（大成本16巻、三〇八頁）にも見えているが、冒頭を欠いている。ちなみに「王百穀」は、謝肇淛の友人である。

＊27――牧之編「曲亭馬琴翁書翰」所収。『鈴木牧之全集』下巻・資料編（昭和58年7月、中央公論社）、二〇二頁。

＊28――現行活字本未収。この章段はどうしたわけか、現存する諸本において、見出しのみを掲げて本文が省略される場合

が少なくない。早大本第二十冊もこの例外ではなく、同冊はこれ以外の箇所でも、記述を大幅に割愛している。

＊29――『国書総目録』には、名古屋市鶴舞中央図書館に、信景自筆の『南朝紹運図』が所蔵されている旨の記載があるが、同書は戦災によって焼失したとのことである。

＊30――二二・七×一五・四糎。題簽題「花咲松／三議一統之弁　全」。本文十五丁。一丁表・八丁表に「曲亭蔵本」の朱印押捺。『曲亭蔵書目録』と同様に、衆星閣の有罫紙に書されている。

＊31――この識語は、「三十輻」所収の『花さく松』にも記されている。『大田南畝全集』第十九巻（平成元年3月、岩波書店）、五四八頁参照。

＊32――三村竹清編「曲亭書簡集」所収。『日本芸林叢書』第九巻（昭和4年2月、六合館）、一二〇頁。

本稿は平成十一年度近世文学会春季大会（於日本女子大学）における口頭発表「馬琴と『塩尻』」の前半部をもととして、個々の事例に対する考察を補ったものである。

諸文献からの引用には、いずれも傍訓の取捨、句読の改変等の処理を行ない、割書きは〔　〕で囲んで示した。

資料の閲覧に際して、ご高配を賜った諸機関、並びに二又淳・佐藤至子の両氏に、末筆ながら厚く御礼申し上げます。

『俠客伝』に於ける馬琴の趣向

——原話摂取の多様性について——

崔　香蘭

一

横山邦治・大高洋司校注の『開巻驚奇俠客伝』（新日本古典文学大系87、1998・10・28刊、以下『俠客伝』と略す）が上梓された。その『俠客伝』の校注に頼りながら閲読することによって、中国白話小説との影響関係について考えさせられることが多く出てきた。

今日まで麻生磯次等の諸先達によって、素材源となった中国白話小説の原話作品として、女仙外史・平妖伝・好逑伝・快心篇伝奇・水滸伝・封神演義・拍案驚奇・醒世恒言・杜騙新書等が指摘されているが、本稿では既に指摘されているもの以外に新しく付け加え得るものを見出したので、それらを総合して、その素材源を趣向化して行く上で如何なる特色を持っているかを追求してみたいと思う。その追求の過程に於て、馬琴がどのように原話を摂取していったか、またその摂取の手法にはどのような特色があるかを明らかにして、馬琴の読本創りの秘奥を少しでもうかがってみたいのである。

二

『俠客伝』は数多くの中国白話小説よりさまざまな趣向を参酌しながら、それを巧妙に且つ交錯的に綯い交ぜて趣向化しているが、その趣向の摂取法に二つの特色があるように思われる。その一つは、変容を伴う平行的な摂取法であり、今一つは、重層的な摂取法である。その摂取法について、今まで指摘されているものをも再検討しながら、新しく付け加えられるものを含めて詳しく論及していきたい。

まず変容を伴う平行的な摂取法であるが、今までに指摘されているものを一二取り上げて再検討してみたいと思う。

①空翰の趣向。[*1]『俠客伝』は『拍案驚奇』巻之二十「李克譲竟達空函、刘元普双生貴子」中の空翰の趣向を借用して、発端の構想としている。両者の趣向を比較してみると、義俠心の強い主人が子の無いことで夫人に側室を勧められても応じず、全く知らない人に妻子二人を託され、その陰徳によって後年子を儲けるに至るという筋書はほぼ近似しているが、若干の変容ぶりも見られるのである。つまり原話での主人公刘元晋は二子を儲けるというハッピーエンドで終幕になっているが、その基調はあくまでも勧善懲悪という教訓性にある。これに対して『俠客伝』では、原語の七十才という老齢の男性を著演という四十才の壮年の男性に取り替え、しかも原話では妻と下女との間に一子ずつ儲ける話を、『俠客伝』では妻との間に一子を儲けたにもかかわらず、英直に対する信義を守って養子小六を長男に、実子奴婢之助を次男にするのである。こうした俠の精神を強くにじませた著演の風貌性格を創作変容しているところには、馬琴が原話の艶笑譚的漁色趣味の低俗性を昇華させ、単純な教化理念から脱皮させて気品のある俠の精神を貫く作品に仕立てることによって、俠に対する強い憬れと高い理想とをそこに盛り込もうとしていることが窺えるのである。

②その著演の人物造型であるが、『水滸伝』の晁蓋の面影も重ねているようである。[*2]『水滸伝』第十四回

「赤発鬼酔臥霊官殿、晁天王認義東渓村」では、劉唐が雷横に強賊と誤認されて捕えられたのを、晁蓋は劉唐が自分の甥の王小三で行跡不良の者であると偽って雷横に許しを乞うのであるが、『侠客伝』の著演にも同様な事件があった。目次郎という破落戸が小正二等に捕えられたのを、著演はわが妻の針妾の子で、行跡よろしからずして逐電した者であると称して助ける。両者の表現には多少の相違が見えても、人に捕えられた不善の人を助けてやるという筋書はよく似ている。しかし両者の内容を比較してみると、原話では劉唐がある高官のところへ不義の財宝を運ぶという情報を手に入れ、義士の晁蓋を頼りに行く途中で捕えられ、それを救ってもらって晁蓋らと共に財宝を掠奪する行動に踏み出すわけである。これはいかにも侠に魅かれ、義で結ばれ、志を同じくして、善悪を共存しながら苦楽を共にするという大陸的な大らかな侠のスタイルであるが、『侠客伝』では著演が癩疾で橋の横に倒れている目次郎に金一両を与えたのにもかかわらず、翌日も悪事を重ねて捕えられたのを、自分の身近な人の子と認めて助けてやる。ここには著演の侠の別の一面が現れていると思われる。原話の晁蓋の侠の話を導入しつつ、それを更に純粋な侠の精神を有する人物に著演を造型していく馬琴の創作技法が窺えるのである。それは二度も悪事をした破落戸を助けることによって、その著演の私心なき侠気に感化された目次郎が、小六のために力を尽すに至るという、いかにも日本人的な純粋性に満ちた侠の理想像が浮び上がってくるのである。要するに、馬琴は原話の内容を十分に理解した上で、原話に於ける主なる趣向を摂取しながらも、そこに多少の変容を加えることによって、悪人をも善に目覚めさせる絶対的侠の心を付与させていく、そういう著演の人物造型をしていくところに馬琴の変容を伴う原話の趣向の摂取手法があるように思われるのである。

次に変容を伴う平行的な摂取法として、新しく付け加えうるものを一つ取り上げながら、具体的に論及してみたいと思う。

『侠客伝』第三集巻之五第二十九回「隆光千速に他賊を駆る、長総逆旅に騙局に遭ふ」（以下「隆光」と略す）の一趣向は悪知恵を働かした面白い騙術譚で構成されていることが明らかであるが、この趣向作りの原典は

『杜騙新書』（以下『杜騙』と略す）第八類露財騙「詐称公子盗商銀」（以下「詐称公子」と略す）に拠ったことが分る。馬琴がこの話に辿り着く迄の『杜騙』を利用した例を挙げると、馬琴の中編の読本中に、文化二年刊の『四天王剿盗異録』と文化三年刊の『三国一夜物語』とがあり、それぞれ『杜騙』第一類脱剥騙の「仮馬脱緞」と「借他人屋以脱布」に拠り、文化五年刊の『雲妙間夜月』第二套「杜騙の牛を親」は『杜騙』第二十一類僧道騙の「和尚認牝牛為母」に拠っている。[*3] それに、『椿説弓張月』（以下『弓張月』と略す）後編（文化五年刊）の巻頭に載る「援引書目」に『杜騙』の書名が見え、『弓張月』第十七回に、長女が為朝に八丈島の風俗を説明する言葉の中に、『杜騙』第八類「炫燿衣妝后盗心」中の陀陀花の説明文が引用され、しかも『俠客伝』第一集第四回〜第七回に於いて、貞方主従二人に薬酒を飲ませて搦まえるという騙術譚[*4]にも陀陀花酒という薬酒が舞台廻しの小道具として利用されている。「詐称公子」は上記の『杜騙』第八類の二話中の一話であるので、馬琴はそれに目を通したことがあり得るのである。従って、「隆光」の騙術譚を構成する際にも、馬琴が「詐称公子」を参照した可能性が十分にあると思われる。

まず「詐称公子」の原文を紹介する。

陳棟、山東人也、屡年往福建建陽地名長埂、販買機布。万歴三十二年季春、同二僕帯銀壱千余両复往長埂買布。途逢一棍、窺其銀多、欲謀之、見棟乃老練慣客、毎遅行早宿、関防厳密、難以動手。詐称福建分巡建南道公子甚有規模態度、乃帯四僕、一路与棟同店。棍不与棟交語、而棟亦不之顧也。

直至江西鉛山県、某県丞姓蔡名渊者、乃広東人也、与巡道同府異県、素不相識、棍往拝之。県丞聞是巡道公子、待之甚厚、即来回拝、信其為真公子。是夜棍以下程請棟、棟歓領之而中心犹謹防他盗、不敢痛飲、棍犹動手不得。次日経烏石、宿其地。非大口岸、棟欲弁酒回礼、以無物可買而止。又次日到崇安県宿、棟心謂此到長埂旧主不遠、犹其外之故家也。且来日与公子別矣、不答敬、殊非礼也、逐買肴饌請之。棍謂棟曰：〝同舟過江、前縁非偶乎。明日与君分路、燕鴻南北、未知何日再会。〟各開懐暢飲、延至三更。

其僕皆困頓熟睡、棟酔甚、亦伏桌睡。棍遂将棟之財物悉偸去。待棟醒覚、不知棍何処去矣。即在崇安県告店家通作幣。随即往江西広信府告其県丞勾引光棍、而以原店家作証。県丞訴曰：“福建巡道実与我同府異県、其人姓氏我素知之、但公子并未会面。他称其姓氏来拝我、我乃是丞小官、安得不回他拝、不送他贐。今至崇安已経数日、盗你銀去、与我何干。”棟曰：“那棍一路同来、我防之甚切。他来謁你、而你回拝、我方信是真公子、故堕其術。今其人系你相識、安得不告你。”本府不能判段。棟又在史大巡処告。史爷判是県丞不合錯拝公子、軽易便送下程、致誤客商、不無公錯、諒断銀壱百両与棟作盘纏之資而帰。[*5]

右記の原文の梗概は次の如くである。

ある山東省の商人は下僕二人を連れ、銀千余両を商売の元手として持参し、福建省まではるばると布を仕入れに行く。途中である盗人がそれを狙うが、商人の警戒心を解くために、福建省のある高官の貴公子と偽り、四人の従者を連れて、虚勢を張りながら、商人と一緒に旅をすることとなる。旅の途中で、盗人は江西省のある地方官と挨拶を交したり、商人を招待したりして、商人の信頼を買う。商人もつい答礼の宴席で泥酔して、熟睡している隙間を見計らって、盗人が銀銭をそっくり盗み取って行く。商人は盗人と地方官とが手を組んだと思って訴えるが、地方官はうっかり偽の貴公子と面会したことで商人を信用させた結果を招いたので、その責任をとって銀百両を商人に賠償する結末になる。

次に「隆光」の話を簡単にまとめておく。

長総と小夜二郎の二人は、帆待ち金と綾羅錦綉の衣裳を旅包みにして都へ向う途中、その財物を狙って後について来る悪者を、盗人の隆光は叱責して追い払い、二人の賊難を救って信頼を得る。しかも隆光は鎌倉の夏織屋絹七という商人で、京都へよく行き来する者と称し、道中で馬を雇って荷物と長総らを乗せたり、宿場で夕食の御馳走を用意したりして親切にする。長総ら二人はその親切さと好意に心をほだされて、ついお酒に酔って熟睡してしまう。そこを狙って絹七主従はその金銀衣裳を全て奪って行く。一文無しになった長総ら二人は、駅長に絹七らを訴えるが、その行方が分らないままで、結局唯一残った笄と簪を質に出して難局をくぐり抜ける。

相手の信頼を得る詐術の手口は違っていても、金銀財宝を持って旅をする者を狙って、巧みな手段を用い、相手の信頼を得て、最後にお酒で相手を酔わせ、熟睡している隙間を狙って財物を奪って行くという筋は、両者が殆ど一致している。よって、「詐称公子」は「隆光」の粉本であることは明らかである。つまり、話全体は平行的に模倣していないながら、多少の変容を含んでいる。その変容の部分に馬琴の独特な摂取手法が存すると思われる。例えば、詐術の手口の違う点であるが、原話ではある高官の貴公子と偽ってでも、それが通用する大陸的な土壌があったわけである。福建省は江西省とかなりかけ離れているので、四人の従者を伴って、華麗な衣裳を着てそれらしく振舞えば、江西省の地方官もそれを信じて対応する。これはつまり強い姿勢で、相手をリードするような大胆不敵な騙し方である。これに対し、日本は国土がわりと狭いこともあって、隣国の大名の息子などという設定では充分に騙すことが出来ないと馬琴は踏んで、このような変容を思い付いたのではなかろうか。情に脆い日本人の心理を把握していた馬琴は、親切さで相手をじわじわと心を許させてしまうように設定し、人間の弱さをうまく利用した詐術に取り替えることにより、もっと日本の土壌と日本人の心理に適合した手法を案出して成功しているように思われる。また原話では、盗人が善良な商人を騙すという、悪玉が善玉を苦しめる教訓的意義が大きいのに対し、「隆光」ではむしろ悪玉が悪玉を苦しめる詐術の面白さに溢れた爽快感と緊張感が生まれ、教訓的意義よりも、不実な金を手に入れた者の当然な運命を物語り、勧懲的意義も感じられるのである。それに、原話は文言体で書かれた短かい話であるが、それを十倍も長い騙術譚に改作し、その摂取ぶりには、原話を逐字逐語の訳に頼る所が見られない。むしろ一度原話を十分に理解した上で、それが自然と知識として定着し、その白話知識をまるで自己薬籠中の物の如く自在に駆使して、話をどんどん大きく再構成していっているのである。これも馬琴の一つの拡大再生産的摂取方法と言えるのではあるまいか。

三

『侠客伝』に於ける馬琴の趣向作りの手法には、重層的な摂取法も見られるが、その特色として、交錯的な重層的手法と連鎖的な重層的手法があるように思われる。交錯的な重層的手法とは、原話の幾つかの趣向を綯い交ぜにしながら大きな一趣向に作り上げていく手法であり、連鎖的な重層的手法とは、原話の二つの趣向を巧みに繋ぎ合して一つの趣向に展開していく手法であると定義してみたい。

ではこの二手法についてそれぞれ実例を挙げながら論じておきたいと思う。

先ず交錯的な重層的手法であるが、私は別稿[*6]で既に指摘したことであるけれど、それをここで簡単にまとめておきたいと思う。

『侠客伝』第一集第四回～第六回は、騙術譚で構成されているが、その騙術譚全体の枠組み、舞台と登場人物の設定及び舞台廻しの小道具と詐術の手段は、それぞれ各種の白話小説を利用していることが分る。つまり、隠形術のある者に薬酒を飲ませて捕まえる騙術譚全体の枠組みは、『拍案驚奇』巻三十一「何道士因術成奸、周経歴因奸破賊」に拠り、そこに『水滸伝』第二十八回「武松威鎮安平寨、施恩義奪快活林」を利用した大力の話も導入されている。次に、舞台と登場人物の設定及び内と外で協力し合う場面であるが、「草庵」の舞台設定は、『醒世恒言』巻二十一の「張淑児功智脱杨生」（以下「張淑児」と略す）の大寺と「草房」を小ぢんまりした「草庵」に転換したものであり、女僧の脚色は「張淑児」の「老嫗」から、女僧の息子二人も「老嫗」の兄妹二人から、内と外とで協力し合う場面は「張淑児」の「老嫗」と息子張小芸がお寺の悪僧に協力する場面から、それぞれ示唆を受けて構成されたものである。また、舞台廻しの小道具として、大活躍する薬酒・酔箭・解薬であるが、陀陀花酒は「杜騙」に、酔箭は「張淑児」の「柱子」に、解薬は「張淑児」の「解酒湯」にそれぞれ依拠したものである。それに、「機関」の着想も、『水滸伝』第十六回「楊志押送金銀担、呉用智取生辰綱」の「瓢」による「計策」から得たものである。馬琴はごく中国的なありきたりの騙術譚を採り上げながら、それを日本的な舞台装置の中に適合するように、奇想天外な趣向作りに変換しているのみならず、原話を即物的に模倣せず、長年培ってきた白話小説の諸知識の趣向を活用して、重層的に絡ませながら、渾然一体とした構成にしたわけである。ここに馬琴の交錯的な重層的一手法が窺えるのである。

次に交錯的な重層的手法として、新しく付け加え得る実例を一つ挙げながら、具体的に論及して見たいと思う。

『俠客伝』第二集巻之三第十六回「不毛山麓路に義士童女を憐む、野井地蔵堂に俠客驟雨を避く」（以下「不毛山」と略す）と同書第十七回「満泰駕を駐めて壮士を見る、助則馬を走して奸党を捕ふ」（以下「満泰」と略す）の梗概[*7]を引用すると、

> 伊勢の国司北畠満泰の重臣の子である木造泰勝は、稲城守延の娘信夫を見初め側室にしようとするが、守延に断られる。怒った泰勝は信夫を奪い、また守延を暗殺する。旅中の茶店でこの話を聞いた小六は義憤に駆られ、まず守延の妻老樹のもとを訪う。信夫は幼い頃悪人に攫われた大館英直の娘であり、守延に救われ養われていたのであった。小六と庶吉は、偶然泰勝の家の若党山勝柚内と下僕敵介の会話を聞き、泰勝が犯人である証拠をつかむ。小六は北畠満泰に訴え、泰勝の別荘へ向い、泰勝を捕らえ、自害を図り半死半生の信夫を仙丹で蘇らせる。

とある。この部分の紛本としては、既に麻生磯次氏によって次のように指摘されている。

館小六が木造泰勝を懲し、その別宅に檻禁された稲城右膳の養女信夫を救い出す（第十七回）は、好逑傳第二回「探虎穴巧取蚌珠還」の筋の脱化したものである。*8

つまり、小六が義憤を感じ、別荘に乗込み、泰勝を打懲らして信夫を助け出す趣向は、『好逑伝』に於ける鐵公子が大夫侯の不徳を怒り、銅鎚を携えて養閑堂の門を破り、檻禁された湘絃を救い出す趣向に拠っていることが明らかである。『俠客伝』では、悪人の手より檻禁された女子を助け出すという筋は、『好逑伝』に拠っていながら、どのように女子を救い出すかという細部的な趣向の素材源は『水滸伝』の二趣向であり、信夫を仙丹で蘇生させるのは『女仙外史』の一趣向であるというように、原話の三つの趣向を参照して撮合しているように思われる。

ア、『俠客伝』に於いて、小六と庶吉は偶然泰勝の家の若党杣内と下僕敵介の会話を聞き、泰勝が犯人である証拠を摑むという部分は、『水滸伝』の二つの趣向を綯い交ぜして導入していることが明白である。

『水滸伝』第十回「林教頭風雪山神廟、陸虞侯火焼草料場」（以下「林教頭」と略す）では、

①入得廟門、再把門掩上。旁辺止有一塊大石頭、撥将過来靠了門。入得里面看時、殿上塑着一尊金甲山神、両辺一個判官、一個小鬼、側辺堆着一堆紙。（中略）③林衝就伏門辺聴時、是三個人脚歩声、直奔廟里来、用手推門、却被石頭靠住了、再也推不開。（中略）④那人道："林衝今番直喫我們対付了！高衛内这病必然好了！"（中略）⑤林衝聴那三個人時、一個是差撥、一個是陸虞侯、一個是富安、自思道："天可憐見林衝！若不是倒了草厅、我準定被这厮们焼死了！" 軽軽把石頭掇開、挺着花槍、左手拽開廟門、大喝一声："潑賊那里去！"（中略）将三個人頭発結做一処、提入廟里来、都摆在山神面前供桌上。

とある。

『水滸伝』第五十四回「入雲龍闘法破高廉、黒旋風探穴救柴進」（以下「入雲龍」と略す）では、

⑥数内有一個稟道：“小人是当牢節級藺仁。（中略）昨日引柴進去後面枯井辺、開了枷鎖、推放里面躲避、如今不知存亡。”（中略）②宋江聴了、慌忙着藺仁引入。直到後牢枯井辺望時、見里面黒洞洞地、不知多少深浅；上面叫時、那得人応；把索子放下去探時、約有八九丈深。（中略）⑦李逵只得再坐箩里、又下迸去。到得底下、李逵爬将出箩去、却把柴大官人拖在箩里、揺動索上銅鈴。上面聴得、早扯起来。到上面、众人大喜。

とある。右の原語の二趣向に対して、「不毛山」では、

①登時小六は四下を見るに、這堂内は皆土席にて、正面には立像なる、石の地蔵菩薩あり。この仏前に布做たる、方四尺許なる、一個の片石ありけるを、是究竟と引起して、扇発る扉に倚掛て、②相れば件の石の蹟は、方是乾井にて、深一丈あまりなるべし。（中略）③その徒二名とおぼしくて、扉を推て入らんとせしに、些も開かざりければ、（中略）④他は小官人の情人、信夫とやらんが親なるに、喪れしよしを那未通女が、聞知らば必怨みて、事の障りになりぬべし。（中略）⑤這悪僕們が密談を、听つゝ迭に目を注して、憤然として怒に勝す、惴る心を推鎮めて、嚮に扉に倚掛けたる、石を悄々地に拿除きて、なほその言の果るまで、戸節の穴より闖きつゝ、息を籠して在りける程に、（中略）、思ひがけなき堂内より、「白徒等」と喚禁る、（中略）⑥堂内に牽入れて、乾井に撲地と蹴落して、那大石を軽々と、擡起して、旧の如く、井の蓋にしつ、

とある。それに「満泰」では、

⑦然庶吉を案内にしつゝ、地蔵堂に来て見れば、野井には石を蓋してあり。（中略）却己べきにあらざれば、大家斉一立懸り、力を勠し辛して、纔に石を拿除きて、杣内と敵介を、牽出し追立て、

とある。

右記の両者の行文を対比してみると、①の祠堂内にある大石を扉に寄せかけておく場面や、堂内の情景描写のある部分は両者が殆ど一致している。②の部分であるが、「不毛山」全体は「林教頭」の筋に拠りながら、「入雲龍」の「枯井」の趣向を挿入して、話を交錯的に重層化している。③の石が扉に寄り掛っているので、悪党らが堂内に入ろうとしても扉がなかなか開かないという両者の趣向もほぼ類似している。④の部分であるが、原話で林衝が寺内で、自分がもうすぐ殺される破目になる悪党らの会話を聞く趣向を、「不毛山」では泰勝が犯人である証拠をつかむ悪党二人の会話を耳にする趣向に変換している。⑤の部分であるが、堂内で悪党の会話を聞いてから扉に寄り掛っている石を静かに取り除き、いきなり飛び出して悪党らを捕える趣向は両者ともよく似ている。⑥の部分であるが、「林教頭」での、林衝が悪党三人を皆殺しにして、神の棚に祭ることになっている部分を捨象しながら、「入雲龍」での柴進が「枯井」の中に隠れる趣向を借用して、「不毛山」の中に織り込んでいる。⑦での「乾井」の中に押し込められている人を引き出す両者の趣向は近似しているが、原話では籠で柴進を「枯井」より引き出す趣向になっている。要するに、『侠客伝』に於ける堂内の扉に石で掛けておき、悪党らが堂内に入れない状態にする、堂の外での悪党らの会話を聞いて、本当の犯人が分り、密かに石を取り除いて悪党らを捕えて、「乾井」の中に押し込める、そして証拠として、悪党らを「乾井」の中より引き出すという全体の趣向は殆ど「林教頭」に拠りつつ、その中の②の「枯井」のことや、⑥の「枯井」の中に人を押し込める話及び「枯井」より人を引き出す所謂「枯井」に係る重層的構想は、皆

「入雲龍」に於ける趣向を以て多層的に挿入して構成していることが明瞭である。
イ、「満泰」に於いて、小六が自害を図り、半死半生の信夫を仙丹で蘇生させる趣向は、『女仙外史』第十回「董家庄真素認妹、賓善門仮端女降妖」（以下「董家庄」と略す）での賽児が仙丹三粒を老子より受け取り、その中の一粒は自分が服し、あとの二粒はそれぞれ二人の女子を病気の危篤より救うという一趣向より想を得ているが、詳しくは本稿で後述するので、ここでは触れないことにする。

上述の如く、「不毛山」と「満泰」の部分の話を見ると、全体の構想は『好逑伝』に拠りながら、細部的な趣向としては『水滸伝』の「林教頭」の祠寺の話に、「入雲龍」の「枯井」の話をからませて取り入れ、『女仙外史』の「董家庄」の仙丹の話を採用して話をまとめている。このように原話の一つの大きな趣向に拠りつつ、原話の別の幾つかの趣向を重層的に綯い交ぜて、話を面白く大きく作り上げていくというのは、馬琴の原話を利用する獨自の交錯的な重層的摂取方法ではなかろうかと思われるのである。

更に、『侠客伝』に於いて、連鎖的な重層的手法として、新しく付け加え得る具体例が一つ見られるので、それについて詳細に論及して見たいと思う。

『侠客伝』第二集巻之二第十四回「足柄蹫に長総奸夫を伴ふ、吉野山に小六女仙に遇ふ」の後半部分（以下「吉野山」と略す）と、同書巻之三第十五回「斉紈歌を遺して助則隠逸を知る、臍帯歳を志して老樹以往を話す」の前半部分（以下「斉紈」と略す）と、同書巻之四第十七回「満泰駕を駐めて壮士を見る、助則馬を走して奸党を捕ふ」の後半部分（以下「助則」と略す）とは、一つの趣向で構成されているが、この部分の趣向の粗筋は以下の如くである。小六が吉野山でうとうとと夢の中で、ある童女に導かれて女仙に会う。しかも女仙より三粒の仙丹を与えられ、女仙に言われた通りに、その中の一粒を小六が飲む。夢から覚めた後、手に残っていたあとの二粒はそれぞれ庶吉と信夫の命を救うことに役立つことになるのである。この一趣向を見ると、実は『水滸伝』第四十二回「还道村受三巻天書、宋公明遇九天玄女」の後半部分（以下「宋公明」と略す）と、『女仙外史』第八回「九天玄女教天書七巻、太清道祖賜丹三丸」の後半部分（以下「太清道祖」と略す）との二書に於ける二つの趣向を巧妙に一つに結び付けて構成されていることが判るのである。つまり、宋江が夢の中で女仙に会う「宋公明」の話に、賽児が老子より三粒の仙丹を頂く「太清道祖」の話を連鎖的に繋ぎ合わせて、『俠客伝』に於いて一つの趣向に作り上げたのではないかと思われるのである。

では、両者の作品の行文を列記しながら、その類似点と相異点を探り、馬琴がどのように「宋公明」と「太清道祖」という二書の趣向を摂取利用して、更に再加工構成していったかを検討してみたい。

「宋公明」では、

①宋江分開幔、鈷将出来、只見是両個青衣螺髻女童斉斉躬身、各打個稽首。宋江問道：“二位仙童自何而来？”青衣道：“奉娘娘法旨、有請星主赴宮。”（中略）青衣前引便行、宋江随後跟下殿来。（中略）②看前面、一座青石橋、両辺都是朱欄杆；岸上栽上奇花異草、蒼松茂竹、翠柳夭桃；橋下翻銀滚血般的水、流従石洞里去。過得橋基、看時、両行奇树、（中略）宋江到大殿上、不覚肌鈷肤戦栗、毛発倒竪。下面都是龍風磚階。青衣入帘内奏道：“請至宋星主在階前。”宋江到帘前御階之下、躬身再拝、俯伏在地。（中略）③宋江便謝了娘娘、跟随青衣女童、下得殿庭来。出得欞星門、送至石橋辺、青衣道：“恰才星主受驚、不是娘娘护祐、已被擒拿。天明時、自然脱離了此難。一星主、看石橋下水里二龍相戯！”④宋江凭欄看時、果見二龍戯水。二青衣望下一推。宋江大叫一声、却撞在神厨内、覚来乃是“南柯一夢”。宋江爬将起来看時、月影正午、料是三更時分。宋江把柚子里摸時、手里棗核三個、袖里帕子包着天書。（中略）口中又酒香、棗核在手里、説与我的言語都記得、不曾忘了一句。

とある。これに対して、「吉野山」では、

①心(こゝろ)ともなく見かへれば、朧闌(ろうたけ)たる一個(ひとり)の丫鬟(めのわらは)の、何(いつ)の程(ほど)にか後(うしろ)にをり、莞(にこ)やかに小六(ころく)に対(むか)ひて、「刀禰(との)

は脇屋右少将の、郎君にこそをはすめれ。俺神仙嬢の、将て来よと宣はして、等て那首に在す也。卒這方へ」、と先に立て、去向も告ず伴ひけり。（中略）②白雲油然と足下に起りて、凝りて階梯になりしかば、小六はなほも丫鬟に、誘引れて梯を踏陟るに、些も危きことあらで、女仙の身辺に赴きたり。登時件の丫鬟は、跪き女仙に対ひて、小六を倶して来つるよしを、報て側に侍るにぞ、小六も共にうち瞻仰て、跪坐て気色を伺へば、（中略）③恁而小六は神女仙に、歓びを舒別れを報げ、又丫鬟に送られて、復那雲の階梯を、渡りてかへりゆく程に、丫鬟は後方より、忽地に声をかけて、「やよや刀禰。東なる、山峡を覼せ。はや初桜の開侍り」、といふに小六は遽しく、見かへらんとせし程しもあらず、愕然として、歩を失ふ。「雲の階梯中絶て、身を倒に千尋の谷へ、陥りにき」、と思ひしは、是仮寝の夢にして、④なほ先帝の宮陵を、拝みまつりしそが儘に、額づき臥て在りければ、駭覚つゝ身を起し、懜然たる心を定めて、那這と見かへるに、眼に遮るものもなし。夢與と思へば、口中に、薬の香気なほ耗せず、残れる二粒も懐に在り。「原来那仙嬢の、幻に見えて過去未来を、説示し給ひし也。噫有がたし、慚愧し」、と独語身を転して、

とある。右の両者の行文を比較してみるに、①の部分であるが、原話での二人の童女を、「吉野山」では一人に変換されている以外は、童女に女仙からのお招きがあると言われて、仙宮へ案内されて行くという両者の趣向は全く一致している。原話に於ては、女仙が宋江に天書を授けるために、二人の童女に正式に宋江を迎えてもらうという仰々しい雰囲気が強いが、「吉野山」に於ては、世を忍ぶ小六の境遇を案じて、南北争乱の宿因を話すという世に憚るような場面は、むしろ童女を一人に設定したほうが目立たず、密やかに小六を案内するのにふさわしい情況設定であり、しかもそこに一種の神秘的な雰囲気が生じるわけである。②の部分になるが、男主人公が童女と橋を渡り、女仙の前へ近づくと、童女が女仙に相手を連れてきたことを報告し、跪いて女仙の様子を伺うという趣向は両者が殆ど類似しているが、原話に於ける石橋は、「吉野山」では雲の橋

に転換されている。原話ではお寺の裏から石橋を渡って仙宮へ向うという具体的で具象性に富んだ設定が見られるのに対し、「吉野山」では、山に雲がかかるというイメージから、仙宮へ向うのに雲の橋を渡るという神秘的な情景設定で、それがより適当であると馬琴は考えて趣向の転換をしたのではなかろうか。次に③の部分であるが、男主人公は女仙に別れた後、童女に導かれて橋を渡る時に、童女にいきなり声を掛けられ、振り返って見ようとしたら、ふっと歩みを失って橋の下へ転落してしまいそうになった時に、びっくりして夢から覚めるという両者の筋はほぼ同様なものであるが、但し橋の上で童女が声をかけて話す内容がそれぞれ趣きを異にしている。原話では、童女が男主人公に向い橋の下の川で二龍が戯れ合っているという内容を告げるが、「吉野山」では、丫鬟が小六に向って山一面に初桜が咲いていることを告げることに変容されている。龍は中国の神仙の世界でよく水と関連づけて存在するものであるが、それを日本で著名な桜の名所である吉野山ということで桜と取り替えたところに、国情と情景を符合させた馬琴の意識的撰択があったかと思われる。それに④の部分であるが、夢から覚めたら、口中に香気が残り、授かったものも手に持っていて、女仙に説き示されたことも覚えているという両者の趣向には同一のものが見られる。しかし、夢の中で授かったものはそれぞれ違うものである。原話での宋江は夢の中で女仙に天書と棗三個を授かり、その場で三個とも食べたが、夢から覚めても三個の棗の実と天書が手元にあるという趣向を、馬琴は、夢の中で女仙が小六に南北朝の史実と姑摩姫との因縁関係を明示させるために、天書を史実の説明に取り替えたのである。それは『俠客伝』第二十回に、姑摩姫が仙書を授かる一條が見えるので、馬琴には趣向の重複を避ける意識と、小六が南朝の正統性と忠臣たるべき道を悟るきっかけを設ける意図とがあったかと思われる。また、原話での棗三個を仙丹三粒に転換しているが、この部分は、「太清道祖」に於ける仙丹の趣向を、「宋公明」の棗の趣向に置き替えて、「吉野山」中に導入し、話を巧みにつないで展開しているのである。

では馬琴は、「太清道祖」に於ける仙丹の趣向をどのように「吉野山」中に利用し、また「董家庄」中の仙丹二粒で二人の命を救うという話が、どのように「斉紈」と「助則」中に織り込まれ、一つの趣向に構成されていったかを検討して見たいと思う。

まず「太清道祖」に於ては、

忽東北起一道青霞、光華特異、却是青牛老祖駕至。玄女稽首而迎、賽児俯伏雲端。老子道：“我想嫦娥枉自演習天書、内有多少不能行的。我特前来賜他丹薬三丸、助他一助。”（中略）老君道：“我第一丸丹名曰煉骨、服之三日、遍身骨節能堅能軟、能屈能伸。第二丸名曰煉肌、服之三日、肌膚堅于金玉、可蹈鼎鑊、可屈鋒刃、串火炮石炮、亦不能傷害。第三丸名曰煉神、服之九日、便能百千変化、大而現万丈法身、天地莫能容；小則斂入于芥子而莫能睹。尽此三丸、凡天書内所不能者、皆能行矣。”命道童将丹盒递与賽児、就令先服一丸。才下腹中、覚骨節運動起来、随又叩謝。

とある。それに「董家庄」では、

彦杲之女生于七夕、乳名巧姑。百日以内、只是啼哭。至三、四歳、総不能言、動不動哭個不已。且是生得眉清目秀、極好的相貌、父母恐他是唖巴。到七歳上、口内説出“素娥”二字、余外虽爹嫣亦不会叫。百般教導、総似不理。九歳上、忽又添出両字、毎毎説句、“素娥娘娘”挙家不暁其故。十三歳上、見了月満就拝、口口称呼。“素娥娘娘”、因此家中改称為“呆姑”。（中略）鮑姑忽然飛到。月君起迎、手奉茘枝。鮑姑将玄霜二粒递与月君、道：“雲英妹妹致候。但服玄霜、須得上池水、次則武夷峰頂茶。”月君道：“現有武夷茶。就把玄霜一粒調和、呼巧姑、令向東方八拝、作三口咽下、且閉目静坐一会。（中略）只見巧姑趋至月君座下、跪着道：“素娥娘娘”、我如今才得見你！”泪随言下、放声大哭。（中略）彦杲大喜、又稟請道：“我述有個朋友、也是個大俠、（中略）有個女児、乳名端姑、為妖怪所迷、白日昏況、到夜蘇醒、与妖怪喜喜欧欧、同衾共枕、如今黄痩得不堪了。（中略）到了賓雁家里、看他女児皆皆的、似顛非顛、似酔非酔、合家都来跪拜求救。月君宣諭道："尓女骨髄已枯、我有玄霜仙丹一粒付汝、可活女児之命。今且蔵匿別処、待我降妖。"（中略）現出原形、却是一個馬猴。

とある。これに対して、「吉野山」では、

諭して軈て側なる、瑠璃の壺の蓋掻遣りて、才に三粒の仙丹を、拿出し紙に拈りて、小六に贈りて、「やよ勇士。たま〳〵這里へ招きしかども、毫ばかりも款待あらず。よりてこれをまゐらする、一粒はこの処にて、服して効を試み給へ。残る二粒は後々に、必用る所あらん。努等閑になし給ひそ」、と諭すを小六は受載きて、その一粒を吃下せば、香気忽地馥郁と、口中に充、脾胃に走りて、快然として清々しく、気力日属に十倍して、思慮を増し、智慧を富し、是よりして日を経るまで、食ざれども饑ざりけり。（中略）病着いよいよ劇うなりて、この夕より衰果たる、庶吉はその暁に、忽然として呼吸絶けり。

とあり、「斉紈」では、

然而那仙丹一粒を、撮拿り霎時念じて、庶吉が口中に、水もろ共に沃ぎ入れて、その吭を拊胸を捺るに、薬は胃中に届りけん、現死を起し生に回せる、神薬の效、時を移さず、庶吉は忽然と、甦生り眼を開きて、身を起さんとせし程に、涎沫を吐き汗出て、心地爽然になりにけり。

とあり、「助則」では、

その中に両三名、勤しく階子を下立て、信夫を蒲団に推包み、手繰にしつゝ、推登して、小六の身辺に扛居しを、小六は蒲団を推しひらかして、相れば寔に呼吸絶たる、死顔ながら色も変らず。（中略）小六はこれを傍に措して、信夫が胸を拊試るに、聊温なりければ、軈て一粒の仙丹を、拿出して水と共に、信夫が口に沃ぎ入れ、仙嬢を黙禱して、姑且胸を拊る程に、信夫は忽地「吐嗟」と叫びて、眼を開き身を起す、蘇生に大家うち驚きて「奇也々々」と称へたる、

とある。

前掲のように、「太清道祖」では、賽児が老子より仙丹三粒を授かり、しかも三粒それぞれの奇効の教えを受け、老子に命じられて、その場で一粒を服すると、たちまち体中が爽やかになるという筋であるが、「吉野山」では、「宋公明」での女仙に会う筋書に拠っていながら、この仙丹三粒の趣向を以て、「宋公明」に於ける棗三個の趣向に置き換えられている。但し、原話に於ける仙丹三粒それぞれの奇効を説明した内容は、「吉野山」では見られない。『侠客伝』第二十回「姑摩姫夜夜神祇に禱る、九六媛月下に剣侠を譚ず」の中でも、姑摩姫が九六媛より仙書三巻を授かる部分を見ると、原話の『女仙外史』では天書七巻の内容が細かに解説されているが、『侠客伝』ではその説明には殆ど触れていないのである。ここに馬琴の原話に於ける道教的なややこしい難句を意識的に避けているという取捨選択的翻案態度が浮び上ってくるのである。

また「董家庄」では、あとの仙丹二粒を以てそれぞれ二人の女子の命を救う場面が見られる。巧姑という女子が出生後、「素娥娘娘」（賽児の別名）以外に何も話すことが出来ないのを、賽児が仙丹一粒を服させると、すぐ口が利けるようになる。実は賽児は月宮の嫦娥の転世であり、巧姑は嫦娥の侍女の「寒簧仙子」の転生である。仙丹を服することによって、主君の側に戻れたわけである。それに侠客賓雁に端姑という娘がいて、夜ごとに妖怪と戯れ合い、日々痩せて行くところを、賽児が仙丹一粒を与えることによって命が救われ、猿の化けた妖怪の正体も現れ、賽児に威服されるのである。賓雁も賽児の後日の挙兵に協力することになる。つまり、二粒の仙丹で二人の女子を病難から救うことによって、皆賽児の摩下に集まるという筋の運びとな

るが、馬琴は原話に於ける二粒の仙丹で二人の命を救う趣向を参酌しつつ、巧姑の神秘的な背景と端姑の怪談的な趣向より脱皮して、現実に即した趣向作りを心掛ける原話摂取態度が見られるのである。即ち「斉紈」では小六が病苦で息が絶えた庶吉に仙丹一粒を服させると、「死を起し生に回せる」ことになる。また「助則」でも小六が敵の手より逃れようと二階から飛びおり気絶している信夫にもう一粒を飲ませると、すぐ甦ることになる。これには、原話の筋を模倣しつつも、細部の趣向に変容を加えることによって、仙丹の奇効の神秘性という効果を与えて、緊張感を生じさせようという馬琴の趣向作りの創作意識が窺えるのである。

つまり、馬琴は『水滸伝』の「宋公明」に於ける女仙に会う趣向を、『侠客伝』の「吉野山」の中に引用しながら、『女仙外史』の「太清道祖」に於ける仙丹三粒の趣向をもって「宋公明」での棗三個の趣向に置き換えて、話を鎖り状につなぎつけておき、更に『女仙外史』の「董家庄」に於けるあとの二粒の仙丹で二人の人命を救う趣向を、『侠客伝』の「斉紈」と「助則」の中に取り入れて、話を延長線上に展開している。所謂原話の二書に於ける三趣向を、『侠客伝』では巧妙に連結して一つの大きな趣向に作り上げていっているのである。このような連鎖的な重層的手法も馬琴独自の原話摂取方法と見做していいように考えるのである。

四

前述した如く、馬琴が『侠客伝』を構想していく過程で、極めて多様な原話利用の摂取方法が見られるのであるが、それを要約して見ると、拡大再生産的摂取方法であると言えるであろう。そしてその特色を整理して見ると、一つは変容を伴う平行的摂取方法であり、今一つは重層的でありながら交錯的な摂取方法と連鎖的な摂取方法とであるようである。

要するに、「隆光」では、馬琴が『杜騙』の「詐称公子」より想を得て、話を拡大して騙術譚に再構成していく拡大再生産的な摂取方法を用いている。また交錯的な摂取方法として、一つは『侠客伝』第一集第四回

〜第六回の騙術譚であり、拍案驚奇・醒世恒言・水滸伝・杜騙新書より素材を得て、それを重層的に綯い交ぜして構成している。もう一つは、「不毛山」と「満泰」に於ける一趣向で、好逑伝・水滸伝・女仙外史より四趣向を採用して、多層的に絡ませて構成している。更に連鎖的な摂取法としては、「吉野山」と「助則」と「斉紈」に於ける一趣向がそれで、原話の「宋公明」と「太清道祖」と「董家庄」の三趣向を参酌して、各趣向を巧みにつなぎ合わせて話を展開しているのである。

以上は『俠客伝』における馬琴の中国白話小説などの原話利用の手法について追求してみたものであるが、馬琴の読本総体における中国白話小説などの原話利用の摂取方法は、多年の修練による工夫が積み重ねられているはずであり、その多くが未発見かもしれないという予感もあって、今後その摂取方法の様相を追求することによって馬琴の読本創りの深層を少しでも明らかにしていきたいものと考えている。

（私に読本研究の手解きをして下さり研究の在り方を明示下さった粕谷宏紀先生に深い謝意を表すると共に、本稿を『読本研究新集』第二集に紹介の労をとって下さった横山邦治先生にも謝意を表する。2000、1、10）

注

＊1――『江戸文学と中国文学』（麻生磯次著・三省堂・昭和21年5月10日）の144頁―170頁に拠った。
＊2――注1に同じ。
＊3――『日本近世小説と中国小説』（徳田武著・青裳堂書店）の454頁〜476頁に拠った。
＊4――注3に同じ。
＊5――『杜騙新書』（中国古代珍稀本小説・5　春風文芸出版社。1997年）の原文を引用した。
＊6――拙稿「『俠客伝』に於ける馬琴の構想力　―第一集に於ける騙術譚をめぐって―」（大連外国語学院日本文化研究中心刊・「日本文化研究」創刊号・2000年2月）に拠った。

＊7——『俠客伝』の原文引用は『開巻驚奇俠客伝』横山邦治・大高洋司校注（新日本古典文学大系87・岩波書店・1998年10月）に拠る。
『水滸伝』と『女仙外史』の原文引用はそれぞれ『水滸全伝』の施耐庵・罗貫中著（中国古典小説名著珍蔵本・吉林文史出版社・1995年9月）と、『女仙外史』呂熊著（上海古籍出版社・1996年11月）に拠る。

＊8——注1に同じ。

注：論中に「日本的」「日本人的」とか「大陸的」「中国人的」とかいう評語をいかほどか恣意的に用いたが、中国人の私にはそこに明確な断層があるのである。中国の白話小説には絶対にみられない性格とか行動とかは、読本の場合には多く見られ、それを時に「日本人的」と表現してしまうのである。

曲亭馬琴伝記小攷

――曲亭馬琴旧蔵本『鎖国論』・石川畳翠旧蔵本『松窓雑録』について――

播本　眞一

はじめに

本稿は、未紹介の、曲亭馬琴旧蔵本『鎖国論』二種、ならびに、石川畳翠旧蔵本『松窓雑録』について報告し、若干の考証を試みるものである。この『鎖国論』や『松窓雑録』には、今まで知られていなかった、天保六～八年時における、馬琴の動向の一端を明らかにする記事がある。馬琴旧蔵本『鎖国論』は馬琴の対外関心や日本観を示す資料として、畳翠旧蔵本『松窓雑録』は第三者が記録した馬琴の伝記資料として、それぞれに価値があると思われる。

I　曲亭馬琴旧蔵本『鎖国論』

一　『鎖国論』概説

議論に先立ち、『鎖国論』について概説する。『鎖国論』とは、エンゲルベルト・ケンペル著『日本誌』の一部を志筑忠雄が享和元年に翻訳したもの。『日本誌』は、元禄三年から同五年までオランダ商館付医師として日本に滞在したドイツ人ケンペルが、日本の地誌、社会制度、自己の日本観などについて記した書物。鳥居裕美子氏の「ケンペルから志筑へ——日本賛美論から排外的『鎖国論』への変容——」[*1]などによると、『日本誌』の初板は一七二七年の英語版。フランス語版やドイツ語版も存在するが、志筑は英語版のオランダ語訳（一七二九、三三年）を底本にしている。『日本誌』附録第六章を日本語訳して、志筑が私につけた書名が「鎖国論」であり、原著の章題は志筑訳によると「今日本人の、全国を鎖して、国民をして、国中国外に限らず、敢て異域の人と通商せさらしむる事、実に所益あるによれるや、否の論」（馬琴旧蔵写本）であった。板沢武雄氏の「鎖国および『鎖国論』について」[*2]は、「鎖国」という「史的名辞」は志筑の訳語に由来するという。志筑忠雄は、宝暦十年生、文化三年没、長崎の蘭学者。鳥居論文などによると、本姓中野氏、阿蘭陀通詞志筑家の養子に入り、職を辞して後、天文・物理学（『暦象新書』）、オランダ語学（『和蘭詞品考』）、世界地理・国際情勢（『万国管闚』など）の三分野に優れた業績をのこし、江戸の大槻玄沢・杉田玄白・大田南畝らからも高い評価を受けた人物であった。

『鎖国論』の原著『日本誌』は、小堀桂一郎氏の『鎖国の思想』[*3]や井田清子氏の「ケンペル『鎖国論』写本を読み継いだ人々」[*4]によると、西欧の十八世紀の思想家、モンテスキュー、ヴォルテール、フィヒテらが研究資料として読み、西欧人の日本観を大きく変化させた画期的書物であった。志筑の『鎖国論』も、ロシアや西欧諸国による外圧にさらされて緊張の度合いを高めていった対外関係を背景に写しつがれ、その読者は、松平定信・大田南畝・勝海舟・本居大平・林復斎ら、幕閣・国学者・儒学者など広範囲に及んでいる。結論としては日本の鎖国を肯定するものでありながら、鎖国は天理に反するという一般論を述べてから、日本は例外であることを論述するため、嘉永三年に志筑の翻訳を改題出刊した黒沢翁麻呂の『異人恐怖伝』は発禁となっている。『鎖国論』は、鳥居氏のいうように、「国際比較の視点に立つ日本論」として当時においては希有なものであり、鈴木圭介氏が「写本の運命　ケンペル『鎖国論』の書誌学」[*5]で述べるように、「鎖国・開国の両派のそれぞれによって、自派にひきつけて読まれる可能性を開くもの」であったから、多くの識者の関心を集めたものと思われる。鈴木氏の前記論文・同氏「私の『鎖国論』入門」(一)〜(八)[*6]や井田論文は、諸本を調査し、『鎖国論』写本が伝播する実態を具体的に解き明かしている。鈴木氏は凡そ四十部余りの『鎖国論』写本を調査し、井田氏はその数を五十五部にのばしていたが、本稿で紹介する馬琴旧蔵本については、両氏ともに何もふれていない。

二　二つの曲亭馬琴旧蔵本『鎖国論』

研究史を概観すると、上記のように、『鎖国論』に対する研究は洋学の方面から進展を見せているものの、近世文芸研究において『鎖国論』をとりあげるものは数少ない。植田啓子氏の「曲亭馬琴の対外関心について」[*7](昭和四十年九月)は、馬琴が「外国に関する興味や関心」を示した証左の一例として『鎖国論』に言及し、馬琴と『鎖国論』との関わりを手際よくまとめている。馬琴の書翰や日記などが翻刻され、資料が整った現在、私にそのあらましを述べると以下のようになる。[*8]

1天保三年六月二十六日〜八月二十日、馬琴は木村黙老から『鎖国論』を借りて考訂を施し、筆耕に写本を作らせる。[*9](「日記」、篠斎宛書翰「天理」・「芸林書簡」)

原本は大悪本ニ候間、まづ原本をくハしく校訂いたし(中略)ミのがみニ写させ(天保四年一月十五日付篠斎宛書翰「天理」)

同八月二十一日、木村本『鎖国論』は木村へ返却される。(「日記」)

2天保三年八月十一日、馬琴は殿村篠斎も『鎖国論』を所持していることを知る。(篠斎宛書翰「芸林書簡」)

同九月二十一日、馬琴は篠斎本が木村本とは別種のもの、南畝の序がなく立入某の奥書のある写本であることを知る。

南畝序之事云々。御蔵本には序無之、おく書立入某、文化中の歳月、有之のみのよし(篠斎宛書翰「芸林拾遺」)

3天保四年一月十五日、馬琴は馬琴本『鎖国論』を篠斎に貸し出す。(篠斎宛書翰「天理」、同一月十四日付桂窓宛書翰「天理」)

4天保五年四月二十九日、馬琴本『鎖国論』は篠斎によって篠斎本との校合を施され返送されてくる。(「日記」)

瑣(ママ)[*10]国論御校合相済候よし　一書少しつゝ出入有之候を　拙蔵本へ御書入被下且そのわけおく書迄そえられ尤忝大慶仕候(同五月二日付篠斎宛書翰「早大」)

5天保七年十月七日、馬琴本『鎖国論』は、孫の太郎に御家人株を購う費用を捻出するために、金壱分弐朱で小津桂窓に売却される。(桂窓宛書翰「天理」、同十月六日付桂窓宛書翰「天理」、同十月二十六日付篠斎宛書翰「天理」)

6天保八年六月十六日、馬琴は、桂窓に、石川畳翠が『鎖国論』の借覧を希望している旨を伝える。(桂窓宛書翰「上野」)

同十一月六日、貸し出しを承知した桂窓から馬琴旧蔵本『鎖国論』が馬琴の元に届く。(天保八年十二月一日付桂窓宛書翰「天理」)

7天保八年十二月二十六日、馬琴は借りていた馬琴旧蔵本『鎖国論』を桂窓に送り返す。(桂窓宛書翰「天理」)

先月御恩借の瑣国論、姑く留置、於老生、忝万々多謝仕候。先便得御意候通り、畳翠君も四ケ年ぶりニて出仕被成候。已後打つゞき日々多務被成御座候へども、一トわたり一覧ハ被為済候よしニ御座候。かねてハ一本写留たく被思召候得ども、右ニ付、近習のものども日々いそがハしく、今日急ニ写させ候事も成がたく、されバとて秘蔵の書を長く留置候もきのどくニ候間、残念ながらそのまゝ返却いたし候。乍然、熟読いたし候間、渇望の思ひを果し、大慶不過之候。遠方自由の至り、よろしく相こゝろ得くれ候様との事ニて、当月中旬、右之本ハ被返候。此義、其頃、二郎を以甚寒伺ニ差出し候節、此書の催促も仕候処、片山数馬右之趣被申聞、二郎ニわたし、被差越候。早速飛脚へ差出し度存候処、彼是多用ニ紛れ、今便同封ニて返上仕候。

右の2に引いた殿村篠斎本『鎖国論』は、鈴木氏も井田氏も実見しておらず、現在その存否は不明である。が、昭和の初期まで、篠斎本と伝えられる写本の所在が確認されている。昭和九年に刊行された前引板沢論文は、当時「殿村篠斎旧蔵本」が「小津茂右衛門氏所蔵」であることを記し、「私が鎖国論の写本を閲た最初の本がこれで実に大正十年の正月のことであった。今後この小稿を起すについて小津氏より拝借して再見した」と述べ、また、以下のような同書の「奥書」「全文」を紹介している（篠斎識語以外の句読点は筆者）。

享和元年秋八月　　志筑忠雄誌

鎖国論、上下二巻、文化五年歳次戊辰閏六月十三日手写功畢、翌十四日一校了。　　立入信友（花押）

鎖国論、上下合巻壱冊、五十七枚、文化己巳仲秋乙卯日より季秋丙寅に至る筆写し畢。（中略）　　中村忠亮（花押）

読鎖国論*11（本文省略）　　杏花園主人書于瓊浦客舍

此鎖国論、二十年ばかり前に藤垣内のなりしか水月庵服部中庸のなりしか、何れともおぼえざれど、二叟のうちの本もて、傭書にうつさせ置たるが、写し誤れるのみなくて、書さまさへたゝよはしくて、よみにくきところ〳〵多かるを、今年滝沢氏曲亭馬琴の本をかりて校合せ、朱にてそへもあらためもしたり、その本は原本も前なるにやあらん、立入氏中村氏などのおく書は無くて、太（ママ）田氏杏花園南畝の此論を読の文あり、よりてそをうつしくはへ、また頭三つ四つ滝沢氏の書入とおもしきが有るも、そのまゝにうつし入おくになん。

天保五年甲午三月

篠斎主人安（花押）

この奥書の内容は、前引2の天保三年九月二十一日付篠斎宛書翰で馬琴が述べるところ、篠斎本には「（南畝の）序無之、おく書立入某、文化中の歳月、有之のみ」とほぼ合致するから、小津茂右衛門氏所蔵本は、篠斎本と考えてまちがいなかろう。とすると、右の篠斎識語は馬琴本の特徴を正しく示していると考えうる。識語によれば、馬琴本には、「立入氏中村氏などのおく書は無くて」、本文の前に「杏花園南畝の此論を読の文あり」、「頭三つ四つ滝沢氏の書入とおもしきが有る」という特徴が見出せるはずである。

馬琴旧蔵本『鎖国論』に関して確認できる情報は、公刊されている資料によると、叙上のとおりと思われる。馬琴旧蔵本『鎖国論』は、天保七年十月に小津桂窓に売却され、天保八年末に馬琴の手を通じて石川畳翠に貸与され、桂窓に返却されたところまでは明らかであり、その後の行方は不明であった。ところが、馬琴が亡くなって後、少なくとも嘉永五年時には、売られたはずの『鎖国論』が滝沢家に伝わっている。馬琴の継子宗伯の妻・路女が書きついだ滝沢家の記録『路女日記』[*12]には、以下のような記事がある。

嘉永五年七月朔日

今朝松（ママ松村）井氏被参、所望ニ付、鎖国論一・蔵書目録一貸進ス。

嘉永五年七月十八日

右同刻(夕方)まつ村氏[*13]被参、鎖国論壱冊被返之、尚所望ニ付、白石手簡四冊貸進ス。

結論を述べれば、馬琴は、桂窓に売与した『鎖国論』をいったん取り戻し、桂窓には内密のうちに、写しを作っていたのである。馬琴はその顛末を、架蔵本『瑣国論』奥付識語に自らの筆で、以下のように語っている(五十八丁ウラ、墨書、句読点筆者、以下同)。

此書初予かもてりしは、丙申の季秋、故ありて蔵書をなこり/なく沽却しぬる折、五十瀬松坂なる一知音に売与しけるに/今茲又見まくほしうなりしかば、その友に借謄製本して/更に秘篋に蔵む。こは珍奇の秘籍にて、学者の視聴を広くすへきものなれば吾冑宜く秘蔵すへし。

丁酉歳抄　　　　蓑斎老人再識

右の「丙申」は天保七年、「丁酉」は同八年。「松坂なる一知音」とは小津桂窓。「蓑斎老人再識」の前半は前引5・6と矛盾なくつながり、後半部が新たに二つのことを教えている。『鎖国論』を「見まくほしう」なったのは馬琴であること、ならびに、それを「借謄製本し」たことである。馬琴が、桂窓に、『鎖国論』の転写本を作る許可を求めたり、転写本を作ったことを報告する資料は見当たらないから、断らないまま写したと考えてよかろう。前引7のように、馬琴が、桂窓に、畳翠とのやりとりを事細かに説明するのは、桂窓から『鎖国論』は速やかに返却するように釘を刺されていた(天保八年十二月一日付桂窓宛書翰)ためでもあろうが、事実を糊塗するための能弁であったのかもしれない。本当に畳翠が『鎖国論』を見たがっていたのかどうか。植田論文は「天保八年にはアメリカの商船モリソン号」を「打ち払った事件があり」「畳翠は翌年にかけて徐々に重用されていく状態にあったから(中略)必要があってのこと」と判断していた。確かに、時局と三千石の旗本寄合衆・畳翠の立場を勘案すると、畳翠が『鎖国論』の閲読を望んだと考えても無理はない。後述する

『松窓雑録』「骨牌」には『環海異聞』などを引く考証もみえている。6・7の畳翠に関する記述が正確であったとすると、『鎖国論』が畳翠から「当月（十二月）中旬」に馬琴の手元に届けられて以降、同二十六日まで、十日ほどの間に、馬琴は転写本を作らせていたことになる。いずれにしても、馬琴が『鎖国論』を新たに写させたという事実、架蔵本の識語から、『鎖国論』をより必要としていたのは畳翠ではなく馬琴であったと考えざるをえないだろう。

架蔵本『瑣国論』について説明する前に、小津桂窓の手に渡った『鎖国論』も現存することを述べておく。小津桂窓旧蔵本『鎖国論』は、現在、小津氏の遠縁にあたられる小泉祐次氏が所蔵しておられる（以下、本稿では小泉本と表記する）。馬琴旧蔵本『鎖国論』は二種類、桂窓に売却された写本とその転写本、親子関係にある小泉本と架蔵本がのこっている。

三　小泉本『鎖国論』・架蔵本『瑣国論』

小泉本の概要はつぎのとおり。全一冊。装丁は袋綴。書型は大本、縦26・8糎×横18・8糎。墨付五十七丁、遊紙が前に二丁、奥付半丁。一面十一行、字高約18糎。表紙左肩に子持枠の刷り題簽、書き外題「鎖国論　秘録[14]」、表紙右肩に墨書「二百八十四」、同左下に朱書「の」。丁付なし。墨付一丁オモテ（以下私に施す）右下に「瀧澤文庫」の朱印。一丁オモテ・ウラに「杏花園主人」大田南畝の「読鎖国論」が備わる。五十七丁ウラに馬琴の識語（馬琴手沢、朱書）。奥付に篠斎の識語（篠斎手沢、朱書）。全ての丁に校訂が施され（馬琴・篠斎手沢、朱書）、十箇所に馬琴と篠斎の頭注（馬琴・篠斎手沢、朱書）があり、丁の乱れを正す文を記した付け札が三枚（馬琴筆か、朱書）ある。小津桂窓の蔵書印は認められないけれども、木村三四吾氏は『近世物之本江戸作者部類[15]』解題で、西荘文庫本には必ずしも「西荘文庫」や「桂窓」などの印が押されているわけではないことを解説しており、また、「表紙の右肩か左下に、主として朱字をもって、稀には墨書で、殆んど片仮名であるが、時には平仮名での一字が、桂窓の自筆で識署されているのを通例とする。それは彼が私に施した蔵書分類の記号である」と述べている。天理図書館所蔵『西荘文庫書目録　月』には『鎖国論』は見出せないけれども、小泉本の表紙左下朱筆「の」が桂窓の「蔵書分類の記号」に相当すると思われ、小泉本は出所の確かさからしても、小津桂窓旧蔵本と考えてよかろう。

　ついで、架蔵本ついて。あらましは以下のとおり。全一冊。装丁は袋綴。表紙は布目地、黒の濃淡による流水模様[*16]。書型は大本、縦26・8糎×横19・2糎。墨付五十八丁、遊紙が前に二丁・後に一丁。一面十一行、字高約20・5糎。表紙左肩に子持枠の刷り題簽、馬琴手自染筆の外題「瑣国論　秘書」。丁付なし。墨付一丁オモテ（以下私に施す）右下に「瀧澤文庫」の朱印、二丁オモテ右下に方形の朱印（未詳）。一丁オモテ・ウラに「杏花園主人」の「読鎖国論」が備わる。五十七丁ウラに馬琴の識語（馬琴手沢、朱書）、五十八丁オモテに篠斎の識語（馬琴手沢、朱書）、五十八丁ウラに馬琴の識語（馬琴手沢、墨書）。全ての丁に馬琴手沢の朱による校訂が施され、十箇所に馬琴と篠斎の頭注（馬琴手沢、朱書）がある。丁の乱れを正す文を記した付け札が三枚（黄色地の紙に馬琴手沢、朱書）ある。また、五十八丁オモテ篠斎識語と同じ文面を記した一葉（馬琴手沢、朱書、付け札と同じ紙、縦26・4糎×横16・8糎）が五十八丁のつぎに挟みこまれている。叙上のように、小泉本・架蔵本ともに、先に述べた篠斎本『鎖国論』奥書が示す馬琴本の特徴と合致しており、「瀧澤文庫」印記や馬琴手沢があるから、馬琴旧蔵本であるのは間違いない。

　架蔵本の識語、頭注、本文校訂など、詳細を以下に示す。本稿では架蔵本を中心に紹介し、ほぼ同内容の小泉本については架蔵本との異同を示すにとどめる。

　一、製本寸法を示す紙片。本文の前、遊紙一枚目オモテ中央に、「切形此寸法にして上表をかくる」と馬琴が墨書した縦長の紙片（縦24・5糎×横1・9糎）が貼りつけてある。この紙片の左隅には縦の直線が墨で引いてあり、製本時に表紙の寸法を指示するために作られたものと考えてよかろう。本来は、横の大きさをも示す、方形大型の紙であったのかもしれない。

　二、馬琴識語。五十七丁ウラ、馬琴手沢、朱筆。小泉本も馬琴筆の同文を備える。

是書借謄一友人所蔵、惜、原本誤写、不可得而読者多有、／因先校訂原本然後使筆工臨写、且製本再校、以蔵、於秘篋、

時壬辰歳抄立春後四日、六十七翁某識、解（花押）

禁忌にふれるのを恐れたのであろう、馬琴は、この写本に関係する人物に関してあえて曖昧な書き方をしている。原本の所蔵者を「一友人」として木村黙老の名前を出さず、「某識」として、「解」も一字花押で記してある。一方、年記の部分は正確な情報を伝えていると判断できる。「壬辰」は天保三年。天保三年の「立春」は正月五日であったが、年内立春が十二月十六日にもあったから、識語の「立春後四日」は十二月十九日または同二十日を指示しているとも考えうる。『鎖国論』写本の製本が出来たのは天保三年十二月十一日（篠斎宛書翰「上野」）、馬琴が校訂を施したのは同十八・十九日（「日記」）。「立春」を後者の年内立春と解すれば、識語の年記は「日記」記事と合致する。馬琴は天保三年には六十六歳であり、「六十七翁」という記述は事実と違うようにもみえる。一例をあげると、只野真葛著『いそづたひ』[*17]の馬琴識語には、「壬辰齢杪念一　六十六翁解又しるす」とあった。が、馬琴が「立春」を年齢の区切れ目とみなしていたと仮定すると、馬琴は、年内立春の後には一歳年を加え、天保三年の内に「六十七」になったと考えたはずだから、「六十七翁」は正しい表記となる。

三、篠斎識語。五十八丁オモテ、馬琴手沢、朱筆。五に全文を掲げる。小泉本では奥付（後見返し）に篠斎筆の同文が備わる。

四、馬琴識語。五十八丁ウラ、前述。当然のことながら、小泉本を転写した旨を記すこの識語は小泉本にはない。

五、馬琴手沢紙片。五十八オモテの篠斎識語とほぼ同文を朱で記した馬琴手沢紙片が五十八丁とつぎの遊紙との間に挟みこんである。付け札と同一紙であり、下部にのこる虫食いの跡が前後の紙のそれと同じ形を

していいるから、本文筆写時あるいは本文校訂時から、同じ場所に置かれていたと考えうる。つぎに篠斎識語を掲げるが、篠斎識語と相違する紙片記述を〈　〉内に示しておく。

（篠斎識語、五十八丁オモテ）

老先生の此本をかりて己かもてる本を校合したるに、おのれかのハ〈は〉写しあやまれる／のミ〈み〉ならて、書さまさへみたりかはしくて、いかにともよミ得さりし。ところ〳〵これに／よりて正しく見えしられていとよろこはしくなん。しかるにまれ〳〵にハ〈は〉これに誤りて／おのれかかたよきやうなる。また、わ〈こ〉れかかれ原本別なりしとおほしくて、いさゝか異／なるなとも有けれは、此清くうるは〈ハ〉しき本をおのれ近来病ある手して〈／〉きた／なく書けかさんことハ、罪得へきこゝちすれと、さりとて誤脱をそのまゝに見／過したらん〈む〉もほいならぬわさなれは、筆のついてにかたはら、或ハかしらにも〈にしも〉書／入たり。先生の校訂も朱なるに、おのれも又朱して書たれハ〈は〉、イもしは〈ハ〉そへ〈え〉／たれと、猶まきらはしくやとこゝろつきけれと、すてになかは過書入／たる後なれは、いかゝハせん〈む〉。さは〈ハ〉れ、先生のたしかなる筆とおのれかたゝ／よはしきとハ〈は〉、おのつからに見えわかるへくこそ。

天保五年甲午三月　　伊勢飯高篠斎野叟識

小泉本の篠斎識語と比べると、架蔵本の篠斎識語は小泉本のそれを透き写しにしたように思われる。行移り、平仮名の字母、漢字・平仮名の崩し方など、仮名表記に二つの違いがあるほかは、ほぼ同一といってよい。一方、架蔵本馬琴手沢紙片は、小泉本篠斎識語と比較すると、行移りが一箇所異なり、漢字・平仮名の崩し方や仮名の字母を多く異にしている。架蔵本篠斎識語が馬琴の文字にしては力がないようにみえるの対して、紙片の文字には馬琴独特の筆致がうかがえる。同内容の文章を二つ認める必要がどこにあったのか、後考を待ちたい。

右の篠斎識語の内容は、前引1の天保四年一月十五日付篠斎宛書翰、4の天保五年五月二日付篠斎宛書翰、篠斎本の篠斎識語と照応する。4の「おく書」とは、いうまでもなく馬琴旧蔵本篠斎識語のこと。「わけ」とは、篠斎が馬琴本（小泉本）へ篠斎本と校合した結果を朱で記したところ、1の書翰や篠斎本篠斎識語にも記されていたように、馬琴本にはすでに馬琴が朱筆で校訂や頭注を施しており、混同する恐れがあるので、篠斎筆には「イ」文字を添えたことをいうのであろう。実際に、篠斎の説明とはやや異なるものの、小泉本や架蔵本には、「イ」や「イ二」（朱書が主で、墨書もある）という符合をつけた多数の本文校訂や長文にわたる校訂結果を記す頭注が六箇所のこる。馬琴の『鎖国論』に対する感想や考証を記した頭注は、以下のように、四箇所ある。

架蔵本馬琴頭注（馬琴手沢、朱筆、※は筆者補記、ABCDの記号は筆者、小泉本もほぼ同文を備える）。

A桓武帝御宇、蒙古入寇、国史無明文。但、元亨釈書及清水寺縁起載之。蓋、当時小説也。（二十ウ）

※桓武天皇のときに韃靼軍が日本を攻撃したのを坂上田村麻呂が観音の力を借りて滅ぼしたという本文に対するもの。

B豊太閤、なほも諸大名を疲さん為に朝鮮を征せしといふことハ、皇国の人のいまた言ささる所也。諸大名、軍旅ニ疲倦して太平をねかふときは、背くものあらすといふ、検夫尓頗識見あり。これらハ総論中の新奇佳話にこそあンなれ。（三十七ウ）

C亜媽港（アマカワヲ）天竺徳兵衛物語（ニ）。署（シテ）為二天川一（ト）即（チ）是（也）。（四十九オ）

※志筑の按文「波尓杜瓦尔の亜媽巷（ママ）ハ、和蘭の台湾ありしか如し」に対するもの。

D下の訳注ハ、清国の事をいへるなり。彼教法ハ、明の万暦年間初て渡り来れり。その事、艾儒略か外紀に見えたり。又五雑組にも粗この異教の弁あり。今の翻刻本ハ官命して除去らしめたれハ闕如せり。初刻の本ニハこの事あり。併見るものハおのつから分明ならん。[*18]

又云、よく和漢の学術あるものハ、決して彼教法に惑ふことなし。訳者の言、誠ニ以（ユイ）あり。（五十三オ）

※中国における基督教の伝播を論評する志筑の按文に対するもの。

本文校訂は、多数のため、省略する。おおむね、「イニ」符合を付けた朱筆の校訂で、「イ」の符号を付すもの、符合を付さないもの、墨書のものもある。小泉本と架蔵本では、架蔵本に校訂跡が少ないのが目につく。両書を比較すると、架蔵本は、小泉本をそのままに書き写しているのではなく、小泉本の校訂結果にしたがって本文を作成している。

四　馬琴の対外関心・日本観

馬琴旧蔵本『鎖国論』を切り口にして、馬琴の対外関心、日本観について述べたい。先行研究には前記植田論文があり、「馬琴の西洋への開眼は白石に負うところが大きい」こと、情報源として松前老侯章広や渡辺華山らがいたこと、「異国の事を書たる書」の貸借は、篠斎らとの間で、天保三年以降に始まり、天保十年まで続き、蛮社の獄の影響によって終ることなど、その概要を整理している。同論文が引用する馬琴書翰にみえる『鎖国論』に対する馬琴の論評は、「被閲いたし、弥奇書なること知られ候」（天保三年七月一日付篠斎宛書翰「天理」）、「ケンフルはえびす心にて　皇国至難の種□也と思ひしは笑ふに堪たる事[*19]ながら、一体の論は尤なる事多く御座候」（天保三年八月十一日付篠斎宛書翰「芸林書簡」）という具体性を欠くものだったが、馬琴旧蔵本頭注には前記のように、わずかながら馬琴の批評がのこっており、議論を一歩すすめうるだろう。

頭注B「検夫尓頗識見あり」や右の書翰「一体の論は尤なる事多く」から、馬琴がケンペルの見識を認めていたのは確かである。特に、Bでは、秀吉の朝鮮出兵は内戦を防ぐための深謀遠慮というケンペルの議論を、日本人の誰もが思いつかなかった新見と持ちあげている。けれども馬琴は、一方では、「ケンフルはえびす心にて…笑ふに堪たる事ながら」とも述べていた。天保三年七月一日付篠斎宛書翰にも、「極西の夷狄検夫尓」と記しており、馬琴がケンペルを「えびす」「夷狄」と表記するのを見落してはならないだろう。馬琴にとって「えびす」「夷狄」はどのような意味をもつのか、『独考論』に具体的な論述がある。工藤平助の娘・只野真葛の『独考』を論評した『独考論』（文政二年成稿）で、馬琴は西洋人を「夷狄」[20]と書いて論難する。『独考論』は、禁忌を憚る馬琴にしては珍しく自己の思想や感情をむきだしに語るものであり、馬琴の生の声を知りうる数少ない資料であった。その、「中の巻あげつらひ」には、紅毛人が「智術をのみたふとみて、行状をよそにするは、則夷狄のわざなり」と述べ、真葛が紅毛人は四十歳前後で死亡するというのを否定せず、「紅毛及諸蛮の国ぶりの智術に長て、その齢の長からざるは、寔に禽獣にちかければなり」といい、また、下の巻「第七　心副」では、「吹ながされし皇国人を、紅毛人がキリシタン国へ捨おきし」は「狡にして、不人なる夷狄のわざなり」と語っていた。ケンペルが「熱尓馬尼亜（ゼルマニア）国の産」（天保三年七月一日付篠斎宛書翰）と知っていた馬琴であるから、紅毛人とは同列にはできないけれど、馬琴にとっての「紅毛及諸蛮」「夷狄」は、「行状をよそにする」、「禽獣にちか」い、「狡にして、不人」な存在であった。文政二年の『独考論』に示された「夷狄」観が、その後も変化しなかったとすると、馬琴は「夷狄」ケンペルを蔑視しながら、ケンペルの議論に賛意を示していたことになる。

『鎖国論』を議論するさい、忘れてならないのは、第一に『鎖国論』が翻訳であることだろう。無色透明な翻訳はありえないから、訳語には志筑の考えが、意図するしないにかかわらず、あらわれているはずである。第二は、『鎖国論』は原文の訳語だけで成り立っているのではなく、志筑の按文や註がかなりの分量備わること。馬琴が評価したのはケンペルの思弁であったのか、それとも、志筑流に変換された訳語や志筑の按文であったのか、分析する必要がある。前引鳥居論文は、オランダ語版の原文を現代語訳して志筑訳と比較し[21]、志筑訳は「キリスト教・西洋人・日本人にかかわる表現に、明らかに志筑の意図的な操作が加わってい」ると述べていた。架蔵本にもどると、馬琴の頭注Dは、「下の訳注ハ」という冒頭部が示すように、志筑の按文に対するものであり、ケンペルの議論を対象にしているのではなかった。また、同じくDの「よく和漢の学術あるものハ、決して彼教法に惑ふことなし」という馬琴の論評は、「惣て支那ハ、文明の国なるか故に、吉利支丹等に惑ふ者希也といへり」（馬琴旧蔵本五十三丁オモテ）に対するものだが、鳥居氏の翻訳によると、この部分はケンペルの原文には備らない「志筑の脚色」であった。つまり、馬琴は、ケンペルではなく、志筑独自の考え方に対して、Ｄ「訳者の言、誠ニ以あり」と賛意を示しているのである。

馬琴が『鎖国論』を評価するのは、ケンペルの識見を認めると同時に、それ以上に、志筑の議論に共感を覚えたからだと思われる。前述した馬琴の西洋人観、「夷狄」ケンペルに対する態度は、志筑のそれと近似する。志筑もケンペルを「夷狄」とみなしているのは以下の事例に明らか。ケンペルが日本人の源を「韃靼人」と論じると、志筑は、按文で、「検夫尓、さすか戎狄なれハ、我国の、実に神明の後たることを、信すること能さるも、咎むへきにあらし」（馬琴旧蔵本二十三丁ウラ）と論評する。ケンペルが「日本人、音楽の事に在て、全く不能也」というと、志筑は「検夫尓、我国の雅楽を聞さりしか」（同二十九丁オモテ）と反論を示す。また、天皇が政治を委任したために後世の流弊後患が生じたとケンペルが論じると、志筑は、「徳」の「衰」を原因とする自説を述べ、「検夫尓、さすか戎狄の人にして、上古聖治の事をしらさるか故に、皇国後世の弊の起る所を論すること、右の如く謬れるもの也」（同三十四丁ウラ）と批判する。ケンペルの論調は鎖国を肯定し日本を賛美するものであったが、ケンペルが日本や日本人を少しでも否定的に論評すると、志筑はケンペルを、「戎狄」とおとしめている。右の如く、『鎖国論』にはケンペルを「戎狄」とみなして蔑視する志筑の言辞が並んでいるから、志筑の西洋人観は馬琴と同一といえるだろう。また、叙上の事例から、志筑がケンペルを「戎狄」とおとすのは、志筑が「日本」を「皇国」と考えていたからだと思われる。

馬琴が西洋人を「夷狄」と呼ぶのも、志筑と同じ思想に基づくものと判断しうる。馬琴は、日本を「皇国」ととらえ、神の絶対を信じている。『独考論』には、そうした馬琴の世界観がよく示されおり、儒教や仏教を批判する只野真葛の議論のもとには本居宣長や蘭学者流の考え方があるとし、馬琴はそれぞれを批判する。

『独考論』における真葛と馬琴との関係は、『鎖国論』におけるケンペルと志筑との関係に置き換えうるようで、相手の識見を認めるがゆえに志筑や馬琴の論駁の調子は強い。[*22] 蘭学については、真葛が「紅毛諸蛮のともがらは（中略）智術は和漢に立まさり」と、天文学や医学に優れていることをいうと、馬琴は、「智術をのみたふとみて、行状をよそにするは、則夷狄のわざ」「智術に長て、よろづ考をおごそかにする国ぶりなる故に、齢は長からぬ」と、焦点をずらして論難する。儒教に対する議論には、朝倉瑠嶺子氏が「馬琴と水戸学」[*23]で論及するように、馬琴の思想の根源があらわれている。馬琴の理想は「和漢」を「兼学」することであり、「今の儒者は漢学のみにして、皇国の故実をしらず」（下の巻「第八　女子小人」）と儒者を批判し、また、儒学を無用のものとする国学者にも同意を示さない。馬琴が儒教を肯定するのは、「孔子の教えは神の教えにひとしい（上の巻「第四　願わたる事みつ」）からである。馬琴の議論の中には――「国字といふともみな漢字の省文」だから「からくになる文字によりて、書をあらはせし古学者達」が「儒を否し孔子をそしるは、よくもとをかへりみせざりし偏執のまどひ」――という国学者たちの矛盾をつく合理的な思弁があり、それと同時に――「皇国には文字なし。よりてから国なる儒の教をとりまぜて、皇国人に教えさせ給ひたる、是則神の御はからひ」（同上）――という絶対的な神の存在を源にする論理がある。馬琴は、何度も「神の御しわざ」「神わざ」を強調し、神の存在を疑わない。「もし八十万の神たち、儒道をにくみ嫌ひ給はゞ、彼神風などいふものもて、払ひ退け給」うと語ってもいる。真葛が、日本は「神の御国」であるから「など唐言にのみすがり居らんや」（『独考』「願わたる事みつ」）というのに対して、馬琴は、神の国であるからこそ、全てを神わざのなすところとしてとらえよと反論している。馬琴には、論理を超越する、信仰に近い皇国観があった。

　今少し『独考論』について述べる。文政二年成稿の『独考論』にも、『鎖国論』がとりあげた問題を論じる箇所がある。「鎖国」は是か否かという命題について、志筑は、按文で「遂生の具不足あるものハ、異国と通商せさること能はす、皇国の如きハ、有用の具を充満せるのミならす、更にまた許多の大奇特有、これ其通交を須さる所以也」（馬琴旧蔵本五十五丁ウラ・五十六丁オモテ）と述べ、鎖国を肯定していた。馬琴は『独考論』

「中の巻あげつらひ」において、「紅毛はその国ゆたかならざる故に、万国に交易して海に浮ぶを恒とする」と語っている。異国との交易を求めるのは、その国が自給できないためであるという論理は両者に共通している。また、『独考論』下の巻「第九　胸算大数」には、「泰平の世は只四境を守り、外国の変を防がば足るべし」とも記しているから、日本は外国の脅威のもとにおかれており四海を守る必要があると馬琴が認識していたのは確かである。『鎖国論』は、馬琴にとっては、同じ皇国観、同じ西洋人観をもった人物が、自らも抱懐する問題、外国の変に対してとるべき態度を具体的に説き示す書物であったといえるだろう。自己の知見の範囲をこえた情報を開示しながら、自己と同一の論理を展開する『鎖国論』に馬琴は強い関心を示したものと思われる。

『独考論』に明示された馬琴の皇国観は、馬琴の死後も滝沢家に伝えられた本居宣長著『馭戎概言』[*24]（寛政八年刊）からもうかがえる。馬琴の蔵書は、孫の太郎に御家人株を購うため、天保七年前後に、そのほとんどが売却され、家書『吾仏乃記』など子孫に伝えるべき書物だけが厳選されてのこされた。『鎖国論』も同じ目的で転写されたのは架蔵本馬琴識語にみたとおり。馬琴は、『独考論』で宣長を批判する一方、下の巻「第八　女子小人」では、「宣長は和漢をかね学びし故に力あり」とその実力を認めていた。また、売りに出された記録も見当たらないから、『馭戎概言』も選別された書物と考えてよかろう。『馭戎概言』は、日本と朝鮮・中国との交渉を、上代から秀吉の朝鮮出兵に至るまで、宣長が考察し論評を加えた書物。『本居宣長全集』[*25]第八巻の大久保正氏の解題によると、「わが国が中国朝鮮に対して採ってきた外交政策について述べ、皇国中心の立場から批判を加えたもの」である。皇国中心の立場から日本の尊厳を説く『馭戎概言』は、『鎖国論』と同じ問題を同じ発想によって論じる書物といえる。『馭戎概言』においては、元寇に打ち勝った北条時宗や明を討伐しようとした豊臣秀吉は称揚され、逆に、外国に対して卑屈な態度をとった場合、法皇といえども糾弾の対象とされている。承安二年、明の使いが無礼な書を奉ったさい、清原頼業がそのまま返すことをすすめたにもかかわらず、後白河院が聞き入れなかったことがあり、それを宣長は、「近きころ栗山氏。此事をいたくうれたみて。国のひかりをそこなふわざ也と申せるは。誠にさることぞかし」と、間接的に批判している。右にいう栗山氏とは、水戸藩の彰考館総裁となり『大日本史』の編纂にも携わった栗山潜鋒のこと。宣長は、前記の出来事を論評する潜鋒の『保建大記』（元禄二年序）の記事、「昔、隋王書を贈りて曰く、皇帝恭く倭皇に問ふと。廷臣すら猶ほ其の無礼を疑ふ。況んや一州の刺史を以て、上書失儀をや。当に頼業の議に従ふべし」*26に対して賛意を表明している。

宣長がその議論を肯定した『保建大記』は、馬琴が称賛する書物でもあった。馬琴は、『玄同放言』（文政元・三年刊）「玄同放言てふ書を編る崖略」で、有用の書籍について説き、「栗山潜鋒が保建大記は。通鑑綱目と伯仲す」*27という。『保建大記』は八条宮尚仁親王に奉るために書かれた書物で、保元から建久にかけて政治の実権が武家に移る過程を論賛し、武家政治の招来は後白河院の失政によることを結論とするものであった。潜鋒が「嗚呼、邦家清盛に艱みて義仲に危く、頼朝に安くして以て頼朝に微ふ」と嘆ずるように、天皇親政を理想とする史観によって書かれた雑史である。朱子の『資治通鑑綱目』は、中国戦国時代初期から五代末まで、千三百年以上にわたる中国の歴史を五十九巻に編したもの。一方、保元元年から建久三年まで三十七年間の出来事を述べる『保建大記』はわずかに二冊。『保建大記』は、三宅観瀾がその序文でいうとおり、「旨を朱子の綱に取」る『通鑑綱目』の影響下に成った書物であったから、『通鑑綱目』に「伯仲」するはずはない。そうした『保建大記』を馬琴が持ちあげるのは、『玄同放言』とほぼ同時期に『独考論』が書かれていたことを思えば、潜鋒が、馬琴にとっては神の国であるはずの日本が武家の統治下におかれる歴史の転換期に目を向け、王室の立場からその原因を分析していたことに起因するのではなかろうか。『保建大記』を馬琴が具体的に論評した資料は備わらないため推論にとどめざるをえないのだが、『保建大記』に対する高い評価は、後年、天保四年以降に顕現する後期水戸学に対する傾倒を予見させるものである。

叙上の議論をまとめると、『鎖国論』にうかがえる馬琴の対外関心は、『馭戎慨言』においても確かめうるものであり、『独考論』でも述べられたような、日本を皇国ととらえる世界観を根底にするものであった。

「四境を守り、外国の変を防」ぐ必要をどこまで馬琴が真剣に考えていたのか、売却した『鎖国論』写本を取り戻し転写本を作らせた行為そのものが、馬琴の切実さを教えているように思われる。

Ⅱ 石川畳翠旧蔵本『松窓雑録』

『松窓雑録』は、石川畳翠の手になる随筆。周知のように、畳翠は麻布古川住、三千石の旗本寄合衆、通称左金吾、文化四年生、天保十二年六月十五日（または十六日）没、三十五歳。『馬琴評答集』に影印公刊される『開巻驚奇俠客伝』や『南総里見八犬伝』の評をのこし、馬琴の墓石の碑文を認めた人物であった。『松窓雑録』は、早大の曲亭叢書におさまる馬琴の転写本が唯一の伝本として知られていたが、近年、早稲田大学中央図書館は畳翠旧蔵本を収蔵、公開している。曲亭叢書本『松窓雑録』はおおむね畳翠旧蔵本巻之一の写しであったから、畳翠旧蔵本巻之二は曲亭叢書本に筆録される「万松山曼陀羅開帳狂詩」をのぞいて新出資料とみなしうる。天保九年早春に編まれた（天保九年七月一日付桂窓宛書翰「天理」）巻之二は、天保六・七年時の記事を主としており、馬琴手沢紙片の貼りこみ、馬琴が畳翠邸を訪問して畳翠と交流するさまを具体的に述べる項、その他馬琴と畳翠の交渉を記録する部分がある。第三者が馬琴について記したものは数少なく、また、天保六・七年の馬琴日記も現存しないから、畳翠旧蔵本『松窓雑録』は貴重な資料といえるだろう。

畳翠旧蔵本の書誌の概略は以下のとおり。全一冊。書型は、縦23・5糎×横16・5糎。装丁は洋装。表紙は表裏ともに剥がされた状態で保存されており、残存する背表紙にも書名などの記載はない。墨付百五丁。巻之一と巻之二との間に遊紙一丁。一面十二行を原則とする。字高約20糎。丁付なし。一丁オモテ（以下私に施す）「松窓雑録目次巻之一」右下、五十三丁オモテ「松窓雑録巻之二目次」右下に「畳翠軒蔵書」の朱印（陽刻）。六十六丁オモテ「万松山曼陀羅開帳狂詩」識語に「畳翠」の朱印（陰刻）。序文・跋文なし。

馬琴関連記事を紹介する前に、確認すべきは、『松窓雑録』は書きつがれて、天保九年七月の時点で、「三の巻」まで存在していたことである。天保九年七月一日付桂窓宛馬琴書翰には以下のようにある。

松窓雑記(ママ)（中略）右二の巻、早春御出来（中略）三の巻も当夏出来、先日翠君見せられ候。翠君いさゝかのいとまくに松窓雑記二、三冊をつゞり立候よしニて、先日見せニおこされ候。

「三の巻」には、天保八年九月二十四日に馬琴が畳翠に招かれ、「一昼夜かしこまらせられ、談しつけられ候て」「大よハり」（天保九年一月六日付篠斎宛書翰「日大」・天保八年十月二十二日付桂窓宛書翰「上野」）した顛末など、天保八・九年時における馬琴の行動を記録している可能性があるけれども、その存否は不明である。

曲亭叢書本がおおむね巻之一までの写しであるのは、馬琴が『松窓雑録』の内容を評価せず、巻之二以降を転写する必要を認めなかったからである。馬琴の厳しい見方は、前引の桂窓宛書翰「精妙と申すニも無之」や、以下の天保九年一月二十一日付篠斎宛書翰（「日大」）に明らか。

畳翠君随筆松窻雑記（中略）さまて脚賃を費し候て被成御覧候ほとの物ニハ無之候（中略）二冊めも出来候へ共、二冊めハさはかりの事もなく候間、写しとり不申候。乍然貴人ニハ稀の御事と存候迄ニ御座候。

馬琴は「貴人にはめつらしき筆すさみ」（天保九年二月六日付篠斎宛書翰「日大」）という点に『松窓雑録』の価値を認めていたようで、傭工に写させた『松窓雑録』を黙老・篠斎・桂窓らに貸し出している。天保八年十一月二十六日付篠斎宛黙老書翰（「天理」）には、「松窻襍談」（曲亭叢書本の外題）一冊を黙老から篠斎に廻す記事があり、天保九年七月一日付桂窓宛書翰には、桂窓が「松窓雑記壱冊」を馬琴に返却した記録もある。『松窓雑録』巻之一は馬琴の友人たちの共通知識となっていたはずだが、巻之二を含めて巻之二以降を、馬琴に関係する人物が転写したという記録は見当たらない。

巻之二のあらましを、畳翠旧蔵本巻之二目次を掲げて紹介する。

松窓雑録巻之二目次

水滸伝略評　曲亭翁筆塚之碑銘
秋田蕗押葉摹本縮図　朝鮮名号
豊太閤御肩衣　万松山開帳狂詩
一橋珍事　浅草珍事
降毳　延宝中吉原評判絵図
神田仇討　札差行　狂詩
堅物試　釈尊詩巻
古印章　六ケ寺改号
聖堂鬼狀頭鬼龍子之図　催馬楽
麒麟之図　古瓦
骨牌　唐土歴代帝都
芝海龍燈之噂　擬融謡曲
馴子舞　後土御門自詠短冊
流行篇　来舶美人之図
困世御能番組　救荒二説
時疫除

ついで、馬琴関連記事。

一、「延宝中吉原評判絵図」考証、天保七年七月。七十四丁ウラ・七十五丁オモテには、「延宝中吉原評判絵図」が貼りこまれ、同図の鑑定を馬琴に依頼した経緯を示す畳翠の文章があり、考証結果を「拙考」と題して墨書した馬琴手沢紙片の貼りこみがある。馬琴は、同図は偽物であると答えている。

○延宝中吉原評判絵図

天保丙申七月のはしめ、吉原評判の古画を友人金蘭翁より借得たり。真偽を弁へ難し。
即簑笠翁江一覧させしに、委細書しるして越したり。古画并答書左に張り置ぬ。

簑笠翁答楮（但し書き、朱筆）

拙考

此壱枚すり珍書ニハ御座候得とも、これハ翻刻のこしらへ物の様ニ奉存候。此時代かやうの一枚すりに書名と板元の名をわくの外へ差加候事、甚うたがふへし。これハ原本ハ冊子物に候ひしを、後人その内ゟうつしとり、見わたし壱丁をつなき合せ、一枚ニいたし翻刻して紙ニふるびヲつけ、生好事の人を欺キ利を得候もの。江戸四座かぶき番付抔、その外いろ〳〵文化中出候事有之、うたかふらくハ、これもそのたくひにて可有之候。くハしくハ異日可申上候。

二、畳翠邸訪問記事、天保七年十一月六日。「芝海龍燈之噂」九十丁ウラ〜九十一丁ウラには、天保七年十一月六日、畳翠邸に招かれた馬琴が畳翠と閑談するようすが記されている。馬琴は、畳翠から、同年九月ごろであろう江戸の噂となった龍燈について質問され、龍燈の正体は虫である旨を答えている。畳翠が友人宅を訪ねて馬琴の説を披露する後日譚が付記される。

○芝海龍燈之噂

天保七年丙申、嵯峨の釈迦両国橋廻向院ニて、六月五日ゟ開帳六十日、并、日延、共ニ終而、芝寺内某院にて又開帳ありし其節、海上より毎夜龍燈上ると云噂尤高し。

（中略）

同年十一月六日、友人簑笠翁予を訪来て閑談せし折、龍燈の事を問ひしかハ、翁答て、そハ全く龍神の捧燈にハあらさるへし。龍燈と申ハ、実ハ虫の群りて光を放つよし。筑紫のしらぬ火も群虫なりと云。一近一遠隠映のさま全く虫の勢ひ也。都而かやうの事ハ何れも海辺〔水〕に極るよし、宇治の蛍も人其蛍なる事をしる故怪まず。如此の類也。或ハ某の浜辺の松なとに龍燈上る抔申時、近き到て見れハ必虫の群飛してあるもの丶よし、此虫蚊に似て群飛する時ハ自ら光有と云。此度の噂も此類ならんといへり。寒天にも虫なしとすべからず。雪中に生する虫数多有。乍去、翁も此事今日初て聞し事にて、未た目撃せさる故、強て此論を述るにはあらすと語たり。又、一友人某翁か隠棲を予訪ける時、右の龍燈珍説并簑笠翁か論を語りしかハ、友人のいへらく、我先年赤坂辺に在し節ハ毎日蒼海を遥望せしか、（中略）海上とおほしき辺に挑灯の如き光りあり。（中略）今度の龍燈并簑笠翁か論を思ひ廻らせハ、是亦其類ならんと物語せり。こも珍説故ちなミによりてしるし置ぬ。

この、龍燈に関する答えは、馬琴の説ではなく、『奥州ばなし』[*28]や『独考』に示された只野真葛の考証の受け売りである。『奥州ばなし』や『独考論』には以下のようにあった。

（奥州ばなし）

龍燈のこと

海の漁をするもの丶はなしに、世に龍燈と云ふらす物、実は火にあらず、至てこまかなる羽虫の、身に蛍の如く光有もの丶、多く集れば、何となくほのほの如く見なさる丶ものなり。（中略）高き木のうら、又は堂の軒端などにかゝるを、火の如く見ゆる故、人龍燈と名付しものなり。筑紫のしらぬ火も是なり。水上に生る虫にて、蛍の類なり。（中略）［原頭註―解云、この説、極めてよし。ためして見つるにはあらねど、ことわりさあるべくおぼゆるかし。］

（独考論、下の巻、第六　つひえをいとふ）

多かる考への中に、「しらぬ火及龍燈などいふものは、海辺にあつまり飛ぶ、ちひさき虫のわざなり」といはれしのみ、いとあたらしくてよし。（中略）愁にふさはしからぬ経済のうへをあげつらはんより、かゝるすぢを多くあつめて物にしるしおかば、後々まで伝るべし。

馬琴は、龍燈は虫であるとする真葛説の「ことわり」や「あたらし」さを認め、経世済民を説く議論に比べて高い評価をしている。『いそづたひ』などと共に文政二年に真葛から届けられた『奥州ばなし』を架蔵した馬琴は、同書を天保三年十二月二十一日に校訂（「日記」）していたから、比較的記憶に新たな話題であったと思われるが、真葛説に対する評価は一貫していたことになる。

また、右の真葛の龍燈に関する考証は、木村黙老の『龍集説考』にも筆録されている。『龍集説考』は『国書総目録』には「国学者伝記集成による」と記されているけれども、黙老自筆写本が四国高松の披雲閣文庫に伝わる。龍に関する諸説を和漢の典籍から抄出した考証随筆である。半紙本一冊。墨付四十九丁。丁付なし。一丁オモテ（私に施す）、四十八丁ウラに「木村蔵書」印。一丁ウラの序年記は「天保甲午歳仲秋上澣」、三十六丁ウラの跋識語は「天保五稔甲午仲秋」。三十七丁以降は「龍説追加」と題され、三十九丁オモテ「銀蛇」の考証本文に「今茲天保九戌年九月」という記事があるから、天保九年以降に一冊にまとめられたと思われる。天保十三年仲秋に追記された頭注もある。『八犬伝』が引用する『竜経』や『格致鏡原』「狐竜」などを記載するのはいうまでもない。四十二丁ウラ・四十三丁オモテに、以下のような真葛説が引かれている。

海上或ハ山嶽の樹木上に暗夜に燈の如き物の現る、事あり。世俗是を龍燈と称す。筑紫の不知火も此類なり。（中略）

又或説に、樹上の龍燈筑紫の不知火ハ一種の夜光る虫類にて、樹上海面等に時として聚るなりといふ。

『奥州ばなし』と『いそづたひ』の二書（合本一冊）は、天保三年十二月二十五日に黙老に貸し出されていた（「日記」）から、黙老が真葛の考証を知っていたのは確かである。馬琴の頭註にも導かれたのであろうか、黙老も真葛説を認めて転載したものと思われる。

馬琴が龍燈に関して述べる後半部の「寒天にも虫なしとすべからず。雪中に生する虫数多有」という考証も、馬琴独自の見解ではなく、北越の鈴木牧之から得た情報を伝えるものである。文政元年二月三十日・同五月十七日・同七月二十九日付牧之宛馬琴書翰（「牧之」）には、「雪蛆」「雪蜉」「雪虫」が話題となっており、馬琴は、牧之に、『玄同放言』「五ノ巻動物ノ部」で渡辺華山に「雪蛆」を写させるつもりであると語っている。結局、『玄同放言』は巻之三までしか刊行されず、巻之一「目次」に「雪蜉」の項目名が掲げられただけであったが、牧之は自著の『北越雪譜』初編（天保八年刊）巻之上に「雪中の虫」の項を作り、考証と図をのせている。なお、『北越雪譜』二編（天保十二年刊）「竜燈」の項には、真葛の説、龍燈の正体を虫とする考え方は記されていない。

三、「馴子舞」考証、天保七年十月二十一日。九十四丁ウラ～九十六丁オモテ。畳翠は友人から依頼を受けて馬琴に故事の由来を尋ね、馬琴は畳翠の質問に対して典拠をあげてきちんと回答し、後に間違いに気付いて再答を送っている。馬琴の畳翠に対する丁寧な対応ぶりがうかがえる項である。

○馴子舞

天保丙申十月中旬比、古川の一友翁某ゟ馴子舞之事を簑笠翁江尋度よし予に頼ミおこしたり。則友翁の問書并ニ簑翁の答書共ニしるしおきぬ。

友人問書（但し書き、朱筆）

馴子舞と申義、拙家毎冬　禁闕江進献之品江掛り候節、手伝并ニ給仕等仕候家来、其年初て掛リヲ申付候もの、馴子舞と申候而酒肴ヲ設、前々ゟ掛リ候者江振舞申候。何タルわけは存不申候。

（畳翠の論）

なれ子舞と申事、俳書にて季ノ部にか見かけ候様ニ覚江申候。むかしゟ有之候事ニも存候。

簑笠翁答（但し書き、朱書）

馴子舞と申義御尋の趣、御書付被遣、拝見仕候。右は俳諧季寄之書ニ名目被遊御覧候哉之よし、被遊御覚候趣相見え候得共、おそれながら御覚ちかひにもや候へきか。立圃かはなひ草、季吟の山の井、并ニ、増山の井、鷺水か新式抔、尤ふるき季寄の書ニ所見無御座、此名目何等の書ニ出候哉おほえ不申候得とも、ふるき大内詞と奉存候。当今の俗語に人に物を饗することをふるまひと申候ハ元来負態（マケフリ）の転し候ニ御座候。続日本記（ママ）に見え候競馬賭弓（ノリユミ）打毬なと叡覧の折、負ケ候者ハ必酒食ヲ設候而勝たる者に饗し候ヲ負態と申候。類従国史にハ負物としるされ候へとも、物之字矢張フリとよミ候か古実に御座候。近来仙石氏の蔵板に被成候類従国史にハ負物（マケモノ）トよまれ候ハ、なか〱にあやまりも御座候。かゝれハ、ふりハ態（フリ）ニて進退失廃の義也。そを後世振舞と書候ハ仮字なれハ論なし。されハ、用に態（フル）まふと云。まふもまひも助語ニて、しをハるをしまふ、又しまひといふに同し。まひの約（カヘシ）みなり。これらによりて思ひ候得は、馴子舞の舞も態（フル）まひのまひと同義にて、只今の見習ふる舞抔云におなし義なるべく候。およその所職事始てその役に加るものハ未馴故に故職の事に馴たるにハ必負（マク）へきハ理に当然に（の）御座候。故に彼負態に擬して馴故態（ナレコフリ）といふへき態を省略して馴子舞と唱候かと奉存候。但シ、此名目の出所未有管見候得共、古言たる事疑ひなかるへく候。あなかしこ。

十月廿一日のあした、解こたえ奉る。

此答おこせし後、二三日過て、簑翁ゟまひの約ミと申ハ〈かい〉ざんのよし。まひのひハ、ゐの字のよし〈申〉し来ル。

（頭注、朱筆、改装時に裁断されたと思われる文字を〈　〉の中に補った）

四、「水滸伝略評」、天保六年閏七月五日。五十四丁オモテに、「天保乙未閏七月五日借写ス。翁之友人伊勢の篠斎江書て遣せし下書也」とある。本文は五十六丁ウラまで。この「水滸伝略評」とは、「水滸伝発揮説」「水滸隠微評」などと呼称される一編のこと。馬琴が水滸伝の三箇の隠微を説く「水滸伝発揮説」「水滸隠微評」については、木村三四吾氏の「黙老宛馬琴書翰　天保三年八月二十六日」[*29]に詳細な考証がある。沖森家所蔵「水滸伝発揮説」一幅は、同論文に全文の翻刻が備わり、その影印は『生誕二百年記念　曲亭馬琴』[*30]におさまる。比較してみると、畳翠本の「水滸伝略評」もほぼ同文を伝えている。「水滸伝発揮説」は天保三年五月に篠斎のために揮毫され桂窓の手に渡った現沖森本、「水滸隠微評」は同文を天保六年九月に認めた曲亭叢書所収本である。同じ文章を再度書くことができたのは、馬琴が「篠斎に送った以外に、いま一枚の唐紙書き『水滸伝隠微発揮』を所持して」いたからであり、畳翠が天保六年閏七月五日に馬琴から借りた「篠斎江書て遣せし下書」とは、この「水滸伝隠微発揮」をいうのだろう。

五、「曲亭翁筆塚之碑銘」、天保六年閏七月五日。五十六丁ウラに、「文化六年二月、曲亭翁筆塚を谷中新堀山に建ツト云。碑銘を摺りしを借り写す」と前書きし、碑の表面・裏面、二枚の拓本を五十七丁オモテから五十九丁オモテに筆写し、末尾に「右二枚の石摺は、天保六年秋閏七月五日、簑笠先生より借写す」と注記する。

以上、石川畳翠旧蔵本『松窓雑録』巻之二から、天保六年閏七月五日、同七年七月、同七年十月二十一日、同七年十一月六日における馬琴の動向の一部が明らかになった。一から三は、畳翠が、馬琴に、摺物の真偽・龍燈という自然現象・馴子舞という風習について質問し、馬琴がそれに丁寧に答えた記録といえよう。四は、畳翠が『八犬伝』評を書くための参考資料として写したものだろう。五は、読本好き馬琴好き畳翠の志向のあらわれか。著作の時間を惜しんで、馬琴が人との付き合いを嫌ったのは周知のこと。貴人との交わりも、貴人の書を掛けるのも「その席にて胡坐もか、れず気のつまり候」（天保二年二月二十一日付篠斎宛書翰「芸林書簡」）というほどに厭っていた馬琴であったから、畳翠とのやりとりは異例といってもよいだろう。黙老の江戸高松屋敷へは天保十三年十一月十一日に「初て罷越」した馬琴（天保十三年十一月二十六日付篠斎宛書翰「上野」など）は、「芝海龍燈之噂」で新たにわかった天保七年十一月六日を加えて、天保六年三月二十日（同年閏七月十二日付篠斎宛「京大」）、前引天保八年九月二十四日、少なくとも三度、畳翠邸を訪れている。「大よハり」と愚痴をこぼしながらも、馬琴の博識を必要とした若殿の要請には答えていたようだ。息子宗伯の主君であった松前老侯との交流ぶりも親密なものであったが、『後の為乃記』や馬琴書翰に示されているように、病弱な宗伯を溺愛する馬琴であったから、老侯に対する応接の背景には自立できない宗伯に対する配慮があったのだろう。宗伯亡きあと、御家人株を手に入れて御持筒同心となる太郎にとって、幼い孫の行く末を思う馬琴にとって、三千石の旗本寄合衆、石川畳翠は、なおざりに出来ない人物であったと思われる。

〔補記〕

本稿をなすにあたって、諸先学のお力添えを賜りました。小泉祐次氏は、ご架蔵本『鎖国論』を拙稿に紹介することをご快諾くださり、小津家の代々についてご教示くださいました。服部仁氏は、小泉氏ご架蔵本の存在をお教えくださったばかりか、お手もとにあった小泉本の複製をお貸しくださいました。柴田光彦先生には、『瑣国論』の識語など馬琴や篠斎の筆迹か否かという判断について、『松窓雑録』の読解に関して、ご示教をいただきました。天理図書館では、木村三四吾先生、金子和正先生のお教えを忝うしました。また、大阪府立中之島図書館の皆様にもお世話になりました。記して感謝申し上げます。

注

＊1――「季刊日本思想史」第四十七号、平成八年三月、ぺりかん社。

＊2――『日蘭文化交渉史の研究』（昭和三十四年、吉川弘文館）所収。初出は昭和九年四月『明治文化研究論叢』。

＊3――中公新書　三五八、一九七四年、中央公論社。

＊4――「思想」第八〇〇号、一九九一年二月、岩波書店。

＊5――「歴史と社会」六、一九八五年六月、リブロポート。

＊6――「学燈」一九八一年五月～十二月、丸善。

＊7――「言語と文芸」42、昭和四十年九月、大修館書店。

＊8――本稿で用いた略号はつぎのとおり。
「日記」は『馬琴日記』（洞富雄・暉峻康隆・木村三四吾・柴田光彦編校、昭和四十八年、中央公論社）。書翰の「天理」は『天理図書館善本叢書　馬琴書翰集　翻刻篇』（昭和五十五年、八木書店）。「芸林書簡」は「曲亭書簡集」（『日本芸林叢書』第九巻所収、三村清三郎編校、昭和四年、六合館）。「芸林拾遺」は「曲亭書簡集拾遺」（同前）。「上野」は「曲亭馬琴書簡」（「上野図書館紀要」第四冊、小林花子校、昭和三十五年三月、上野図書館）。「早大」は「早稲田大学図書館所蔵　曲亭馬琴書簡集」（柴田光彦校注、昭和四十三年、早稲田大学図書館）。「日大」は『日本大学総合図書館蔵　馬琴書翰集』（大澤美夫・柴田光彦・高木元編校、平成四年、八木書店）。「京大」は『京大本馬琴書簡集　篠斎宛』（木村三四吾編校、昭和五十八年、私家版）。「牧之」は「滝沢馬琴書簡集」（『鈴木牧之全集下巻　資料篇』所収、宮栄二他編、昭和五十八年、中央公論社）。なお、『日本芸林叢書』所収の書翰については、私に句読点をつけた。

＊9――筆耕は河合孫太郎（天保三年七月十二日「日記」など）。写本の表紙は、写しためた写本四五十冊を製本するために、「表紙や安兵衛」方で誂えたものの一つであり、製本は丁字屋平兵衛方で行われている（天保三年十一月二十六日付篠斎宛書翰「芸林書簡」、同閏十一月六日・同三十日「日記」など）。付記すれば、木村黙老は『鎖国論』にのる浜田兄弟の記事（馬琴旧蔵本十七丁ウラ～十九丁オモテ）を馬琴との共通認識と考えたのであろう。天保七年三月中旬執筆の『八犬伝』第百七回評に、親兵衛が「霊玉の光輝にて諸人を倒し、たやすく素藤を生捕たる万事愉快にて、浜田弥兵衛が台湾にて阿蘭陀の『セネラル』を擒にしたると同日の談なるべし」（『馬琴評答集』㈣、柴田光彦編集、平成二年、早稲田大学出版部）と記している。

＊10――馬琴の日記や書翰においては、「瑣国論」と表記される。架蔵本の外題も「瑣国論」。禁忌を憚ったものか。

＊11――『大田南畝全集』第六巻「杏園集」（濱田義一郎他編、一九八八年、岩波書店）にもおさまる。

＊12――木村三四吾編校、平成六年、私家版。

＊13――「まつ村氏」は松村儀助のこと。馬琴の孫・太郎と同役の御持筒同心、馬琴をはじめ滝沢家の人々と親しい関係にあった。拙稿「『仮名読八犬伝』琴童鈔録部について――『路女日記』から――」（「近世文芸研究と評論」第五十六号、平成十一年六月、早大文学部谷脇研究室）を参照されたい。

＊14――小泉本の外題は、筆者には馬琴手沢と見えない。が、天保三年十二月十六日「日記」には、「過日、仕立出来の写本、四十一冊内、三十九冊め之外題、書之。昼前ゟ、宗伯貼じ畢」とあり、前後の日記記事から『鎖国論』写本はこの中に含まれていたと思われるから、後に桂窓の手に渡る『鎖国論』の外題は馬琴手沢であった可能性が高い。外題筆迹は気にかかる点である。

＊15――昭和六十三年、八木書店。

＊16――架蔵本『瑣国論』の装丁は、表紙・角布など、天保六年八月一日成稿『後の為乃記』のそれと同一である。木村三四吾編校『後の為乃記』（平成四年、私家版）解題によると、天保六年五月八日に亡くなった宗伯の行状を孫の太郎に伝えるべく編まれた『後の為乃記』は、親しい友人たち、黙老・篠斎・桂窓・華山らにも配られており、そのいずれにも同じ表紙がつけられていた。筆者は、該書の、天理図書館所蔵桂窓旧蔵本・大阪府立中之島図書館所蔵黙老旧蔵本と架蔵本『瑣国論』とを対比して、同じ装丁であることを確認した。木村三四吾編校本は滝沢家本・桂窓本の表紙の影印をのせており、また、『新潮古典文学アルバム23　滝沢馬琴』（徳田武編、一九九一年、新潮社）も滝沢家本の表紙写真を掲載しているので、参照されたい。

＊17――『只野真葛集』（鈴木よね子校訂、一九九四年、国書刊行会）による。

＊18――「外紀」は『職方外紀』。馬琴は同書ならびに「職方外紀附図」を天保三年閏十一月二十三日に小津桂窓から借りて校閲し、久和嶋雲磴に写しを作らせ、同四年三月十一日に返却している（「日記」など）。『五雑組』については、天保七年十月二十六日付篠斎宛書翰（「天理」）に、「野生所蔵の五雑組ハ珍書ニて、初板の物十六冊、彼絶板ニ成候耶蘇宗の事、孟子の書の事抔なほあり。文化中、金弐両ニてかひ入候」と説明している。

＊19――この発言は、ケンペルの議論（馬琴旧蔵本二十四丁オモテ・ウラ）――日本は嶮岨な土地が多くて努力しないと作物が出来ないのは造化の意思により、農民に努力を讃美する気性を起こさせるものである――を対象にするもので

あろう。

＊20――注17による。

＊21――『鎖国論』の和訳は、呉秀三訳註『ケンプェル江戸参府紀行』下巻所収・今井正訳『エンゲルト・ケンペル　日本誌』下巻所収などがあったが、いずれもドイツ語版の翻訳であり、オランダ語版を底本とした志筑訳とは異なるところがあった。

＊22――馬琴は、只野真葛の人となりや著作を、『兎園小説』第十集「真葛のおうな」（文政八年）で文人仲間に、『南総里見八犬伝』「回外剰筆」（天保十三年）では広く一般に、「書を善し、歌をよみ、和文も亦拙からず。且殊なる男魂をもて」云々と紹介している。

＊23――『読本研究』第十輯下套（広島文教女子大学研究出板委員会、平成八年、溪水社）所収。

＊24――『路女日記』には、嘉永三年九月十六日に岩井政之助が「『駁戎慨言』四冊」を借り、同四年八月十四日に松村儀助が同書を借覧する記事がある。

＊25――昭和四十七年、筑摩書房。

＊26――原漢文。架蔵本により、『水戸学全集第五編　栗山潜鋒・三宅観瀾集』（高須芳次郎編、昭和八年、日東書院）の書き下し文を一部改めた。

＊27――『日本随筆大成第一期5』（昭和五十年、吉川弘文館）による。

＊28――注17による。

＊29――『滝沢馬琴―人と書翰』（平成十年、八木書店）所収。初出は、「ビブリア」第八十号、昭和五十八年四月。

＊30――昭和四十二年、天理図書館。

高井蘭山伝考

福田　安典

高井蘭山は、江戸の読本作家もしくは雑学者で、その著作は多岐にわたり、その量も少なくない。以前に、この蘭山について調査する機会があり、その伝記についてのいくつかを知り得たのでここに報告する。

高井蘭山、名を伴寛、字は思明、通称文左衛門、蘭斎・宝雪庵・哂我などの号がある。天保九年十二月二十三日没、享年七十七。江戸の芝伊皿子台町に住んだ。著作は、哂我の名で著した初期の『年中時候童蒙弁』（寛政三年）、『訓蒙天地弁』（寛政三年）、『野馬台国字抄』（寛政九年）、『音訓国字格』（寛政十一年）などに代表されるように、俗解書や童蒙書、字書の著作が多く、この傾向は読本に筆を執るようになってからも続き、晩年にまで及ぶ。いわゆる造本の名手と呼ばれる所以である。

読本は、『絵本三国妖婦伝』（初編享和三年刊、中編文化元年刊、下編文化二年刊）が最初で、以後『孝子嫩物語』（文化五年刊）、『那智の白糸』（文化五年刊）、『星月夜顕晦録』（初編文化六年、二編同七年、三編文政四年、四編同五年、五編三巻と付録が同九年、五編残り三巻が同十年）、『青葉の笛』（文化十年）、『復讐手引糸』（文化十一年）、『絵本重編応仁記』（文政七～九年）、『平家物語図会』（前編文政十二年、後編嘉永二年）、『鎌倉年代記』（『鎌倉年代図会』とも）（天保十四年）と続く。これらの読本の大半が、すでに明治になってから博文館などにより翻刻されていることから、その息の長い人気を知ることができる。

また、『絵本孝経』（天保五年）、『絵本忠経』（天保五年）のように、実用的読み物に葛飾北斎らの絵を合わせた著作がある。とかく馬琴との確執のことで問題になる北斎、彼は蘭山についてはどう思っていたのだろうか。『服膺孝語』（天明四年）の国字解『画本服膺孝語』（天保三年序）は、挿し絵が施されず、絵師への注文のみが朱書きされたままの稿本として国会図書館に所蔵されている。その朱書きをいくつか挙げてみると、

何成共親の申付たるわざを子供のなす処
子ハ前髪の若衆ニてよし
日本絵ニてよし（一丁裏）
十三丁めより唐の絵やう　夫より唐日本取交
父母の前にて子の働く処何成とも画工の心次第（九丁裏）
曽子瓜の根をきりて父親に杖にて打たふされたる処
桑のはたけニすきくわをすて置
是より唐の絵やう日本絵取交（十三丁裏）

という具体的な注文箇所と合わせて、

何成共画工の思付次第（十一丁表）
何成とも画工次第（十六丁表）
何成とも本文見くらべ（二十三丁裏）

といった画工任せの記述も多い。この蘭山の指示が、絵師にとっては楽であったのか、うるさい注文であっ

たのかはわからないが、蘭山を馬琴より浅才なりと評しながら、その蘭山の作品に北斎が筆を執ることがまあるのは、あるいは蘭山のこういった指示が、絵師にとってはまことに都合のよいものであったからかもしれない。もちろん、絵師と蘭山との問題は、それに出版書肆、土地、作風などから総合的に考えなければならないので、今は触れないことにする。

そのほか、漢籍の簡易目録『山路栞』（文政十年）、馬琴の後を受けて執筆した『新編水滸画伝』（二編より、文政十一年以後）、『唐詩選画本』五～七編（天保三～七年）などの著がある。

俳諧では、江戸座の宗匠馬場存義系の素月と親しく、『三国人名牒』（文化九年）、『伊呂波分俳言季引』（文政元年）、『俳字節用集』（文政六年）などの著作がある。俳号は宝雪庵か。素月は藤井氏、龍鱗庵、如鴎子などの号があり、蘭山の母方の叔父にあたる。『初すゝり』（文政五年）には「東都蕉門」と冠し、『俳言季引』の「切字証句」では守武・貞徳とともに、芭蕉や其角、支考などの蕉門の句が多い。特に芭蕉の句を多く採っており、蘭山のおおよその立場を知ることが出来る。また、『女古状揃園生竹』（文政五年）では、古状と言いながら、女今川とともに、加賀千代女や存義の母の文を載せるなど、俳諧味が溢れている。

門人としては特に見当たらなかったが、『改正増補江戸大節用集』（文久三年）の編者、中村経年は蘭山を指して「故蘭山子」と呼び（米谷隆史氏御教示）、明治期になっても蘭山と名乗って節用集類を出す人物はいたようである。

さて、その蘭山の伝記については、「日本古典文学大辞典」（以下「大辞典」）の次の解説が、簡にして要を得ている。

> 読本作者。名は伴寛、字は子思、通称は文左衛門。蘭山は号。別に哂我・宝雪庵の号がある。江戸芝皿子御組屋敷の与力。『名人忌辰録』によれば、天保九年（一八三八）十二月二十三日没、七十七歳。墓は東京都品川区上大崎の増上寺別院戒法寺にある（字は殆ど剥落するが、忌日の「十二月廿三日」の字は見える）。

しかしながら、この記述には以下の理由から若干の訂正と補足の必要があると思われる。まず、蘭山については『浮世絵類考』に、

名伴寛。字思明。通称文左衛門といふ。芝伊皿子御組屋敷与力高井鐵之助父也。或人云、原旗本某の用人なりとぞ。著述は教訓の書または有益の物多し。又読本のみを編述して草双紙合巻の作なし。

とある。これは『戯作者小伝』や『戯作者考補遺』(但し、原旗本某の用人というくだりはない)などの他資料にも同様に記述されていることから、基本資料だと思われるが、この『浮世絵類考』の記載から読みとれることは、

①蘭山は江戸芝皿子御組屋敷与力の鐵之助の父であったこと。
②蘭山自身は、原旗本某の用人であったとの説がある。

の二点であって、蘭山が与力であったとすることはできない。また、没年は『名人忌辰録』に拠らざるを得ないが、現在墓地とされる戒法寺でも「大辞典」に言うような墓誌は確認できなかった。ちなみに、何の資料に拠られたのだろうか、戒法寺を増上寺の別院とされるが、これも確認できなかった。戒法寺の長谷川岱潤御住職にお聞きしたところ、戒法寺は増上寺の下屋敷ではあるが、江戸期から現在に通じて別院であったことはないとのことである。現在同寺で発行される「浄土宗東照山　戒法寺」にも「増上寺下屋敷として現在に至ります」(「東照山　戒法寺史」)と記されている。要するに、こういう細かい点も含めて、蘭山の伝記については不明のことが多い。「大辞典」を含む従来の蘭山伝を若干訂正する必要性を感じるのである。江戸後期に現れ、雑文・雑著を著し、読本に筆を染めながらも合巻を書かなかった、馬琴とは一風異なる高井蘭山

とはいかなる人物であったのだろうか。

『浮世絵類考』の①記述から検討してみれば、この記述自体が曖昧でわかりにくい。ここからは、蘭山が芝皿子御組屋敷与力の高井鐵之助の父であったことだけはわかるものの、肝心の蘭山自身については何も触れられていないからである。ただ、蘭山自身が「大辞典」記載のように与力であったのだとして、その子供の鐵之助も親の職を継いだのだとすれば、果たして『浮世絵類考』①のような記述がなされるのであろうか。不自然であろう。また、それに続く②では、「原旗本某の用人」という異聞を記すが、かかる異聞が囁かれていること自体、蘭山自身の身分については当時から不明の部分が多かったと考えてよいであろう。蘭山の伝記は、まずこの与力であった鐵之助なる子供のことから検討することが、意外にも正統な手続きであるのかもしれない。

高井鐵之助の墓は、もとは芝伊皿子町大円寺にあったが、明治三十八年に戒法寺に改葬され、平成五年の調査段階では同寺に現存していた。その墓誌には、

月窓院義山良勇居士
　文化十三年戊子八月　高井蘭山三男　山本徳左衛門　二十八歳
固勝院鐵山宗助居士
　天保十三壬寅年九月　蘭山五男　山本鐵之助　四十三歳

とある。蘭山の三番目の子供とともに葬られているのであるが、ここで重要なことは、鐵之助なる人物は山本姓で記されていることである。墓誌には、鐵之助の妻と娘も記されているが、これもやはり山本姓であった。戒法寺にはこの鐵之助の墓とは別に高井蘭山の妻と長男の墓が残されているが、妻の方には「文政六年癸未年文月十八日　高井文左衛門伴寛妻」、長男亀之助の方には「高井文左衛門伴寛惣領　高井亀之助伴泰

行年二十一歳」とあって、こちらは高井姓である。その他、明治になって建立された「蘭山裔孫　高井累代碣」が、やはり戒法寺に先の山本家の墓と並んで残されている。

これらの事実を突き合わせれば、高井家と山本家とは非常に近しく、その頃何らかの事情で嗣子のいなかった山本家に、蘭山はまず三男を養子に出したが、早世したため、ついで五男の鐵之助を養子に出して山本家の家督を継がせたとするのが自然であろう。その山本家が与力の家であったのならば、先の『浮世絵類考』の記述とも矛盾はしない。すなわち蘭山自身は与力でもなんでもないが、息子の鐵之助は山本家の家督を継いで与力となったため、「芝伊皿子御組屋敷与力高井鐵之助父也」という曖昧な記述が生まれたと考えられるのである。しかしながら、どの資料に拠ったのか確認できなかったが「幕府書院番頭組与力高井伴昌の長男なり。或いは曰く、旗本某の用人也と」（『大日本人名辞書』）という記述もあり、高井蘭山の出自や身分については容易に断じるわけにはいかない。

ところが、戒法寺の長谷川岱潤御住職より、同寺に現存する過去帳について御教示頂いた。これは文政五年作成の過去帳に、そのあと何代にもわたって加筆されたもので、やや錯誤もあり、肝心の蘭山が記されていないなどの憾みはあるが、蘭山の伝を知る上での貴重な資料であることには異論がない。さらに、御住職みずからその過去帳の記載から蘭山関係のものを抜き出し、戒法寺に現存する墓誌を合わせて校勘されたお手紙を頂いた。長谷川御住職のご高恩に多謝しつつ、ここに掲げさせていただく（波線、筆者。以下同）。

法宣院鏡誉相圓大姉	享保十九年八月十四日	森半右衛門祖母
随縁院法誉各授居士	享保二十年三月二十七日	高井忠太
唯心院一相守法信尼	宝暦三年十月十九日	森半右衛門母
寶池院蓮誉妙生大姉	明和二年九月二十七日	高井伴次妻
教授院因誉貞圓大姉	寛政三年五月二十七日	平岡美濃守殿内

高井庄兵衛母
法進院因誉貞戒大姉　寛政八年一月十七日　高井庄兵衛妻
明山貞鏡大姉　寛政九年一月二十二日　高井庄兵衛娘・高井文左衛門
哀亮智愍童女　寛政九年一月二十三日　高井文左衛門娘　五歳
事敬院心誉儀端居士　文化元年三月二十九日　高井文左衛門　二十一歳
（筆者注、蘭山の長男か）
法雲院成誉妙順大姉　文化十一年四月十二日　高井松翁妻
高井半右衛門祖母
月窓院義山良友居士　文化十三年八月十二日　蘭山三男　山本徳左衛門二十八歳
暁夢童子　文政二年六月十三日　高井半右衛門子
法縁院戒誉忍精居士　文政二年九月十八日　高井庄兵衛　八十六歳
（筆者注、蘭山の父か）
（戒名不明）　文政六年三月十八日　高井文左衛門伴寛妻
（戒名不明）　天保九年十二月二十三日　高井蘭山　七十七歳
実山智光信女　天保十二年三月　山本鐵之助次女　十八歳
固勝院鐵山宗助居士　天保十三年九月　蘭山五男　山本鐵之助　四十三歳

この過去帳によって、波線部の記述から寛政三年に亡くなっている高井庄兵衛の母が、旗本平岡美濃守頼長の縁者であったことが知られる。また、蘭山の父の名は庄兵衛もしくは半右衛門のどちらかであると予想できる。そこで、『武鑑』を繙いてみると、

平岡美濃守頼長　父対馬守　三千石　〈御小姓組御番頭格〉
寛政三亥二月ヨリ　御用御取次
登城前逢日　三月十三日十八日二十五日
○かんだばし外
〈用人〉福井仁左衛門　山本五郎左衛門　弓削田丈右衛門　高井庄兵衛
〈頭取〉竹内藤十郎
〈取次〉天野甚兵衛　井手勇助　笠木良左衛門　森繁右衛門

（『文化武鑑』文化元年刊　御側衆の項）

とあり、果たして高井庄兵衛が御小姓組番頭格の旗本、平岡美濃守の用人であったことが確認できる。この高井庄兵衛が過去帳によって知ることの出来た蘭山の父であろうか。このことは先に紹介した「幕府書院番頭組与力高井伴昌の長男なり。或は曰く、旗本某の用人也と」（「大日本人名辞書」）の記述に内容的に近いのみならず、『浮世絵類考』の②の「原旗本某の用人」という異聞の方に、蘭山の正体を求める必要性を示唆している。蘭山は本当に従来の解説にあるような江戸芝伊皿子組屋敷の与力であったのだろうか。ともあれ、高井庄兵衛なる人物が旗本の用人であったことは指摘しておきたい。

さらに『武鑑』を繰っていけば、文化十一年に高井庄兵衛の名が消える。代わりに高井半右衛門なる人物が「取次」の項に記される。この半右衛門なる人物は先の過去帳には二度、その名が見える人物である。この時期は主家の平岡家が頼長から頼暢に代替わりし、人事異動があったので、高井の動きがわかりにくいが、次の三つの事情が予想できる。

（A）庄兵衛は文政二年に八十六歳で亡くなっているので、この文化十一年の時期には高齢のために引退したことは大いに考えられる。また、蘭山もこの時は五十一歳であるので、あるいは代替わりがあったのだろうか。とすれば、この半右衛門は蘭山を指すことになる。

（B）文化元年版『武鑑』に記される高井庄兵衛自体が蘭山のことで、文化十一年の主家代替わりで改めて記された際に、今度は半右衛門として記された。

（C）文化元年版『武鑑』に記される高井庄兵衛自体が蘭山のことで、文化十一年版に記される半右衛門は、蘭山の子供である。すなわち蘭山自身が文化年間に引退して家督を譲った。

『武鑑』という資料の性格上、この三つの予想のうちのどれかに即断することはできない。ただ、高井家の名が次に『武鑑』に見えるのは文政五年版であって、そこにはやはり〈取次〉の項に高井庄兵衛とある。『武鑑』が必ずしも正確に代替わりを記載するものではなく、時間的なずれのあることを承知した上でも、この文政五年は蘭山の父と思われる高井庄兵衛は没していて、それまでの『武鑑』で一度庄兵衛の名が消えてからの再登場であることを考えれば、文政五年版に見える庄兵衛は代替わりを果たし、新たに庄兵衛を襲名した人物と見なければならない。その役職名が文化十一年版に見える高井半右衛門と同じであるので、この新しく庄兵衛を襲名した人物が半右衛門であることになる。加えて墓誌に「高井文左衛門伴寛」とあり、蘭山は文左衛門であって、半右衛門ではない。とすれば、〈C〉の考え方が有力ではないだろうか。すなわち、蘭山も庄兵衛を名乗り旗本の用人を務めていたが、文化年間に引退し、半右衛門に家職を譲り、その半右衛門もやがて庄兵衛を襲名した、という事情がもっとも自然であろうと思われる。意外にも蘭山は御小姓組番頭格の旗本、平岡美濃守頼長の用人であり、『浮世絵類考』の言う「原旗本某の用人」という異聞の方が蘭山の正体ではなかっただろうか。その引退時期も文化年間であるとすれば、蘭山が立て続けに読本を執筆し始めた時期とも符合する。蘭山は読本の執筆が面白くなり、用人の仕事を引退し、執筆業に専念したものと思われる。

ちなみに、新しく庄兵衛を名乗った人物は蘭山在世中に『武鑑』から名前が消えている。ここに『浮世絵類考』の言う与力高井鐵之助の父という記述が生まれる要因があったと思われる。旗本の用人であった事実は、いかなる事情からか新庄兵衛が用人を辞めたことにより蘭山在世中より忘れられ、養子に出した鐵之助という与力のことだけしか知られていなかったのではないだろうか。

蘭山自身は「伊皿子隠子高井蘭山」（天保三年『画本服膺孝語』序文）と記すに過ぎないが、文政元年版『江戸当時諸家人名録』に、

雑学　蘭山　名伴寛　字思明　江戸人　芝伊皿子台町　高井文左衛門

と記されているので、とにかく文化年間には職を辞し、市井にあって雑学と著述をもっぱらとしていたようである。その著述に専念する前が、本稿で推定したように旗本の用人であったか、従来説かれるように芝伊皿子の与力であったかどうかは、直接にその執筆活動に関わるものではないが、蘭山というやや特異な読本作者の問題を考える上で看過できない問題も含んでいよう。今後の新資料の発掘を期したい。

本稿をなすにあたり、長谷川岱潤氏、佐藤悟氏、服部仁氏にお世話になった。末尾ながらここに謝辞を述べたい。

『読本仕立敵討闇夜烏』をめぐって

佐藤　至子

はじめに

文政三年刊・東里山人作『読本仕立敵討闇夜烏』という合巻がある。「爰に一奇談の敵討あり。これ阿染久松が故縁にして、知人古今に稀なり。其事跡を種として。院本は成れるものなり」（自序）というように、演劇で知られたお染久松ものの原話という形をとった敵討物である。内容を簡単に紹介する。

商人鏑屋太兵衛の娘お米と丁稚いさ松が恋仲になり、駆け落ちする。お米に一目惚れして入婿しようとした武士・かまがや真四郎は、二人の駆け落ちに怒って太兵衛夫婦を殺し、お米いさ松を匿った文小平も殺す。その後、真四郎は恋ヶ窪の遊女きせ川（小平の娘）を身請けしようとし、きせ川の恋人ばん吉を殺す。お米・いさ松・きせ川・お米の下女でばん吉の妹お杉の四人は、力を合わせて共通の敵である真四郎を討つ。

図『読本仕立敵討闇夜鳥』5ウ6オ（東北大学狩野文庫蔵）

ところで、書名の角書に「読本仕立」とあるが、この語はどのように解釈すべきだろうか。確かに冒頭の見開き（5ウ6オ＝図）は文字が多く、中本型読本に似通う紙面であって、「読本」的とも言いうる。しかし、こうした紙面はここだけのものである。では、内容面には何か「読本仕立」に関わるものがあるのだろうか。

「近頃はやりの似づらなしに、古風めかした敵討ち」（21オ）との言が示すように、本作は一人の悪人（真四郎）が複数の人物の仇敵となる敵討物である。お染久松の名を借りつつも、番頭善八の横恋慕や歌祭文の場面など芝居でお馴染みの要素はなく、役者似顔絵も用いられていない。目に付くのは、登場人物の行動や事態の推移がしばしば因果論で説明されている点である。

（真四郎が武士の身分を捨て町人に婿入りすることへの評言）あだなる色に迷ひしはこれも宿世の因縁なるべし　（7ウ）

（太兵衛夫婦の殺害を知ったいさ松の言）嘆きに沈みしお米をいさめ「これも宿世の因縁なるべし。

かくなりて如何に嘆き悲しむとも、その甲斐無きは無常なり（以下略）」（17オ）
（小平が殺された後、お米いさ松ときせ川が嘆く）きせ川も我が身の上をつばらに物語して、因果同士の寄り合と、皆落涙なすその折から（22ウ）
（父ほう作が死んだと思い、いさ松が嘆く）今日一日早くばか丶る非業の死はとげさすまじきに、折悪しき我が身の病気、これもやっぱり道ならぬ不義いたづらが身に報ひ、か丶る嘆きを見ることかと先立つ涙（25ウ）
（真四郎が討たれる場面）ついに身の報ひの逃れ難くして恨みの刃受け止めかね、はかなき最期をとげたりける（30オ）

このように、作品全体を通して因果論が強調されている印象があるが、東里山人の合巻や人情本には、登場人物の運命などを因果論で説明しながら進めていく作例が少なくない。本作も彼のそうして作風から外れるものではなく、つまり、この点をもって特に「読本仕立」と称したとは考えにくい。

しかし、殺人から敵討ちに到る展開に因果論をからませ、お染久松という演劇種の素材を用いながら芝居がかりの場面を設けず、文章にも絵にも芝居ふうの表現が見られないこと――即ち、歌舞伎的な見せ場を作るよりも、起伏のある筋立てを提示してゆくことに重きが置かれている点は、作品の読み物性が強められているという意味で、「読本仕立」の称にあてはまると考えてよいのではないか。この当時、合巻で「何々仕立て」と言えば直ちに想起されたのは柳亭種彦の『正本製（しょうほんじたて）』であろうが、『正本製』は役者似顔絵や舞台面を描いた絵を作中にふんだんに配し、視覚的表現に拠るところの大きい作品である。「読本仕立」は、『正本製』に対して読み物性の強い作品であることを強調するための言だったと考えることもできるのではないだろうか。

本節では、この『敵討闇夜烏』を糸口として、次の二点に言及したい。一つは、この作品と同時代に、何らかの形で「読本」を称している合巻がいくつかあるが、それらにおいて「読本」の意味するところはどのようなものかという問題である。これによって『敵討闇夜烏』の共時的な位置づけが明らかになると思われる。もう一つは、『敵討闇夜烏』と同じく「お染久松」を扱った文化—天保期の作品を分析し、『敵討闇夜烏』の通時的な位置をはかることだが、特に馬琴の読本と合巻に本作を対照させることで、ジャンル及び作家による作風の違いを幾分でも明らかにできればと思う。

文政初年前後の合巻における「読本」

『敵討闇夜烏』以外の文政初年前の合巻で、何らかの形で「読本」と称している作品には、管見の範囲では次のようなものがある。

○式亭三馬『艶容歌妓結（はですがたおどりこむすび）』（文化十四年刊）。1オ、4オ、35ウに「読本新工夫」と記している。三馬は先立つ文化五・六年に読み物性の強い合巻をいくつか発表し、合巻と中本型読本の中間的作品『昔唄花街始』（文化六年刊）では「読本新工夫」「国字小説」をうたっている。しかし、文化五・六年時の作品にはジャンルとしての読本を意識した紙面構成が見られたのに対し、『艶容歌妓結』の絵・文の形式は通常の合巻に等しい。ここで言う「読本新工夫」は文化五・六年時と同じ意味ではなく、「読本」は広く読み物の意味で用いられているように思う。

○種彦『国字小説三虫拇戦』（文化十三年成・文政二年刊）。角書「国字小説」には「かなかきよみほん」と振り仮名がある。表紙は摺付表紙だが、外題は左肩に題簽の形で記されており、中国風の美人図や漢詩を添えた口絵、巻末の署名の形式などにも読本の模倣が見られる。本作はもともと読本として構想された作品だったが、[*1] 合巻として発表された際にこのような意匠が用いられたということは、読本の形式を真似ること自体が重要な趣向だったと考えられるのである。ちなみに文章も、それまでの種彦の合巻の多くに用いられている、口語風の台詞とト書き風の地の文を連ねた文体ではない。

（旅宿で女中と武士が会話をする場面）宿の女、訝しげに「さきには女中と三人にて泊まり給ふと思ひしが、いづちへかゆき給ひし。その女中の手に提げて来り給ひし菅笠も、こゝにあり」とて、出すを見れば、最前、船へ忘れたる我が菅笠に紛れなし。太郎いよ〳〵合点ゆかず、「して、その女の年頃は幾つばかり」と問ひければ

（26オ〜26ウ）

本作には書入の台詞も見られない。このように従来の芝居がかりの合巻とは異なる文体が選ばれたことも、この作品がそれまでの作品とは違うことを示す一環であったと考えられる。種彦は、文体を物語の内容や作品の指向性に合わせようとする作家であった。例えば『水滸伝』の翻訳合巻『国字水滸伝（かながきすいこでん）』に携わっていた時に、笠亭仙果に次のように書き送っている。

京山子の訳のところあまり本朝の俗語多く、水滸伝らしくなきといふ評判なり。（略）十一編よりは、今少し真面目なる文章のかたがよかるべく存じ候。しかしかたくてもゆかず、御見はからひなさるべく候。（略）どうで水滸を仮名でそのまゝには書け不申。書いたところがそれでは売れず。（略）唐本を見たる人が絵ざうしは読ず、よし読みたりとも千人に一人なり。唐本はこんなものかと、ごまかしておけばそれでよし

（天保二年二月一日笠亭仙果宛書簡[*2]）

「唐本はこんなものかと、ごまかしておけばそれでよし」と言いながら、文章が「水滸伝らしくなき」ものになることを気にしている。こうした種彦の感性からみて、『三虫拇戦』の俗にくだけない文体も読本らしさを醸し出すために選択されたものと考えられる。

本書の巻末には「〇もし此さうし、幸ひにして世に行はる、こともあらば、いんぐわ物語。くわいだん。むへんはなし。のたぐひ年々に出板すべし。表紙に国字小説としるし巻末に永寿堂の印あるをしるしとして、もとめ給はんことを願ふになん」とあり、本作以後、「国字小説」の名の下に因果物語・怪談・武辺咄の合巻化が構想されていたらしい。従来の芝居がかりの合巻とは別の方向が模索されていたのであり、本作に見える読本臭は、新機軸の作品であることを明示する演出であったと思われる。

〇種彦『二箇裂手細之紫』（文政二年成・文政三年刊）。16オは新内稽古本を模した意匠で、書名の脇に「仮名よみ本」と書き添えている。物語は宝物詮議の顛末に蘭蝶此糸とお亀与兵衛をないまぜたもので、いわゆる情話物の範疇にある。口語風の台詞を連ねる文体を用い、表紙に芝居の紋番付を模し、口絵には浮世草子風の絵を配するなど、『三虫拇戦』とは趣が異なる。「仮名よみ本」の語は、平仮名書きの――平易な読み物という程度の意味に解しておきたい。

〇種彦『忠孝両岸一覧』（文政五年刊）。本書も1オに新内稽古本を模した意匠で書名が記され、「細字読本」とある。新内「菊の井小七」に取材した情話物で、口語風の台詞を連ねる文体が使われている。「読本」の解釈は、『二箇裂手細之紫』のそれに準じてよいだろう。

以上、管見の範囲では種彦の作品に偏っている印象があるが、鈴木重三氏はこれら以外の種彦作品も含めて、この頃の彼の合巻が従来の歌舞伎趣味から方向を変え、「末期洒落本か、初期人情本の情緒と通じるもの」を持つようになってきていると指摘している。[*3]『艶容歌妓結』のように「読本」を称していても芝居離れをしていない作品もあり、「読本」にこめられた意味は一様ではない。が、全体の傾向としては、そうした芝居離れ（厳密には舞台描写離れ）の指向と、「よみ本」の称に象徴される読み物性の強調はパラレルであるという印象を受ける。また、『敵討闇夜烏』の例を顧みれば、そうした読み物性の強調と芝居離れの結びつきは、種彦作品に限ったものではなく、この頃の合巻に生じはじめた一傾向だったのではないかとも推測される。例えば「読本」の語は見えないけれども、東西庵南北『蝙蝠羽織昔通人』（文政二年刊）には、「これまでの前編三冊には、いつもの如く芝居の狂言の如く絵組を表し候へども、これより後編には実録の如く文談を綴りぬれば、絵組も又それにならふたり」（15ウ）とある。この作品は小雛半兵衛の名を借り、宝物詮議と敵討を主軸としたもので、前編は武家屋敷を主な舞台に物語が展開し、割り台詞の会話文や登場人物が見得をきっている絵など「芝居の狂言の如」きものが見られる。一方で、「実録の如く」という後編には絵のない丁もあり、前編のような芝居がかりの描写はない。ここでは、芝居がかりの表現を離れることが一つの趣向と考えられていると言えるだろう。

横山邦治氏は「〝読本〟考」において、「化政期の読本最盛期になると（略）色々な雑著に〝浮世草紙〟〝浮世本〟の語が出はじめたのは、浮世草子と読本の違いが何となく一般にも意識され始めたからであろうが、〝読本〟の語を現在的意味で浮世草子と区別して用いることは、ほんの三四十年前までは八文字屋本を〝読本〟と呼んでおり、それを新傾向の〝国字の稗史〟を呼ぶに援用したのも記憶に新しいことであってみれば、厳密にはなかなかできなかったと思われる。そしてこういう〝読本〟の語の巾広い用法は幕末まで続いていたのである」と述べている。[*4] 本稿で述べてきた、合巻における「読本」の用例も、その「巾広い用法」の一端ということができよう。

なお、この時期の合巻に読み物指向の作品が出てきたことと、文化十四年に華美な装丁が禁止された、いわゆる「合巻絵草紙一件」とは、直接には関係がないと思われる。鳥居直子氏は、文政元年の合巻に黄表紙的な作風のものが多いことについて「板元側が『昔の草双紙之形』という達しに内容も合わせたもの」と推測している。[*5]『三虫拇戦』が文化十四年の成立であることからしても、合巻絵草紙一件が種彦の作風に影響を及ぼし、読本風の合巻を作らせたという仮説は成り立たない。佐藤悟氏は本作の刊行が文政二年となった事情について、種彦が身分を憚ったためであると推察している。[*6]

馬琴の読本と合巻における「お染久松」

前段で、文政初年のいくつかの合巻では「読本」の語が「読み物性の強い作品」といった意味で用いられ、作品によってはジャンルとしての読本の形式(スタイル)が意識されていることを述べた。次に、同時代の「お染久松」ものの戯作との比較に移りたい。まずは馬琴の読本と合巻について確認しておく。

馬琴合巻における読本との作風の関連について、水野稔氏は次のように述べている。[*7]

それは結局「絵組の合巻、趣向は読本」(文政五年『月夜吉阿玉之池』)というように、合巻形態のなかに読本らしい内容を盛ることを目標に進んで来て、ついには長篇合巻の試みに到達しなければならぬ歩みであった。したがって、馬琴合巻の本質は、読本と切り離しては考えられない。これまでにも、必要に応じていくらか触れたこともあったが、馬琴読本におけるテーマの追求や方法と、合巻におけるそれとの対比・交渉などについては、別に細密に考察されなければならないのである。

以下、『敵討闇夜烏』と同じ「お染久松」を扱った馬琴の読本『松染情史秋七草』(文化六年刊)と合巻『膏油橋河原祭文(あぶらばしかはらさいもん)』(文政六年刊)を比較してみたい。まず、それぞれのあらすじを、お染・久松の二人の顛末を中心にまとめておく。

○読本『松染情史秋七草』

南北朝時代、和田氏の娘秋野姫と、楠正儀の孫操丸は互いに顔を知らぬ許婚同士である。争乱の後、二人はそれぞれお染・久松と改名して世を忍ぶ。山家税平は、お染の養父油屋丹五兵衛が実は楠の残党であるのを知り、公表しない代償としてお染との縁組を強要する。久松は久作と別れ苦難するところを丹五兵衛に救われる。丹五兵衛は税平を退けるため、お染が久松と密通して懐妊したという噂を祭文を使って世間へ広める。二人は捕らえられ、絶体絶命となるが、互いの守り袋から本当の許婚同士であることがわかる。丹五兵衛の実子染松に助けられ、表向き情死したことにして逃げた二人は、油屋の番頭是非八によって川へ投げ込まれるも毘沙門天の功徳で助かる。税平は実は楠氏の旧臣百済右衛門義包であると名乗り、お染が町人に嫁がないよう、自分が婿入りしようとしたと明かす。操丸と秋野姫の間に生まれた楠七郎は後に活躍し、史書に名を残す。

○合巻『膏油橋河原祭文』

　里杉片次郎は、かつて自分が仕えていた商家吉水屋の窮状を救おうと、息子妻之助を吉水屋十五右衛門の娘お秋の許婚にする。応仁の乱の後、両家は離れ離れになり、十五右衛門は油屋に婿入りし三五兵衛と名乗る。お秋はお染と改名、丁稚久松と関係を持つ。久松は実はかつての妻之助であるが、お染と真の許婚同士であることを知らず、不義を悔いて自害する。お染は尼となり、染松を生む。

「お染久松」は、浄瑠璃『袂の白しぼり』『染模様妹背門松』『新版歌祭文』などで知られた題材である。この、商家の娘が丁稚と恋に落ちて共に死ぬという物語に対する馬琴の所感は、『松染情史秋七草』自序の「久松以二一豎児一ヲ奸二シ于主家ノ女一ニ。妨ゲ二其ノ婚期一ヲ。遂ニ至ルスハ三情急ニ勢ヒ迫リ相倶ニ枉二死スル于庫中一ニ。則チ是レ不義不孝之大ナル者」という一節に示されている。馬琴はこれまで「お染久松」を作品化しなかった理由として、こうした不義不孝は戒めとすべきものでこそあれ、あえて作品に取り上げる必要はないと考えていたと述べ、本書における「お染久松」の扱いについては「只阿染久松が奇耦をいはんとて。姑く楠氏の名を借るのみ。夫艶曲演戯の誨淫猥褻なる。小説者流は取らず」（自序）と記している。

　それでは、『松染情史秋七草』において「お染久松」の顛末はどのような形で取り入れられているのだろうか。本作では、史書に伝えられていない南北朝時代の歴史の隙間に秋野姫と操丸という人物を虚構し、二人が町人に身をやつす展開にして、「お染久松」の世界へ繋げている。お染（秋野姫）と久松（操丸）の密通が祭文で広められるところなど、芝居で知られた要素が巧みにはめ込まれているが、二人の密通は税平の婚姻を退けるための方便で、不義に見せて実は不義ではないものになっている。このように、「お染久松」の顛末は「誨淫猥褻なる。小説者流は取らず」という主張が貫かれたものへ作り変えられている。

一方の合巻『膏油橋河原祭文』では、「お染久松」はどのように扱われているだろうか。読本と合巻の共通点として、二人がお染・久松の名で出会う前から実は許婚の関係にある点、許婚でありながらそれと知らずに巡りあう点、祭文の文句取りなど、芝居趣味を（その強弱は異なるにせよ）織り込んでいる点をあげることができる。ちなみに登場人物の名前にも共通するものがある。お染の元の名は、読本では秋野姫、合巻ではお秋。また、読本ではお染久松の情死と見せかけて実際に死んだのは丹五兵衛の息子染松であり、合巻ではお染と久松の子が染松と名付けられる。

合巻が読本と大きく異なるのは、「作者曰（略）この合巻は始めより皆町人のみにて、武士は一人も無し。江五郎も浪人にて偽侍也。これも新手と評判〳〵」（28ウ）とあるように、物語が全て町人の世界で展開されている点である。また、読本ではお染久松が不義の関係にならず、最終的に本来の秋野姫・操丸に復して生き延びるのに対し、合巻では二人が不義を犯し、久松は自害、お染は出家する。このように結末にも違いがある。

合巻ではなぜ、お染久松がこのような運命を辿るのだろうか。本作では、二人の悲劇は彼らの親たち――久松の父久作（里杉片次郎）・お染の父三五兵衛（吉水屋十五右衛門）・妻斧柄の名聞欲の報いとして位置づけられている。久松が死んだ時の久作の述懐は次のようなものである。

（久作の台詞）「つらつら思へば我が悪業、古主へつくす誠は名聞、その娘御を嫁に取り、我は目上に立たんとせし、その過ちより只一チ日に家をも蔵をも失ふて（略）許婚之夫婦とも知らで倅は不義の咎、逃れ難しと覚悟の自害」（29ウ）

三五兵衛・斧柄も、子供たちの不幸は自分たちの悪業が招いたものであるとして、同じように悔やむ。お染久松が実は許婚の仲でありながら、それと知らず主人の娘と奉公人の間柄になり不義を犯してしまうことや、その不義は実は不義ではないはずなのに、そのことが気づかれず悲愴な結末を迎えることについても、「親の因果が子に報ふ」（30ウ）という因果応報の論理で説明されている。また、本作はこのように悲劇で終わるために、物語の結びの文句は合巻の慣例である「めでたし〱」の祝言ではなく「されば名聞は好むまじきことなりとぞ」という戒めの言葉になっている。つまり本作は、読本において避けられていた「不義不孝」が描かれつつ、因果論に基づく悲劇的な結末によってその「誨淫猥褻」が否定されるという構造になっている。

読本と合巻のこのような違いは、それぞれの物語世界の違いを反映したものであると考えられる。読本は、楠氏の末裔の物語として構成されていた。すなわち冒頭で楠正儀について「正儀のこと。虚実おぼつかなし。しかれども。細々要記。桜雲記。足利治乱記等に。正儀が足利家への降参を載たり」と史書を引き、正儀の子・正元が南朝の劣勢を知り、楠氏の血筋を絶やさないために家臣津積窪六に息子操丸を託し世を忍ばせるという虚構へ導入した後、結末で秋野姫と操丸の間に生まれた楠七郎の後日の活躍に触れ、「楠七郎の事は。桜雲記。鎌倉大草紙等に見えたり」として、ふたたび史実へ立ち戻っていく。二つの史実の間に虚構の世界が構築されているわけだが、それは言い換えれば、虚構された物語——その登場人物である秋野姫と操丸に、楠正儀と楠七郎という二人の史的存在を結びつける役割が負わせられているということである。毘沙門天の功徳という超自然的な力によってまでも二人を生き延びさせ、ましてや「不義不孝」などは犯させない設定になっているのは、馬琴が彼らに「名家良将（めいかりやうせう）の御子孫（ごしそん）」（巻之五下）としての物語的使命を与えているからではないだろうか。

一方で合巻は、物語があくまで町人の世界の中で展開され、読本のような歴史的枠組みは持たない。そこで物語を構成する柱として選ばれたのが、因果応報の論理であったと考えられる。しかし「お染久松」の「誨淫猥褻」を否定する姿勢が物語に貫かれている点は、読本と同じであり、馬琴の読本と合巻における思想的共通性の一端を見ることができる。水野氏も引用しているが、馬琴合巻には「絵組は合巻、趣向は読本、そこで筋が細かいゆへ、筆耕甚だくど山にて、見る人〳〵の徳用向」（文政五年刊『月夜吉阿玉之池（つきよよしおたまがいけ）』巻末）、「はちの木下編　当風合巻絵入物之本全六冊」（文政九年刊『姫万両長者鉢木』下編見返題）、「丁数がつまつた故、白女の高論を書き残されたとよ。読本にしてたつぷりと聞かぬが残り惜しいじやないか」（文政十三年刊『代夜待白女辻占（だいやまちしろめのつじうら）』巻末）等の記述があり、合巻を読本に準じるものとする考えが端的に示されている。

『膏油橋河原祭文』は、物語構成の面から見ても、「お染久松」を扱った他作家の合巻とは異なっている。これも又、この作品の「読本らしさ」に関係するのであるが、では他作家の合巻はどのような構成になっているのか。

お染久松ものの合巻

これまで調べ得たお染久松ものの合巻は、以下の通りである。

①文化七年刊・山東京山『誂染劇模様（あつらえぞめかぶきもよう）』
②文化十二年刊・東西庵南北『天岩戸初日門松（あまのいわとはつひのかどまつ）』
③文化十二年刊・京山『正月八百屋門松（むつまじつきやおやのかどまつ）』
④文政二年刊・東里山人『敵討闇夜烏』
⑤文政六年刊・馬琴『膏油橋河原祭文』

⑥文政八年刊・京山『春小袖門松模様』
⑦天保六年刊・式亭小三馬『歌祭文縁連弾』
⑧天保十年刊・京山『娘評判記四編』

この他、文政二年刊・種彦『正本製四編』と天保十一年刊・三亭春馬『仙女香七変化粧』が管見に入ったが、これらは上演された歌舞伎の内容をあてこむ要素が強い作品であるため別とする。各作の梗概は繁雑になるので掲げないが、典拠との関わりについて述べておくと、①⑧には『染模様妹背門松』に見えるお染の兄と遊女の恋愛の筋が取り入れられ、①②③⑦には久松を武家の出身とする『新版歌祭文』の設定が踏襲されている。

それよりも注目されるのは、②④⑥は敵討物、①②③⑥⑦⑧は宝物詮議の筋立てを持つというように、ほとんどの作品が物語の中心に敵討か宝物詮議（あるいは両方）の筋立てを据えていることである。これらにおいては、久松を武家の出とし、紛失した宝物を詮議するため油屋へ丁稚奉公する設定にしているものが多い。しかし、本稿で取り上げてきた④と⑤は、他の六作とは異なり、宝物詮議の筋立ては取り入れられていない。さらに⑤は敵討物でもない。敵討や宝物詮議は、物語を進める枠組みとして多くの合巻で使われてきたが、⑤は、こうした言わばありきたりのプロットを採らず、前述したように因果応報の論理を物語の中心に据えているのである。

ところで④もまた、作中でしばしば因果論に言及していた。しかし④と⑤を比べると、因果論の扱い方は大きく異なっている。⑤ではお染久松が実は許婚の関係にありながら、親たちの因果の報いで悲劇的結末を迎えるのだが、④ではお染久松（お米いさ松）が不義を犯しながらも、その報いを受けるわけではなく、⑤とは対照的に「皆々めでたき春を迎へけるもまためでたし」「お米夫婦、これよりほう作を家に留めて孝行を尽くしけるも、いとめでたし」という結末を迎える。この祝儀的結末は敵討の成就によってもたらされたものであり、つまり④では、敵討物の枠組みが因果論よりも優先されているということになる。④に、いさ松が父ほう作の死を知り、我が身の因果を感じる場面があるが、後にこのほう作の死は、いさ松に敵討を決意させるための方便であったことが明かされる。

（ほう作の台詞）大それた御主人のお娘御様と不義いたずらの罪より起こり、太兵衛様ご夫婦もはかない御最期、又金沢の里にて文小平殿の災難、ア、かれもこれもみな倅めが悪事より起こると思へば、夜の目も寝られず、もとより惰弱な身を以て敵討はア、おぼつかなひと思ひつめての一つのはからひ。此ほう作もとも（ママ）真四郎に殺されたと言わば、よもや打捨ておきはせまひと村中の人様を頼み、我が子を欺き、殺されたと言わせしも、大恩受けし御主人の敵を討たせて、草葉の影にござなさる太兵衛夫婦へ、このほう作が申し訳（30オ～30ウ）

いさ松とお米の仲が不義とされ、二人の関係が親の太兵衛と文小平殺しを招いたことは認められながら、すなわち「不義不孝」が明らかにされながら、その「不義不孝」の報いは敵討の成就によって精算されている。敵討物の枠組みが祝儀的結末へ連動しているのである。また、①②③⑥⑦⑧では、最後に紛失した宝物が戻り全て丸くおさまることで物語はめでたく終わっている。いずれにせよこのような結末のつけ方は、三馬が自作合巻にしばしば記した「赤本の終りと春の始りはいつもかはらずめでたし〳〵」との言に象徴されるように、そもそも草双紙—合巻の常套であった。つまり④は、視覚性よりは読み物性に重きが置かれているという意味で「読本仕立」ではあるが、物語構成の上では草双紙—合巻の伝統的構成法に則っており、その意味では他のお染久松ものの合巻から抜きんでるものではないということになる。

おわりに

合巻『敵討闇夜烏』の共時的・通時的な位置づけという視点から、「読本仕立」の「読本」の意味合いをはかった。読み物性を強調する文政初年の一部の合巻の動きは、合巻が常に「新しさ」を打ち出そうとする性格のジャンルであることを改めて感じさせるものである。

『敵討闇夜烏』の場合、その「読本仕立」の謂、すなわち読み物性は、物語に因果論を導入することで確保されたのであるが、同素材の馬琴合巻『膏油橋河原祭文』における因果論と比較するとき、その不徹底感は否めない。水野氏は馬琴合巻の本質を読本と切り離しては考えられないと指摘し、因果論を両ジャンルに共通する要素の一つとして掲げている。[*8]『膏油橋河原祭文』は因果論を徹底した結果、祝儀的結末という「合巻らしさ」を手放した。同時にそれは「読本らしさ」の獲得でもあった。

前に、東里山人の合巻にも因果論を用いたものが少なくないと述べたが、実のところ、それらにおける因果論の不徹底は『敵討闇夜烏』のそれと大同小異である。例えば文政二年刊『薄雪佐宇紙』では、「因果応報の理（ことはり）を述て。臨命終時不随者（りんめうしうじふずいしゃ）の了解（さとり）を示す」と序文に記しながらも、本文では全く因果論にふれていない。また文政三年刊『菊累配羽觴（きくがさねくばりさかづき）』・文政八年刊『其俤錦絵姿』・文政十年刊『三日月太郎物語』では、登場人物の被る悲劇や悪縁を「前世の因果」「因果同士の寄り集まり」などと表現しながら、「前世」や因果の「因」に関する具体的な記述が無いか、乏しい。馬琴合巻を一つの極として、因果論が「読本」的世界の構築に資すると考えるなら、東里山人の合巻のそれは底が浅く、「読本」的世界からは遠いということになる。

しかしそのことと、合巻のありかたとしての良し悪しとは別の話であろう。東里山人の合巻においては、「読本」と称することも、因果論を中途半端に標榜することも、単に作品に彩りを添えるための趣向の一つだったのかもしれない。つまりこれらの作品は、因果論の不徹底を理由に消極的に評価されるべきではないだろう。東里山人の合巻において核となるものは何か、また合巻の評価基準に何をおくかという問題は、いずれ稿を改めて論じることとしたい。

注

＊1――文化八年刊の種彦読本『勢田橋竜女本地』の巻末に広告されている読本「譬喩三車伝」が、広告文の内容から『三虫拇戦』の原型と想像される（佐藤悟「柳亭種彦草双紙書目稿」「近世文芸」昭和五十八年五月）。

＊2――佐藤悟「柳亭種彦書簡集」（『近世文芸俯瞰』長谷川強編、平成十年、汲古書院）による。

＊3――鈴木重三『合巻について』（大東急記念文庫文化講座シリーズ九、昭和三十六年）

＊4――横山邦治「〃読本〃考」（『近世・近代のことばと文学』真下三郎先生退官記念論文集刊行会編、昭和四十七年、第一学習社）

＊5――鳥居直子「『合巻絵草紙一件』考」（「近世文芸研究と評論」平成八年一月）

＊6――佐藤悟「柳亭種彦草双紙書目稿」（注1前掲論文）

＊7――水野稔「馬琴の短編合巻」（『江戸小説論叢』昭和四十九年、中央公論社）

＊8――水野稔「馬琴の短編合巻」（注7前掲論文）

印刷所の出版活動

――稗史・同益・金玉出版社の場合――

磯部　敦

1

明治十五年初頭、活字翻刻本の予約出版を引っ提げて出版界に名乗りを上げた出版社があった。東京稗史出版社である。そしてそれに続けと言わんばかりに同年に東京同益出版社、明治十六年には東京金玉出版社が同じく活字翻刻本の予約出版で活動を開始する。活字翻刻本なる一群は、江戸期の読み物が活版で翻刻出版されたもので、従来の文学史では全くと言ってよいほど相手にされず、装丁の粗雑さや量の多さとも相俟って雑本のレッテルを貼られてきた。以下、本稿ではこれら活字翻刻本を出版史の資料として扱い、先の三肆を中心に論じる。

この三肆に共通する事項として指摘し得ることの一つは、活字翻刻本から出発しているということである。東京稗史出版社は『夢想兵衛胡蝶物語』『南総里見八犬伝』『椿説弓張月』、東京同益出版社は『俊寛僧都島物語』『絵本太閤記』『絵本通俗三国志』『絵本太平記』、東京金玉出版社は『松浦佐用姫石魂録』『絵本西遊記全伝』『絵本曽我物語』『小栗外伝』『風来六々部集』。そして共通事項の二つ目は、これらがほぼ似たような造本形態を持つということである。半紙本で木板の前付け、清朝活字を使用し、原本を意識した美麗な版面といった具合である。そして三つ目は、予約出版方法を用いており、何れも活動の絶頂期が明治十五年から十七年にあるということである。本稿は翻刻本の造本という視点から、先の三肆の出版活動を考察するものである。

なお、東京稗史出版社の営為を流通という視点から考察した拙稿も併せて参照いただきたい。*1

2

本節では、装丁面から活字翻刻本を概観する。

予約出版方法を用いて活字翻刻本を出版したのは、石井研堂が述べるように東京稗史出版社を以て嚆矢としてよいようだが、*2 活字翻刻本は明治十四年の初め頃から出現していた。

当初は中本か半紙本の和装本で、四六判ボール表紙の洋装本が登場するのは明治十七年頃からである。ただしこの変遷は線的なものでなく、和装洋装が混在する状況をみせている。活版印刷が注目される明治十年代ではあるが、例えば『大岡政談村井長庵調合机』（大川錠吉・明治十四年六月十四日御届）や『絵本復讐岩見英雄伝』（前川善兵衛、岡田茂兵衛、岡島真七・明治十九年八月九日出版御届）などが木板で刊行されており、江戸時代の板木を使用して刷った絵本もある。また袖珍本型の銅版絵本も数多く刊行されており、ハード面の混在はここにも指摘し得る。

半紙本型和装本の装丁の多くは読本然としたものである。東京稗史出版社の場合、黄土色無地の表紙に「東京稗史出版社之章」や乾坤一草亭の型押もみられる。また東京稗史出版社や東京同益出版社、法木徳兵衛らの発兌になる翻刻本は、奉書に木板色摺りの口画や序文を有する。見返や前付を備え、版面は板本に倣っている。こういった半紙本型和装本の翻刻本の中には、分冊刊行された雑誌の別製本も見受けられる。例えば滑稽堂版『頼豪阿闍梨怪鼠伝』は、当初今古実録風の分冊雑誌であったが、[*3] 後に前後編二冊に纏められた（明治十五年九月二十六日翻刻御届／明治十六年三月十四日別製本御届）。左肩に子持枠題簽、白練色の布目表紙に黒色の箔を散らす。その際、色摺りをほどこした芳年の口画を付して美麗に仕立てている。本文は雑誌と同版。もとの分冊雑誌が半紙本大の大きさであったことが、別製本の版型を決めたものと思われる。元々が雑誌であることを考えると、はじめから半紙本型和装本の単行本で刊行した東京稗史出版社や東京同益出版社の翻刻本とは区別しなければならないだろう。

中本型和装本のうち、錦絵風の摺付表紙をあしらったものでは、例えば稗史出版共隆社発兌の『雲妙間雨夜月』（明治十九年三月五日翻刻御届／同年五月出版）は、原本では口画に使われている見開き一丁の画を上下巻の表紙にあて、二枚続きの錦絵風に仕立ててある。また同社発兌の柳亭種彦の読本『綟手摺昔木偶』（明治十七年十月三十一日翻刻御届／明治十八年二月出版）他、二冊本三冊本はそれぞれ二枚続き三枚続きの錦絵風に仕立ててある。内容は読本だが装丁は合巻風なのである。版面は半紙本型と同じく板本に倣っている。斯様な中本型和装本の版元には、金松堂辻岡文助、鶴声社森仙吉、稗史出版共隆社、上田屋覚張栄三郎などがおり、彼らは東京地本錦絵営業組合（明治十四年四月）や東京地本同盟組合（明治十六年頃）に加入していた連中である。中本型和装本には合巻風以外のものもあり、例えば『南総里見八犬伝』（中山録郎・明治十三年十一月十一日翻刻御届）は鶯色布目地の表紙、左肩に子持枠題簽を付す。或いは木村文三郎発兌の『絵本三国妖婦伝』（明治十七年十一月四日翻刻御届）は白練色布目地の表紙、左肩に子持枠題簽。合巻風ほどの華やかさはないが、後者など専売書肆に山中市兵衛、辻岡文助といった地本流通の親玉を抱き、なおかつ東京地本同盟組合の印が捺されている。

四六判ボール表紙本は、木板、銅版や石版の絵をボール表紙に貼付したもの。紙も洋紙を用い、板面も異なるように、視覚的にも触覚的にも和装本とは異なる。和装本の板面は板本に倣っているが、洋装本の場合、丁付が頁にかわるなど板本の面影は薄くなる。この他の洋装本では、例えば十返舎一九の滑稽本『滑稽水掛論』

（松金堂・明治十六年八月十一日翻刻御届）がある。洋紙活版摺一冊。薄茶色の洋紙装で、表紙中央に「滑稽水掛論」の摺外題。簡素な装丁で、単行本よりはむしろ雑誌のそれである。成文社の「国民の本筐」シリーズも似たような体裁をとる。『八犬伝』をはじめ、『通俗絵本三国志』『絵本真田三代記』を明治十八年に翻刻出版している。厚紙洋紙装の分冊刊行。のち『八犬伝』は別製本として半紙本仕立てにされている。

3

さて、実際に東京稗史出版社・東京同益出版社・東京金玉出版社の、活字翻刻本に対する言説を確認していく。

この三肆は美麗な本づくりを明言する。東京稗史出版社の場合、

該三書（註・『胡蝶物語』『八犬伝』『弓張月』）ノ版面ハ極メテ鮮明ニシ製本ハ極メテ美麗ニシテ旧版ニ優ルモノヲ出版ス可シ且ツ諸大家ノ検閲ヲ乞ヒ最モ校正ニ注意シ一字一点ノ誤脱ナカラシムベシ

とあり、[*4] 受け取る側の評価も次のようなものであった。[*5]

南伝馬町三丁目の稗史出版社より曲亭馬琴翁が著述の八犬伝第一輯より第三輯までを一帙六冊に縮刷したるが出板になりましたが此書ハ弘道軒の四号活字にて印刷し尤も鮮明なるうへ校合もよく行届き口絵差絵とも原版のまゝを摸写したる善本なり

一方、東京同益出版社も『絵本太平記』の売出広告で「尤版面製本共極めて善美なるハ既に江湖の喝采を得

たる皇国無比の良本なり」[*5]と述べ、受け取る側も次のように評価した。[*7]

〇絵本太平記　同書ハ全部四十一巻なるを合巻廿一冊として今度麹町区飯田町二丁目五十番地東京同益出版社より出版したるが日本製美本の箱入にして其印刷も頗る鮮明なり

因みに、東京同益出版社版『絵本太閤記』は半紙本型で総て木板。最初の新聞広告である明治十五年六月六日『郵便報知新聞』に『絵本太閤記』『絵本通俗三国志』『絵本太平記』『俊寛島物語』といった翻刻本の予約出版広告を載せるが、『絵本太閤記』以外は全て活版摺り。よって当初木板印刷から始めたが、時流にあわせて活版印刷に改めた、というような態度は見出せない。「鮮明なる木版を以て旧本に優れるものを出版す」[*8]とあるように、美本作製の一環として捉えねばならない。これは「活版ハ趣向を失う」[*9]といった理由とも当然異なってくるはずである。

そして東京金玉出版社もまた美本作製の意志を明らかにする。[*10]

絵本西遊記全伝　（中略）弊社今般旧本ノ口絵挿画二百余図トモ大ヒニ磨損セシヲ以テ弊書改メ精刻ナル木版トナシ本文ハ鮮明ナル清朝風ノ活字ヲ以テ半紙摺ノ美本ニナスベシ

刷りも彫りも丁寧にして美麗な本を出版する、というのは出版書目などでよく見かける決まり文句であるが、ほとんどのものは実際に手に取ってみると、使い古しの紙型を使用しているため版面が粗かったり、誤植があったり、頁が違っていたりと粗雑さが目に付くものである。しかしこの三肆の場合、先の文言は文字通り受け取らざるを得ない。そのことは彼らの出版物がよく物語っている。ならば、なにゆえに斯様なまで原本を意識した美麗な翻刻本がつくられねばならなかったのか、と問うことも無益なことではないだろう。

では、この三肆が宣言する所の「美本」或いは「旧版ニ優ル」というのは、どのような点に見出せるのか。次節において考察する。

4

東京稗史出版社や東京同益出版社以外にも「美本」をうたう翻刻本がある。土屋忠兵衛発兌『金瓶梅』（明治十六年二月十六日出版御届）は半紙本型で左肩に子持枠題簽。序文は奉書に木板摺り。本文は四号明朝活字。「婦女をして読み易く且其字を知るに便ならん」という撰者の意図が版面に反映されていると言えようか。広告に「画入美本」（明治十五年八月二十四日『郵便報知新聞』）とあるが、この本の美本たる所以は芳年の口画に求めらよう。各冊に三丁分おかれた口画は、奉書に色摺りを施したもので、彫りも摺りも至極丁寧に行われている。この他、法木徳兵衛発兌『新編水滸画伝』（明治十六年十一月九日翻刻御届）も半紙本型で左肩子持枠題簽。奉書に色摺りを施した芳年の口画を巻頭に置く。本文は五号明朝活字。挿画で見開き大や半丁大のものは年恒と年宗。駒割風の小さな挿画は年参というようにランク分けがなされている。口画に比して挿画の見劣りは否めない。

中本型和装本でも先の共隆社本は美麗な口画を付し、奉書に色摺りや空摺りを施す。或いは伊東橋塘編輯『正札付弁天小僧』上下には色摺りをほどこした国峰の口画を、『大岡仁政録　白子屋於熊の伝』（荒川藤兵衛・明治十九年一月十四日出版御届）では年方の銅版の口画と挿画を付すように、美本と称してもよいものもある。しかしこれらの場合、紙や装丁という造本そのものを含めるのではなく、「画入美本」という語が示す如く、画を、それも口画を指しているようである。

では、三肆の場合はどうだろうか。

東京稗史出版社は明治十五年十月二十四日『時事新報』に載った広告で次のように述べた。曰く「右ニ書（註・

『南柯夢』『侠客伝』）ノ序跋画像ハ正版ニ彫シテ本文ハ四号活字ヲ用ヒ長成社製紙摺ノ美本ナリ」と。[*11] 同年同月に配布された「南柯夢並侠客伝月刊方法」にも、

右南柯夢侠客伝ノ二書（中略）其体裁ハ別紙見本ノ如ク明朝体ノ活字ヲ用ヒ最モ鮮明ニ印刷シ序跋画像ハ正版ニ翻刻シテ極美本ニ製装ス可シ

とある。これらの文言から考えると、先のように画に限ったことではなく、印刷方法、活字体、使用紙から装丁までを含むようである。先の「予約購求方法書」第三条にも「版面ハ極メテ鮮明ニシ製本ハ極メテ美麗ニシテ」とあることからも、全ての造本要素を対象としていることがうかがえる。

東京同益出版社の例を見てみよう。「絵本太平記売出し広告」[*12] には、

画像挿絵ハ当時の名家猩々暁斎小林椌湖先生の妙筆を精工に命じ彫刻せしものなれバ近来流行する洋紙摺或ハ赤表紙本の類にあらざれバ御老人にも読易く尤版面製本共極めて善美なるハ既に江湖の喝采を得たる皇国無比の良本なり

とある。河鍋暁斎や小林椌湖[*13]の名を掲げることにより、画に対する力の入れ様を明示しているようだ。明治十六年三月六日『郵便報知新聞』広告にも「何レモ版面製本美麗ナル御高評ヲ蒙リ」とあり、印刷と製本を含んでいることがうかがえよう。東京稗史出版社のように製紙会社まで明記されていないが、「絵本三国志出版広告」（『絵本太平記』第十九冊巻末広告）には定価を考慮した紙数制限が述べられており、配慮の跡がうかがえる。

東京金玉出版社の場合はどうだろうか。前掲『絵本西遊記全伝』広告で「精刻ナル木版トナシ本文ハ鮮明

ナル清朝風ノ活字ヲ以テ半紙摺ノ美本ニナスベシ」と述べるが、「東京金玉出版社規約書」ではそのような態度を「本社ノ目的」と規定する。[*14] 続く第三条には、

出版書冊ハ其種類ニ依リ大家ノ校閲ヲ請ヒ総テ誤脱ノ□□保シ用紙ハ佳良ナルモノヲ撰ヒ製本モ堅実美麗ニ□シ勉メテ購求者ノ望ミニ背カザルベシ

＊□部は虫食いにより読めず

と述べる。美本という語には紙、印刷から製本まで含まれていることが分かる。

上記より、東京稗史出版社らが述べるところの「美麗」な本とは、全ての造本様式を含んでいると言える。では、それが「旧版ニ優ル」こととどう関わってくるのだろうか。

先に若干ふれたことだが、和装翻刻本の版面は板本に倣って構成されている。柱には柱題、魚尾、丁付、蔵版元が明記されており、本文とともに胸郭で囲まれる。東京稗史出版社ら三肆の翻刻本では本文の使用活字は清朝活字だが、明朝活字には見られない格調の高さが美本作製に相応しかったものと思われる。また板本の模倣という点からみれば、最も筆跡に近い活字であるということもあっただろう。[*15] 東京稗史出版社には本文が明朝活字で組まれた翻刻本もある。『三七全伝南柯夢』（明治十五年十月二十六日翻刻御届）と『占夢南柯後記』（明治十六年九月十一日翻刻御届）である。先に確認したように、東京稗史出版社が述べる美本の概念には活字も含まれていた。すると、清朝体活字の不足による明朝体活字の代用などといった消極的態度を見出すことは難しい。とすれば、板本の版面の模倣というよりは美本作製の手段として意図的に使用されたと考えなければならない。しかし、このような版面は中本型和装本でも、また他の半紙本型の翻刻本でも同様である。原本の版式や装丁を模倣しただけでは、原本に優るとはいえない。

再度、三肆の文言を確認しよう。東京稗史出版社は「版面ハ極メテ鮮明ニシ製本ハ極メテ美麗ニシテ旧版

ニ優ルモノヲ出版ス可シ」[16]と述べていた。東京同益出版社も「此書（註・『新編水滸画伝』）ハ画像及び挿画二百七拾余図悉く鮮明なる木版文章ハ清朝活字を以て旧本に優れる者を出版す」[17]るといい、また「弊社曩に予約購求方法を以て左の四書を出版候処版面製本美麗なるは旧本に優れるとの高評を蒙り」[18]とも述べた。すなわち、版面の模倣をはじめそれぞれの造本要素に留意して出来上がった翻刻本が、結果的に原本のもつ造本要素―画の美しさや版面の美しさという点において―よりも優っていなければならない、ということなのである。これは自らの腕の良さを自負する文言に他ならない。果たして、このような態度は奈辺に来由するものなのだろうか。

5

この設問に対して、結論を先に述べるならば、東京稗史出版社ら三肆が印刷所であったという点に起因するものと考える。

この三肆が印刷所であったことは、次の「府下活版営業者調書」[19]によって明らかである。

京橋区南伝馬町二丁目　稗史出版社
麹町区飯田町中坂下　同益出版所
麹町区飯田町　金玉出版社

東京同益出版社の場合、「東京同益出版社第一着出版書目并予約増加方法書」に「今回器械及職工を増加」の文言を見つけることが出来る。また次のような広告も配布されている。[20]長きにわたるが全文を載せる。

活版諸摺物広告

弊社曩ニ活版工場ヲ起シ弘道軒清朝風ノ活字ヲ以テ稗史小説ノ書類予約購求方法ヲ設ケ出版候処版面鮮明用紙佳良製本体裁其宜シキヲ得タルガ為メ日ニ月ニ隆盛ニ赴キ活版木版銅版ノ諸器械大イニ整ヒ最早印刷事業ニ於テハ一トシテ為ス可ラザルモノナシ依テ今ヨリ余力ヲ以テ広ク愛顧諸君ノ御依頼ニ応ジ印刷物ヲ引受自他ノ便益ヲ計ラントス尤多少共御注文有之候節ハ郵便御報知次第枚数ニ応ジ廉価ニ印刷日限ヲ約シ御届ケ可申上候即チ摺方種類概略如左

一会社株券　一諸手形　一諸切符　一地図類　一諸表類
一諸規則　一卒業免状　一箱樽壜張紙　一織物胴紙　一報告書
一受取證　一書翰袋　一引札類　一売薬効能書　一名刺

右ニ掲クル諸種活版木版銅版共金銀及彩色摺御注文次第美麗ニ印刷仕候

一翻訳書　一雑誌類　一詩文集　一和歌俳諧集　一経書
一歴史　一算術書　一絵本小説類

右ニ掲クル諸種活版印刷ハ勿論木版銅版彫刻并ニ和漢洋製本御望ミ次第調進可仕候

明治十六年十二月　東京麹町区飯田町二丁目五十番地九段中坂上

東京同益出版社

附言本社ノ活字ハ都テ清朝新鑄文字ヲ以テ印刷候ニ付版面ハ極メテ美麗ニ出来申候

活版工場を起業し、予約出版方法を用いて翻刻本を出版したところ「版面鮮明用紙佳良製本体裁其宜シキ」との好評を得、そのおかげで印刷機器が整った。よって今より種々の印刷物を引き受けよう、という内容である。出版物から考えて当初の印刷技術は活版印刷と木板印刷であったと思しい。

ところで、新興の印刷所が充実した活動を行うための条件は何だろうか。それは知名度と信用と経済力に他ならない。信用に裏付けされた知名度を得るためには、広範囲にわたって丁寧な活動を行わなければならない。こういった諸条件を満たすものこそ、出版物ではなかろうか。自らの印刷能力を書籍に具現化し、予約出版という方法とも相俟って全国へと流布する。そしてそれらが売れることによって、彼らの経済力も充実していくのである。この場合、書籍そのものが広告媒体となっているのである。東京同益「出版社」と名付けられているが、「活版工場ヲ起シ」とあるように、活動の根幹には印刷業があると見るべきであろう。

こういった広告は見あたらないものの、東京稗史出版社や東京金玉出版社についても同様に考え得るだろう。美麗な挿画、清朝活字だけでなく明朝活字や木板印刷―手摺であろうと器械木板であろうと―など様々な印刷技術を用いて旧本にも優る美本を造ろうとしたのは、自らの実力を示すためであったのではなかろうか。実力によって信用を得なければならない。それゆえ出版物も「赤表紙本」[*21]であってはいけなかったのである。

東京稗史出版社は明治十七年から方向転換をするが、『怪談牡丹燈籠』の速記者であった若林玵蔵の証言に従えば、彼らの方向転換は予約出版の失敗が原因である。[*22]この時期における東京稗史出版社の動向については拙稿注(1)論文を参照されたいが、簡略に述べれば、予約者の離脱が露わになった予約出版方法と美本であった故に高値にならざるを得なかった出版物、そして松方デフレという時代状況にあって書籍刊行は滞りがちであった。そもそも予約出版方法には、購買者の証拠金や前金によって書籍を製作するため自己資金をそれほど必要とせず、印刷の時点で発行部数を微調整できるというメリットがあった。しかし裏を返せば、購買者が送金を止めたら元を取ることが出来ず、完結も出来なくなってしまうというデメリットもある。購買者の離脱を防ぐために、予約金などを書籍が完結するまで預かるのであるが、東京稗史出版社の場合、予約金を取らない前金制であった。そのため予約者の離脱を防ぐことが出来なかったのである。

こういった事態の中、明治十七年五月二十一日『時事新報』に「八犬伝再度の予約広告」を載せる。従来の上等半紙摺四十二冊のうち未刊行分を七月までに揃えることを約し、更に「予約購求の恩命尚ほ陸続絶へさるに依り今回版面の不明瞭なる箇所を新調し都て校合を厳密に再訂し料紙印刷及ひ製本を精良にして更に再度の予約を」するという。そしてこの上等半紙摺とは別にまた、薄葉摺のものも刊行予定であるというのである。経営状態が悪化の一路を辿っている時期に、拍車をかける如く七円もする書籍を刊行しようとしている。しかし、ここに東京稗史出版社の経営方針が明確に現れているといえよう。東京稗史出版社は明治十七年初頭から売捌を始め、坪内逍遥や総生寛への接近など方向転換をはじめるが、右の広告をふまえて考えれば活動の幅を拡げたものとみるべきであって、経営方針まで変更はしていないことがうかがえる。

明治十七年に刊行された『怪談牡丹燈籠』十三冊は中本仮綴じ。草双紙風の内容や装丁とも相俟って、奥付売捌一覧には絵草紙屋が多く列記されている（第二編、第五編）。販売方法も「兼て好評を得たる怪談牡丹燈籠数十冊両席に於て御景物として毎度進呈仕候[*23]」とあるごとく、その手軽さや廉価さゆえに煩わしい事務手続きを経てまで購買者の離脱を阻止しようとする予約出版方法は用いられていない。しかしながら、装丁が草双紙風になったからとはいえ、『夢想兵衛胡蝶物語』以来一貫してうたい文句にしてきた美本の作製を止めたわけではない。例えば『怪談牡丹燈籠』第一編（明治十七年七月出版）には、

本書を前金にて購求せらる、諸君へハ全備の後本書を當社へ御廻送あらバ更に序文口絵を加へ無代価にて美麗に製本すべし

との社告が載る。或いは第九編（明治十七年七月出版）巻末広告に、

唯当社の憂慮て措かさる所の者ハ（中略）原稿の校閲を子（註・円朝）に請ふの暇なく草卒印刷に附したれバ往々不完全の歎を免れざるにあり依て第十編よりハ一々子の校閲を経校合を緻密にし挿画の彫刻を精良にし総て諸事に注意を加へ完全具備の者を出版せんとす

といった文言を見出し得る。明治十七年九月に『怪談牡丹燈籠』第一編以下の分冊本が再版され、初版の校訂ミスは訂正されている。[*24] また明治十八年二月には中本四冊の別製本が刊行されるが、坪内逍遙と総生寛の序文、国峯の口画（色摺り）がそれぞれ奉書に木板で付される。[*25] 中本型になったとはいえ、手抜きは見られない。校訂を厳密にし、美麗な画を加えるなど良質な装丁であるといえよう。このことは先の経営方針不変更の傍証となろう。「総て諸事に注意を加へ完全具備の者を出版」しようとする態度は、東京稗史出版社の三年間という短い活動期間において一貫されているのである。

東京同益出版社のその後を見てみよう。明治十七年には佐藤蔵太郎著『矢野文雄先生伝』、『皇朝烈女伝』や『日光山案内記』、明治十八年には陸軍士官学校編纂『算学教程』と幅広く出版活動を行っているが、印刷所としての活動を示す資料は見ない。内田魯庵が、

中坂上の南側に秀光舎といふ印刷所がある。此の秀光舎の前身は同益出版社と云つて、今から四十年前に小説複刻の元祖たる南伝馬町の稗史出版社に続いて馬琴の『俊寛僧都島物語』や風来の『六々部集』を覆刻したので読書界に知られた印刷所であつた。

と述べるように、[*26] 翻刻本出版の印刷所として知られていたようだ。

東京金玉出版社は明治十七年頃から地本同盟組合と繋がりを持つなど、方向転換を始める。花柳粋史編著『怨深鴬谷阿梅廼復讐』（春陽堂・明治十七年一月十六日出版御届）の印刷を東京金玉出版社が請け負うなど、経営の中心が印刷に移ったようだ。宮川久次郎編『東京著名録』[*27]「活版印刷所」の項に「金玉出版社　今川小路三丁目一　田口高朗」の名を見出し得るが、その後の動向は杳として知れない。

以上述べ来たったように、三肆の美本作製の意図は印刷所であるところから由来するものであり、その意図が反映された翻刻本は、確実に他の翻刻本と一線を画すものであることがいえよう。デフレ期においても

高値の翻刻本をつくり続けるなど利益を度外視した営為とも受け取り得ようが、むしろ活版印刷という新しい印刷方法を武器に斯界に乗り込んだ者達の、生き残りを賭けた商品としてこれら活字翻刻本を受け止めるべきであろう。商品である以上売れなければ話にならないが、この三肆の場合、良質のものを（それ故に高値にならざるを得なかった）如何に売るかが課題となろう。こういった事情にあって資金面を軽減してくれる方法としてあったのが、予約出版方法であった。予約者は高値の書籍を分割で購入でき、その予約金・前金で彼らは美本をつくることが出来たのである。

中本型和装本、或いは四六判ボール表紙本の型で翻刻本を出版した書肆の中に、印刷所も兼備しているところは少ない。これは地方差も関係してくるだろうが、東京の場合、明治十八年の段階で百二十九箇所ある印刷所のうち、[*29]翻刻本を出版しているのは東京稗史出版社・絵入自由新聞社・東京同益出版社・著作館・栄泉社・愛善社・東京金玉出版社・成文社の八つ。[*30]そのうち中本または四六判の翻刻本を出版しているのは絵入自由新聞社・栄泉社・愛善社の三つである。金松堂辻岡文助は秀英舎に依託するなど、自らで印刷は行わない。如何に良質な本を作るかということよりも、如何に売り捌くかということの方に重点が置かれているようだ。東京金玉出版社が明治十七年頃から東京地本同盟組合に接近していったのも、斯様な事情が背景にあった、すなわち印刷注文を引き受けようとした目論見があったのかも知れない。

出版社の、或いは出版業の陰に隠れがちな印刷所・印刷業という点を考慮することにより、これらの翻刻本の、営為にそくした位置付けが出来るのではないだろうか。

注

＊1――「明治十年代の新興出版社―東京稗史出版社について―」（『出版研究史料』（日本出版学会、出版教育研究所編・日本エディタースクール出版部発行）第五号・二〇〇〇年三月）

＊2――「予約出版の初め」（石井研堂『明治事物起源』第四巻（ちくま学芸文庫・一九九七年八月）三五四頁）

＊3――「今古実録」シリーズに関しては、前田愛「明治初期戯作出版の動向―近世出版機構の解体―」（前田愛著作集第二

巻『近代読者の成立』(筑摩書房・一九八九年五月)四五~四六頁)をはじめ、高木元「江戸読本享受史の一断面―明治大正期の翻刻本について―」(『江戸読本の研究―十九世紀小説様式攷―』(ぺりかん社・一九九五年一〇月)三八九~四二二頁)や藤沢毅「「今古実録」シリーズの出版をめぐって」(国文学研究資料館編『明治開化期と文学』(臨川書店・一九九八年三月)一〇三~一二六頁)が備わる。明治十五年前後より翻刻雑誌が夥しく出版されるが(「護宝奴記」をはじめ「今古実録」や「咸唐題庫」など)、装丁面からみると「今古実録」シリーズの影響が大きかったものと思われる。鶴声社の「実説双紙」シリーズは中本型ではあるが、濃い赤色を背景に、左肩に摺外題。中央枠内に表紙絵といった如く、「今古実録」シリーズの影響を認め得る。因みに「実説双紙」の内の一書である『鬼神於松物語』(明治十七年三月御届)の巻末「実説双紙出版書目」には六十七件記載されている。

*4――「予約購求方法書」第三條(明治十五年初月頃配布)。引用に際して旧字体は新字体に改め、ルビも省略した。以下の引用も同じである。

*5――明治十五年十一月二十二日『読売新聞』「新聞」

*6――「絵本太平記売出し広告」(『絵本太平記』第十五冊巻末付載の広告)。明治十七年十月の年記あり。

*7――明治十七年十二月三日『時事新報』「雑報」

*8――「東京同益出版社第一着出版書目并予約増加方法書」(『絵本通俗三国志』二編巻之八巻末広告)。明治十六年七月の年記あり。

*9――『滑稽二日酔』「附言」(江島伊兵衛・明治十五年八月三十日翻刻御届)

*10――「予約購求方法書」明治十六年七月配布。ロバート・キャンベル氏のご教示による。

*11――長成社については、関義城『江戸東京紙漉史考』(冨山房・一九四三年一二月)に内部資料と共に紹介されている(一二四~一三三頁)。

*12――前掲注(6)

*13――清水市次郎編輯及び出版の『東京流行細見記』(明治十八年七月六日出版御届)十丁裏「セトモノ画工/陶器屋かく〳〵」中にみえる画工か。

*14――前掲注(10)。第二条に「出版書冊ノ序跋口絵挿画ハ精刻ナル木板ヲ用ヰ本文ハ鮮明ナル清朝風ノ活字ヲ以テ印刷スルヲ本社ノ目的トス」とある。

*15――矢作克美「近代文学にみるタイポグラフィの発達」(『明朝活字』(平凡社・一九七六年一二月)一四一頁)

＊16――前掲注（4）
＊17――「第二着手出版書目并予約方法書」（『絵本通俗三国志』二編巻之二巻末広告）
＊18――前掲注（8）
＊19――『東京市史稿』市街篇第六十九（東京都・一九七七年十二月）五三二頁～五三六頁。「明治十八年自五月至八月　回議録　農商課部外」。なお、東京稗史出版社の所在地は京橋区南伝馬町三丁目。「二丁目」は三丁目の誤植であろう。
＊20――『絵本太平記』第十四冊（明治十五年十一月十一日出版御届／明治十七年十月三十日出版）巻末広告
＊21――前掲注（12）。「赤表紙本」のルビは「くさぞうし」となっている。
＊22――「円朝遺聞」（『円朝全集』巻十三（世界文庫・一九六四年）六一三頁）
＊23――明治十七年九月十九日『読売新聞』「広告」
＊24――第一編より第五編まで確認（鶴見大学図書館蔵）。但し製本合冊されているため、刊記は第一編以外不明。「明治十七年七月廿五日御届／明治十七年八月出版／明治十七年九月再版」（第一編見返）。本文に紙型使用の跡は無く、新たに活字を組んだものである。挿画に関しては紙型使用の跡を見出し得る。初版分冊本の第三編三十四丁オモテの挿画書き入れのうち、「孟」の字が再版分冊本では「盂」に直されているのは、紙型に活字を填め込んだのだろう。
＊25――刊記は「明治十七年七月二十三日出版御届／同十月八日拾篇以下板権免許／同十八年二月廿六日別製本御届」（鶴見大学図書館蔵）。早稲田大学図書館所蔵本は刊記が無く、見返も鶴見大学図書館所蔵本とは異なる。両書とも新たに活字を組んでおり、挿画は再版分冊本のものを使用。
＊26――「硯友社のむかしの憶出（一）飯田町の中坂―馬琴と「まどき」と思案外史―」『おもひ出す人々』（春秋社・一九二五年六月）。引用は明治文学全集九八『明治文学回顧録集　一』（筑摩書房・一九八〇年三月）による（一三九頁）。なお、『六々部集』を出版したのは東京金玉出版社であって東京同益出版社ではない。魯庵の記憶違いだろう。
＊27――小柳津要人、宮川保全、白井練一発行。明治二十一年十一月二十一日出版。湖北社の復刻版（一九八六年六月）を参照した。
＊29――前掲注（19）。ただし、同資料に載る印刷所は東京市内のみである。
＊30――出版は行わないが、売捌に名を見せる活版所は多い。例えば青山活版所や積文舎など。

大連読本往来(二)

横山　邦治

『読本研究新集』第一集に、「大連読本往来」と題する、真摯な読本の研究誌には少し場違いな雑文を載せていただいた。中村幸彦先生の訃報に接し、『読本研究』発刊の精神的支柱であり続けて下さった先生のことを記録しておくべきだと思料したので、極めて私的感傷の強いものになったけれど、冷徹な研究営為とて人間的情念に裏付けられたものなのだから、これはこれで許していただけると甘えてのことであった。研究論文らしきが書けなくなっている老化現象を糊塗する便法としての雑文也と批判されても仕様ないナと反省しながら、今回も編集主幹のかたがたのお許しを得て、『大連読本往来』の続報とさせていただくこととした。

○大高洋司氏の驥尾に付して岩波新古典の『開巻驚奇侠客伝』の校註に何とか目鼻を付けたのが一九九八年六月末から十月末までの四ヶ月間、流亡中の大連生活を大連外国語学院のお許しを得て中断してのヤッツケ仕事でありました。そして再び大連の流亡生活に戻ったのが十一月二日(月)、広島大学で開催された日本近世文学会秋季大会に出席して、その次の日という匆卒の再渡航でした。久しぶりに出席した近世の学会では、一度終刊を迎えていた『読本研究』が佐藤悟氏たちの肝煎りで装いも新たに続刊され、『読本研究新集』第一集として姿を見せていましたし、広島文教女子大学で数十年来内々に続けていた読書会が、私が広島文教女子大学を辞して鯉城往来の会に変身、更に広島近世文学研究会に変身して、安田女子大学の杉本好伸教授を中心としたグループができて、広島大学の久保田啓一助教授の研究室を事務局とした『鯉城往来』の創刊号も姿を見せていて、「鯉城」という言葉に何となく私なりの思い入れもあったりして、個人的には記念すべき学会也と一人合点の感激をしながら、広島の地を離れていったのでした。大連の流亡生活が何時まで続くかと少しは危惧しながらのことです。

○さて大連外国語学院です。遅参のおわびに陳岩日本語学院長（日本で申せば学部長というところでしょうか）のところに参上すると、近日大連外大で国際学会があるので、そこで基調講演をしろと立話での御下命、何時のことですかと聞くと十一月の十九日也と。吃驚して調べてみると、十一月十九日から四日間、中国全土の日本語教育の先生方の集会で、それは隔年に行われるもので、今回は大連外国語学院の主催、日本から若手の日本語教育の研究者を招待して基調講演を中国側三名、日本側三名という顔ぶれですることになっており、その間に合わせで私が指名されたらしいと判明。日本帰国前に判っていたことであろうに、直前になって何ごとぞと腹立たしさもおぼえましたが、パンフに名前が載っていることでもあり、万事これが中国式なりと腹は据えたところで、さて何を話すべきか立往生です。院長先生、何でもいいから適当にとおっしゃる、当然の話で今更一、二週間で準備できるはずもなく、ここは読本の話でもしようかと考えましたけれど、中国の日本語教育の先生方に「読本」では「ヨミホン」と読むか「トクホン」と読むかから解説しなくてはならずで特殊すぎると試行錯誤。でも『奥の細道』なら誰でも知っている作品だと思い付き、岩波から真筆本と言われる影印本が出版されたばかりでもあり、お世話になっている方たちへの土産に影印本を持参したということもあって、下手の横好きの『奥の細道』のことについて講演と申しましょうか、雑談と申しましょうか、とにかく日本古典の訓みということにかこつけて話したことでありました。日本語教育の中で古典の軽視度が甚だしいこと、それは同時に中国に於ける日本語教育の欠陥として日本文化に対する理解度が非常に低いことを、大連外国語学院日本語学院の学生の、上手に話す日本語の端々に感じ始めていたからの話です。中華の民意識が強烈な民族ですから、蛮夷の国の文化などに興味を持たないのが当然でもありましょうが、日本文化を上古以来の歴史とともに謙虚に学ぶ心がなかったら、織田信長をオリタノブナガと訓んで平然としているという空気があって、本当の日本語教育にならないと感じ始めていたからの発言でした。さて講演が終ってお役御免かと思ったら、日本語教育の学会とて三部門に分かれて先生方の研究発表会あり、その文学部門の座長をして最終日に総括の報告をするという役目も押し付けられておりました。何でか判りませんが、フル操業の只奉公であります。一日中、午前午後を含めて二十名近い人の発表ですから例によって瞑黙して聞いていましたら、睡っていると誤解されて笑い話になりました。ところで総括発表ですが、一つ一つ論評するに値いしないと思いましたので（聞くべきは三例ばかりでした。）、結論的には中国に於ける大学教育批判になったかと思うのですが（党・政府の要路の人は、日本語が判らないようですから、いまだ私は追放刑になっておりません。）、大学の先生方の待遇を改めることが大切也と発言して大拍手でした（給与、研究室、研究費その他を含みます。私が一番言いたかったのは、研究室の常備だったのですが、反響があったのは給与のところでありました。）。学生便覧をキチンと作って学生に情報公開すると同時に、この隔年の学会の時に各大学で学生便覧を交換し合って、お互いにカリキュラムの公開検討したらいかがかと、差出口めいた提言もしたのですが、反響はありませんでした。学生便覧というのがよく判っていないのか、学期毎に適当に時間配当して教科内容をこなしていくのが楽なのか、何かキチンとしたカリキュラムが確立していない感じで、少なくも先生方や学生たちに情報公開されている様子は少ないのです。今でも、私は来学期、即ち二月末日から始まる講義内容を大体類推するだけで（今は二〇〇〇年の一月中旬です。）、よく判らないのですから、まあ日本の高等学校の時間割編成に近い感じであります。でも日本語しか話すことが出来ない人間ですから、実態は推測するだけのことで、本当はしっかりしているのでしょうがネ。少なくも日本語学院の学生の勉強ぶりは早朝から夜おそくまで大変なもので、三年生では日本語しか喋ることの出来ない私の言葉が、専門用語が時々通じないことがあるらしいことを除いて、ほぼ完全に理解してくれるらしいので、そういう意味での日本語教育（技術的意味での）は大成功しているのですが、今少し内容公開して学生に四年間の学習目的を明確に指示していくと、一層の教育効果が挙がると思うのです。そして研究室の常備ですが、一般的に数名の先生方の控室があるだけなので、大約の先生方は授業時間以外は家に帰られるらしい（職住近接ですから、それは可能なのです。）。研究室に書物を置いて、先生方が常駐していらっしゃると、学生たちも先生方の研究室に出入りしてゼミ活動的研究方法が体得できるのではないかと進言しているのですが、これには経済的な裏付けが必要ですから、一挙に解決するのは難しいことなのでしょう。しかしやがて中国の大学教育もそうなっていくであろうことを、今の中国の改革開放政策のバイタリティを見ていると、なんとなく希望を持って信じられるような気持になります。

○中国の学会は、宿泊・食事は各大学にあるらしい賓館（三星程度のホテル並みの施設設備があります。）で準備してあります。あちこちの食堂が解放されていまして、参加者は朝食から夕食まで自由に無料で提供されているようです。しかも学会開催中の三夜とも各種名目のパーティーでありまして、少なくも私は食費とか懇親会費とかは一切払うことなく御馳走攻めでありました。講演その他に謝礼は一切ありませんでしたので、その代償でしょうかね。ともあれ参加者は、いかほどかの参加費を支払うようですが、引受校側で遠来の客をもてなすというのが中国流であるようです。ところでそうしたパーティーなどの交流の場で、講演に来て下さいとか集中講義に来て下さいとかという申し出を二、三のところから受けました。その中でも私が大連外大でもっとも信頼し個人的にもお世話いただいている孫樹林先生（近現代文学の研究者で、村上春樹を中心とした研究論文の多い方です。）の出身校は天津の南開大学（中国では北京大学と復旦大学〈上海〉と並称される大学だそうで、周恩来元首相の出身校です。）の大学院なのですが（そこで槙林滉二広大教授の教え子となられ、その槙林君〈とつい呼んでしまいます。昔々文教で同僚でした。〉から私は紹介していただいたのです。大変いい御縁でありました。）、その南開大学の日本語言文学系主任という肩書の王健宜教授を紹介され、集中講義の依頼を受け、中国に於ける読本研究の大先達たる李樹果先生に会えるかもとうれしくなって、至極簡単に引き受けたことでありました。早速に南開大学の外事処から公式の招請状が届き、講義の二日間を含め数日の天津入市を認めるということでした。農村人口が大量に大都市に流入するので、入市手続きというのが難しいのでしょう。ともあれ四月九日に大連の空港から天津の空港に飛んだことです。集中講義の一人旅でなく（中国語が一切話せないので、一人旅は不可能なのです。勇気のある日本人の外人専家の方で一人旅という方もおられますが、私は全くその勇気がありません。）、随行四名。随行というと大げさですが、孫先生は卒業以来十数年ぶりで老齢化された恩師（孫蓮貴先生という方で、戦前の東京女子大出身、日本近代文学の研究者のようですが、電話でごあいさつした時、大変上品な日本語で俳諧を岩田九郎先生に学んだと言っておられました。革命で苦労もされたのでしょうが、直接お目にかかれませんでしたけれど、言葉の端々に良家の子女という折目正しさを感じました。）に会いたいと御同行下さるし、読本研究を志しておられる崔香蘭先生は、大学院で読本を修士論文のテーマとしている張海涛君・曹金波さんを同行下さり、李樹果先生にお目にかかりたいと随行員に加わっていただいたのでした。天津は中国の三直轄市の一つで人口一千万前後という、南北運河の結接点に位置する大都会、山一つ見えない大平野の中の繁華の地、その地の南端の衛津路沿いに南開大学はあります。一つのタウンを形成している広大な大学で、学部間を移動するには自転車必備、北側に並ぶ天津大学とベルリンの壁とか称する障壁を除去して、近時昔日のごとく合併されるそうですが、益々巨大化するであろう大学都市です。西本願寺大連別院の跡地に小じんまり建っている大連外国語学院とは全て対照的な大学です。大学に就業・就学している人と家族たちだけで一つの都会を形成している大学と、大連という都市の中心部の繁華街の中に混在している大学と、それは本当に対照的に私の目には映じたのです。同行した張君は、生活の便利は大連外大の方がよいと言っていましたし、外国語の学習には各階層の人々が混在して交流の多い環境がいいのかも知れないと思ったことです。少なくも日本語を喋るという技能に於いては、大連外大の方が上だと講義中の体験で実感したからです。さてその講義です、大学の要求で、㈠日本の大学に於ける日本語教育の実情、㈡『奥の細道』及び俳諧研究について、㈢近世文学に於ける読本の位相、の三テーマについて三日間、午前中は平常の授業らしく午後に時間制限なしに話せとのことで、私の体力の問題もありまして休憩時間を少しはさんで二コマのつもりで喋ったことです。㈠の種本は中野三敏氏の『読切講談　大学改革―文系基礎学の運命や如何に―』岩波ブックレット№449　であります。日本の大学の文学部は、東京大学のそれが明確に示しているように、哲史文だけの文系基礎学の名称を残している国立大学は神戸大学、広島大学だけで、九州大学には残っているようで人間科学科という新改革の萌芽のごときがあって、哲史文は累卵の危きにあります。そうではあっても、中国の日本語研究を志す学生が、日本留学を希望する時、一番の隘路は古典学の素養の欠如であります。中国の大学院の修士課程を修了した者が、日本の博士課程進学を希望しても現実には不可能で、一年間の研究生生活を経て修士課程再受験ということになります。中国の院の修士課程は二年半かかり（現在の新入生は三年だそうです。）、制度上は日本の院の博士課程に入学させてもいいと私は考えるのですが、学生の古典学の素養を見ていますと、日本の大学が拒否反応を示すのは当然で、現在の国語学・国文学の講座構成が大部分の大学で古典二に対して近現代一、もしくはそれ以上に古典の比重が大きいという現況ですから、中国の日本語教育の諸学科のようなカリキュラム編成では絶望的なのです。日本留学を希望する学生が急増している現在の中国では、本当に研究に志す以上、古典学の修得が語学・文学の両面で必須であることを話さなくてはなりませんでした。㈡俳諧史と『奥の細道』、芭蕉真筆本の発見と現在の研究情況についての私見、㈢日本近世小説史に於ける読本の位相と近代文学との結び付きなど、『小説神髄』を種本として話したことです。中国で二コマ分だけにしても読本論が語られたのは恐らく始めてのことでしょうから、私にとって本望と申すべきでありましょう。

○天津は、北京と違って名所旧跡と言えるほどのものはありません。周恩来首相の記念館は、さすが今でも中国の人たちの全面的信頼を得ている人物のものだけに、一見の価値あるもので感動的でしたが、後は天后宮・呂祖堂などを拝観しながら古本街を探すことに時間を費やしました、八年前かに訪れた古書店街が忘れられなかったからです。あれこれ探して歩いたのですが、昔の古書店街は立ち退きか何かで消滅していて、新刊本と同居している大きな書店に案内されたり、天后宮に通ずる長い路地が骨董品などを売る店になっていて、ところどころに古書店があって覗いたりしたことですが、さすが大連の書店よりは新刊本も専門書が多く揃っており、先生方は大分買い込んでおられました。孫・崔両先生は三日滞在して大連に帰られましたが、院生二人は私の講義中の三日間、南開大学の図書館に日参、中国白話小説関係の研究書を懸命にコピーです。さすが伝統ある総合大学ですから、大連外大にはない参考文献が数多くあるようです。私自身も大学図書館の書庫に入れてもらって、漢籍の古書類（吉林大学のそれと同等か数は少なくても質が高いようでもありました。）を見ることが出来ましたが、研究室か何かに別置されているという日本書籍の集積には何故か案内していただけませんでした。王先生が忙しくて時間がなかったのか、一番期待していたのですが、今も心に残る無念さです。そういう無念さは、天津図書館でも味わいました。と申しますのは、天津図書館に数万冊の日本書籍が蔵されていることは、広島文教で同僚であった田口律男君（若いけれど俊秀の近代文学の研究者で、目下南開大学の文教専家、横光利一の研究家でもあるので、横光の中国体験の実態研究という目標もあるようです。）から報告を聞いていましたので、[*1] それを是非一見したいと田口君に同行願ったのですが、当日はエレベーター故障で十何階かにあるという日本蔵書の書庫にたどり着くまでに私のごとき足が悪い者は登るだけでグロッキーなるべしというので、結局一見は断念せざるを得ませんでした。中国という国の公共図書館というのは、公共という名に値いしないものが多いようで、人治の国で法治の国でないというのがこのあたりに反映しているのでしょうか、実態はよく判りませんが、館員が公という精神より私という精神によって管理しているのではないかと思うのですが、これは私の早合点でしょうか。

○今回の南開大学訪問の主目的は、李樹果先生にお目にかかることでした。訪問当日は歓迎会とて南開大学の日本語学科の先生方の接待を受けたのですが、李樹果先生も孫先生も停年退官の方とて来ておられません。翌日私たちで場を学内の食堂に設営して御招待、孫先生はお風邪とかで来られませんでしたが、白皙痩軀で鶏群の一鶴という印象の李先生が自転車で来て下さいました。奥様が御病気でその介護が日夜大変だとのことでしたが、大連に帰るという日も若い読本研究の卵たちに会いたいとわざわざ尋ねて下さいました。崔先生が先に帰ってしまわれていたのを残念がっておられましたが、次世代の読本研究者という想いが強かったのでしょう。その間何かと聞いたことをまとめますと、戦前の一ッ橋大学の留学生で、戦後は政府の経済関係のお仕事をしておられたのに、革命後日本語教育に従事することになり、教育の必要上で古典の自己学習に入ったとのことでした。まず古今集から学んだとのことでしたが、とにかく日本語は大変達者な方ですが、中年に入ってから古典を読むということを始めるというのは、中国の人にとって大変な努力が必要だったのではないでしょうか。こうした独習の古典学の研修の後、日本に研修に行かれた時に八犬伝に遇われ、一九九二年に『南總里見八犬伝』全四冊の全訳を完成、さらに一九九八年に『日本読本小説与明清小説』という中国初の読本の研究書を出されたのです。大変な御努力だと思うのですが、後継者不足との思いが強いようで、研究者の卵たち二人に中国語で一生懸命に話しておられました。その内容は解らないのですが、研究者としての心得を説いておられるごとくに感じました。日本の古典文学研究を中国でも確立すべきだと考えておられるのだと、私流に解釈して、初志貫徹こそ学問の王道でしょうなど口をはさんだことでした。さわやかですっきりした印象を与えて下さるお方で、中国で始めて学者という印象を与えて下さった人で、感銘深い出会いでありました。李先生が読本を材料として中国に日本古典文学研究の大道を示して下さったことが、やがて中国に日本古典文学研究の大波を起こすことにつながるのではと考えることでした。

○ところで私の集中講義と申しますのも一寸変なところがありまして、単位を出すという作業は一切ありませんし、三年生を中心として院生・先生方を相手としての集中講演という感じでありました。講義にしても講演にしましても日本と同じように往復旅費と講義給ぐらいは出るものとばかり思い込んでいましたので、二、三日経ってから滞在費と食費は無料であるけれども、全てボランティア活動であるということが徐々に判ってきた時は驚きました。たまたま日本から出張講義で来ておられた愛知大学かの先生に解説してもらったのですが、全て契約主義だから招聘状に書いてあるとおりで、最初にその内容を十分検討して諾否を決めないと駄目也とのこと、当方は中文で書かれた招聘状など判りもしませんし、外事処に相談した時も天津に移動する可否だけでしたので、まあ日本流の集中講義と早合点したのです。その人は、又やられましたネと笑っておられましたが、多くの日本人の中国の大学での教育活動はボランティア活動というのが多いのだそうで（日本政府その他公的機関から派遣されるというのであれば、日本の公的機関から費用が支給されるのだそうです。）、その結果として名誉教授などの称号が与えられることがあったりするのだそうです。一種の取引ですね、驚いたことです。明治維新政府が欧米の新知識を数多く招聘して高等教育を推進した時、極めて優遇してボランティア活動に依存していないのはよく知られた事実ですが、世界の大国である中国が今もって後進国扱いされることが多いのは、こんなところにも問題があるのでしょうか。結果的には私のように日本で不用になった者しか中国の高等教育機関で教育に従事するものがいないということになるのではないでしょうか。生きのいい若い研究者たちが喜んで中国に派遣されてきて、教育研究活動に従事するようになることこそが、本当の意味での中日文化交流だと思うのです。私のように一方的持ち出しであっても日本に居場所のない人間、日本の書籍探しという他に目的のある人間のごときでは、本当の相互補完的な中日文化交流にならないような気がいたします。朝貢に来た蛮夷の民に、貢物に数倍するものを持ち帰らせたという中華の帝国のほどのことはする必要はないでしょうが、せめて世間並みの補償と報酬はあってもいいのではないかと思ったことであります。してやったりでは済まないことのように思いました。

○大連外国語学院日本語学院の外籍文教専家というのが正式の私の職名のようですが、最初の二年間は財団法人日中技能者交流センターからの派遣ということで、そこから給与と往復旅費が支給されていたようです。給与は千五百元ですから日本円にすると二万円弱、それでも中国の先生方の正式給与に比すると倍ぐらいだそうですが（中国の先生方はボーナス的裏給付が多くて、実際は逆の倍ぐらいとの噂さを聞いたことがあります。もっとも授業時間数が多くて、十齣というのは普通で十数齣という殺人的齣数を献身的にこなしておられる方もみうけられます。）、住居費は不要ですし、生活費が非常に安いので、贅沢をしなければ生計は十分たちますが、中国で財産作りは無理であります。それはそうとして日本に居場所のない私は、三年目はセンターから高齢その他の理由で資格喪失となったようですが、二年目に大連外国語学院に日本文化研究中心という研究施設（名前だけと言えば言えるものですが）を創設させていただいて、そこでの活動を理由に残留希望いたしましたら何とか許可になったらしく、往復旅費支給なしという形での外籍文教専家となったようです。そして一九九九年の三年目の半年間、六月二十九日の広島地方の集中豪雨の土石流災害が鈴張の陋屋をも襲い、留守を守ってくれていた家内が半月板損傷で手術、過労もひびいて家事不能という緊急事態が発生、三度も日中間を往復して役にも立たない介護に従事（病気がちであった私の人生の大半は、家内の介護に頼って生きてきたのですから、これはまあ当然のことでありますが）、経済的には大出血なりでしたが、大連を半年間過半留守にしたのですから、当然日本文化研究中心の仕事も渋滞気味でありましたけれど、ともあれ当初から第一の目標でありました『日本文化研究』の創刊号（文学特集）を発刊するところまで漕ぎつけることができました。日中の日本文学の研究者二十名の方々の御協力で出来上がったのですが、その中に大高洋司、崔香蘭という日中お二人の読本に関する論文を載せることが出来ましたのは、私としては望外なことでありました。中国白話小説が骨がらみで影響している読本ですから、中国の人の日中比較文学研究の材料としては最適なものと思うのですが、中国の日本語教育の中では古典学そのものが軽視されていますので、なかなか日本の古典に親しむ機会が少ないだけに、こういう方向の研究が生まれるのには時間がかかるのかも知れません。この『日本文化研究』での試みが、中国に於ける日本古典文学研究の導火線になればいいがと願っていることです。少なくも今までの中国ではあまり例のない企画であるようですし、何らかのインパクトがあれば、李樹果先生の考えておられると類推している願いとも相通じる結果が生じるのではないかと、少し誇大妄想的に考えていることであります。

○読書会（院生と先生方で七、八名のグループです。）と大学院の授業で、読本の翻字をしています。当初は読書会など出来ませんでしたので、院生の授業だけ少しは研究的なことが出来るかと思い、それでも読本を材料にしてはいかにも我田引水的ですので、少し思い切って今まで購入したこともない唐詩選関係の和刻本を数種類買い込んで、私の退隠後は書籍の購入に渋い顔をし始めた家内に相当数の負担を強いて（今まで私の給料が本代でふっ飛んでも不平は言ったことのない家内でしたが）、南郭先生辨の『唐詩選国字解』（寛政三年辛亥六月再板本）をテキストとして演習を始めたのでした。ところがサッパリ演習になりません。段々判ってきたことですが、中国の大学では欧米や日本的意味での演習は翻訳以外ほとんどないらしいのです。日本語の練習は各種の方法を駆使して徹底的トレーニングをしていて、三年ともなればほとんど話す・読む・聴くという三拍子が揃った語学力が身に付いているのですが（書く能力は劣っているようです。）、どうやら物を考えるという姿勢が劣っているようなのです。母国語以外に二、三ヶ国語の話せる（中国語・日本語・英語の外に出身部族によって朝鮮語・モンゴル語・チベット語などが話せるのです。）学生が多いのです（先生方の中にもそういう人が多くて、日本語しか話す・聴くことが出来ない私などにはインベーダーのごとく感じることがあります。朝鮮族の崔香蘭先生などは、日常語で中国語と朝鮮語と日本語を自在に使い分けておられますし、中国の大学の先生は英語が出来ないと任用されないようですから、正にインベーダーです。）が、三年生ぐらいになってよく出来る学生にはそういう押し付け教育に疑問を感じる向きもあるようです。しかし物を考えるという教育が少ないようで、院生に演習と申しましてもお座なりで、中国での唐詩そのものの解釈の訓詁注釈をしようとしないのですからお手あげです。二ヶ月ぐらいで諦めの境地、本科生四年の古典文学でも『奥の細道』を採り上げて、私なりに講義をしたのですが、最初の講義の時は大拍手で、これは中国流の礼儀かと驚きましたけれど（どうも礼儀というのではなさそうで、まあ私の自己紹介が少し心にひびいたのかも知れません。）、三回目くらいからは欠席者が目立ち始めて、終わりころは半減、そのころは少し親しくなり始めた学生がいて、先生の講義が完全に判る人はほとんど居ませんよと評されてガックリ。日本語はよく判っても、少し専門語の入った解釈となると、何でこんなヒチメンドクサイことをクダクダと言うのだとなるらしいのです。当時は四年生八十名のうち二十名ぐらいでしょうか、これは又非常に熱心に聞いてくれた学生が居ましたが、そういう学生にとっては日本語の練習になるだけではない面白さがあったようです。しかし結果的には授業査定の結果なのでしょう、確か一年続けて欲しいと言われていたのに後期はクビになっていて、崔香蘭先生にバトンタッチとなっていました。これも吃驚でしたが、もう屈辱的でこれ以上は中国に居られないなと撤退作戦を考え始めたのですが、丁度その前からこれも前便のごとき読書会が侠客伝で始まっていたのでした。この侠客伝の読書会は、岩波の下刷りと原本とをコピーして比べ読みというものでしたが、原本と校合して読んでくる人は、結局は崔先生一人だけで、院生もキチンと読んでくる人はいない有様、まあこれも中国の風かとアキラメ気分ながら、いくらか読書会の空気に慰めを見出していました。侠客伝校注のため半年ばかりの日本滞在後大連再訪しましたら、どうも崔先生が院生の講義を担当し始められた影響らしく（これは全く私の影響ではありません。私の不在中の出来ごとですから）、三人の院生のうち二名（即ち南開大学に随行した張君と曹さん）までが読本を修士論文のテーマにしているという結果（張君は侠客伝、曹さんは巡島記）で、読書会も少し雰囲気が変わって参りましたので、未翻刻の読本を中国で翻刻作業しながら古典を読むトレーニングをしてみようと思い立ち、『梅川忠兵衛赤縄奇縁伝木之花草紙』三　小枝繁作盈斎北岱画（文化六年刊）を材料としてボツボツ作業を始めているところです。院の授業も『墨田川梅柳新書』六　曲亭馬琴作葛飾北斎画（文化四年刊）を材料にして始めたのですが、翻刻があることを指摘するとそればかりを頼りにして一向に進歩が見えませんので、これも未翻刻の『忠臣烈女東鑑操物語』五文松庵作一峯斎馬円画（文化十年刊）を材料として翻刻作業を始めています。『木之花草紙』はありふれた本で、三冊本が六冊本になっている後刷本で、刊記は「杉岡石倉堂蔵板軍書目録（重編応仁記廿ほか二十四部）」があって、

文政六癸未年正月

心斎橋通博労町北ヱ入

大阪書林　河内屋長兵衛

とあるもの、後刷本ですが刷りはしっかりしていますので、翻字作業に困ることはありません。参考には国

会図書館本（河茂の後刷本）と国文学研究資料館にある中村幸彦旧蔵本を利用しています。中村先生の旧蔵本の刊記は、

作者　歙醨陳人
画工　盈斎北岱
傭筆　岡山島
剞劂　宮田六左衛門
○午春新鐫
袈裟御前貞操物語 橋供養　歙醨陳人作 盈斎北岱画」オ
文化六己巳年孟春発行
東都　日本橋四日市　竹川藤兵衛
書肆　四ッ谷伝馬町　住吉屋政五郎
糀町十二丁目　伊勢屋治右衛門

とあって初刷本、巻三が上下に分冊された四冊本、それぞれを参考にすれば翻字作業に支障はありません。

『東鑑操物語』は、半紙本五冊ですが、版型は中本で、刊記には、

東都　文松菴かなふみ著述

仝　一峯斎馬円画図
通俗巫山夢　十返舎一九著
全五冊

文化酉年新版目録

奇譚青葉笛　高井蘭山著
全五冊
五大力後日物語　全五冊
浄るり姫物語　全八冊」オ

文化拾歳癸酉正月発兌
京都　蛸薬師寺西へ入　伏見屋半三郎
心斎橋通伝馬町　河内屋嘉七
摂都　北久太郎町五町目　播磨屋十郎兵衛
東都　日本橋通広小路町　西宮弥兵衛」ウ

とあるもの、『国書総目録』に宮城県立図書館に蔵されているとあるので、コピー化を申し込んだら現在では所在不明との返事、そこで高木元著『江戸読本の研究』を検したところ、「(6)慶応大（写本）・高木（二のみ）・C・宮城（現在所蔵せず）（出願）西宮彌兵衛。中本仕立ての本は未見。慶応大本は板本の写し。」とありまして、高木氏も宮城本にアプローチしておられたことが判りましたけれど、ともあれ今私の手許にある本が天下の孤本也ということになるわけです。（その後、高木氏から五巻目のない四冊本を所有しているといってコピーと共に送って下さいました。表紙が違っていますが、後刷本でしょうか、きれいな本です。）出板されたものですから、当然あちらこちらの個人の蔵書中にはあるはずなのですが、現在公的に存在が確認されている本がないのですから、一応天下の孤本と申していいのでしょう。これは粗末に扱えないぞというので、早速孫先生に帙の作成を依頼したようなことであります。付焼刃的処置でありますが、まあ気分休めにはなることであります。中国の人たちによる読本二種の翻刻というのも、中国では初めてのことになるのでしょう。これも中国で読本研究が盛んになればいいと願っているというよりは、これを導火線として中国に日本古典学が重視されるようになることを願っての作業であります。これらの作業に院生以外に若い先生方が数名参加して下さっているのですが、これは崔先生の熱意と感化力から生じていったものらしく、古典文法の一から始めるという方もあるのですけれど（中国の人の日本古典学研究は現代語訳のあるものに頼っているという現実があり、当然のように小学館の日本古典文学全集が重宝されるのに対して、岩波の日本古典文学大系は旧も新もあまり利用されないという弊害が生じています。）、熱心で優秀な人たちですから長足の進歩で、少なくとも古典学は現代語訳に頼るべからずという私の主旨は判って下さって、古典を直接読むことの楽しさを感じてもらっているような気がしています。もっともこれは私の一人合点もあり、その上私の教育力から生じたものではなさそうで、崔先生が一種の通訳の役を買って出て下さっているから話が通じているという面が強いようでもあります。私には、中国の人が古文のどこがよく判らないのかが判らないという傾向があって、話がどんどん先に進んでしまうことがあるらしいのですが、崔先生がそれにブレーキをかけて再説明を要求されることによって初めて話が通じるということが多く、日本人による日本古典文学教育の困難さを考えさせられることです。一日も早く、日本の古典を直読みできる中国の人が多くなって、本当の意味での日本古典文学研究（教育）が中国の大地に根付くことを願わずにはおられません。そしてそうなることが、中国の日本語教育の完成への道だと、ほんの少し日本語教育の実相を垣間見ただけの私の感想ではありますが、そのように私は信じていることであります。

○中国の外籍文教専家の扱い方に問題を感じていながら、私が何故何時までも大連に流連し続けるのだと疑問に思われる方もあるだろうと思うのですが、それはやはり人の縁だろうとひどく前近代的なことを考えています。大連に来たのは、戦前存在したという幻の本に魅かれて、徐甲申副学長先生という人を頼ってのことだったのですが、徐先生の大連外国語学院に対する理念と人格に共鳴するところあり、それに今まで文中に挙げた先生方の人間性に心を開かされているというのが大きいと思います。時に人間性を疑わせるような人もないではないのですが、それはいずこの国にもあることでして、信頼できる人は絶対というところがあり、日本での生活とは別趣の深い味わいがあります上に、日本古典学の中国への定着などという誇大妄想的になりますと、老化現象をかこちながらもモウトマラナイというところがあります。身体をこわしている家内を日本で一人ぼっちの留守番をさせているという心の痛みはあるのですが、私に関しては待遇に対する不満などというものはフットンデイルのです。ただ今後中国に来ていただかなくてはならない大学人に対しては、今までのような扱い方では深い溝が埋まらないのではないかと考えることであります。
○今年の大連の冬は、数年ぶりの厳寒だそうであります。零下二十度近い気温が報道されていますが、頬や耳が寒風にさらされますと、痛点を直撃されたような痛みが走ります。海が近いせいか、風が相当激しく吹きますので、町を歩いている人は、ダウンに身を丸めてモコモコと動いています。乾燥していて厳寒ですので、風邪は大流行であります。雪がほとんど降りませんので、日本流の雪の冬景色はあまり見られませんが、枯木のごときアカシアの街路樹が、灰白色の感じのする空気の中で枝をゆらめかしていますと、心も凍って春を待つ気持も生じてきません。冬眠中の動物のごとくに生きていることであります。中国の大学では、旧正月を中心として永い休暇に入ります。全く無人の大学がそこにあります。

(二〇〇〇・一・二〇)

注

＊1――近時発刊予定の大連外国語学院日本文化研究中心刊『日本文化研究』創刊号に『「天津日本図書館」瞥見―租界地における「図書館」の歴史的役割―』というレポートが載っています。私が大連図書館の満鉄資料を最初に目にした時と同じ感慨を抱いていることがよく判ります。

一九八七年四月に創刊された『讀本研究』は、一九九六年十一月に第十輯が出来して一区切りし、それまで十年間にわたって編集発行を担ってこられた横山邦治氏の手から離れた。その後、『讀本研究』に育てられた有志で何らかのかたちで『読本研究』を続けようということになり、「『讀本研究』十輯到達を祝う会」の場を借りて大方の協力を仰ぎ、何度か議論を積み上げげつつ、新たに『読本研究』を発行することを目的とした「読本研究の会」を結成した。そこで選出された編集委員によって『読本研究新集』第一集が刊行されたのは一九九八年十一月のことであった。一般の出版物としての採算を考慮しなければならず、かつ版元に迷惑を掛けられないもので様々な不安があったが、お蔭様で第一集は順調に売れ、研究誌（書）としても一定の評価を受けたようだ。

さて、第一集の発刊から一年半を経過し、ほぼ予定通りに第二集をお届けすることができた。今回は十二本の論文の投稿があったが、編集委員による慎重な審査の結果、十本が採用になった。査読の公正さを保つために議論の過程は非公開にせざるを得ないが、読本というジャンルを主として研究対象としている者が編集委員であることから、当然かなり細かい検討が加えられることになる。新見が備わらないものは論外としても、結論の当否に関わらず論理性も論文には不可欠な要素であることを痛感する。他方、新知見が含まれていても明確な立論に至っていないものもあり、この辺は議論が分かれたのであるが、やはり今後に期したいという意味で掲載することになった。したがって場合によっては、掲載された論文についても、審査過程で出された幾つかの疑問や意見が著者に伝えられることがあった。より完成度の高い論文にして欲しいと願ってのことである。

さて、十本の論文を見渡せば、浜田啓介先生の読本史の要ともいえる『絵本太閤記』をめぐる論考をはじめとして、江戸読本の〈文体〉や読本と草双紙の〈書型〉を媒介とした立論があり、馬琴蘭山の伝記研究があり、考証と典拠論があり、作品論も備わり、さらに近代に入っての活字メディアの受容の問題あり、という具合に広い視野からの論考が集まり、現時点における読本研究の論点が出揃った感がある。そして、横山先生からは恒例となった大連読本往来（二）を頂戴して末尾を飾らせていただいた。

一方、執筆者の年代から見れば、四十歳前後の中堅が減り二十代の若手が多かった。昨今の大学改革に関連する雑務や学生募集の仕事などで一番使われている世代が中堅ということもあるかも知れないが、今少し頑張らなければと自ら反省している。その点では編集委員の投稿はありがたい。先回と今回それぞれ二人の委員からの投稿があり、他の論文と全く同様の審査を行った。以前は、馴れあいを恐れて編集委員が執筆することに対する懸念を持っていたが、編集委員同士での審査は、むしろ適度な緊張関係が生まれて好ましく、以前の懸念などはまったくの杞憂であった。現在の編集委員こそ中堅であるから、全員が書かないと決めてしまわずに良かった。ただ、投稿が多くなって優れた論文が増えれば編集委員は多少遠慮することが必要だと考えているので、できるだけ広くから多くの投稿をお願いしたい。例によって「一点でも読本に関係すれば可」、次回の締切は一年後の予定である。

（六月一日　髙木元記）

執筆者一覧（氏名・生年・所属）

浜田啓介（はまだ・けいすけ）　1930年生　花園大学教授。

大高洋司（おおたか・ようじ）　1950年生　甲南女子大学教授。

本多朱里（ほんだ・あかり）　1974年生　京都大学大学院。

神田正行（かんだ・まさゆき）　1970年生　明治大学非常勤講師。

崔　香蘭（さい・こうらん）　1960年生　日本大学大学院。

播本眞一（はりもと・しんいち）　1953年生　大東文化大学助教授。

福田安典（ふくだ・やすのり）　1962年生　愛媛大学助教授。

佐藤至子（さとう・ゆきこ）　1972年生　椙山女学園大学専任講師。

磯部　敦（いそべ・あつし）　1974年生　中央大学大学院。

横山邦治（よこやま・くにはる）　1932年生　大連外国語学院日本語学院客員教授。

読本研究新集　第二集

二〇〇〇年六月二〇日　第一刷

編者――読本研究の会

発行者――今井　肇
発行所――翰林書房
〒101-0051東京都千代田区神田神保町一―四六
電話（〇三）三二九四―〇五八八
ＦＡＸ（〇三）三二九四―〇二七八
印刷・製本――アジプロ
装丁――石原　亮

ISBN4-87737-106-0 C3093

読本研究新集 第一集

読本研究の会［編］

【定価】六八〇〇円＋税
【体裁】Ａ５判・上製カバー装・二五六頁